中国少数民族
文学之星丛书

# 我在你身边

于晓威 著

作家出版社

# 编委会名单

# 以民族的情意，打造文学的星辰

## ——"中国少数民族文学之星丛书"总序

邱华栋　彭学明

"中国少数民族文学之星丛书"是中国作家协会少数民族文学发展工程的一个新项目，于2018年开始实施，由中国作家协会创作联络部具体组织落实。出版"中国少数民族文学之星丛书"的目的，是重点培养少数民族文学中青年作家，打造少数民族文学精品，为那些已经在少数民族文学界和全国文学界成绩斐然、广有影响的少数民族中青年作家，再助一力，再送一程，从而把少数民族文学最优秀的中青年作家集结在一起，以最整齐的队伍、最有力的步伐、最亮丽的身影，走向文学的新高地，迈向文学的高峰，让少数民族文学的星空星光灿烂，少数民族文学的长河奔流不息。以文学的初心，繁荣民族的事业；以民族的情意，打造文学的星辰。

入选"中国少数民族文学之星丛书"的作家，必须是年龄在50岁以下的在少数民族文学界和全国文学界广有影响的少数民族作家。不管是否出版过文学书籍，只要其作品经过本人申请申报、各团体会员单位推荐报送、专家评审论证和中国作协书记处审批而入选的，中国作协将在出版前为其召开改稿会，请专家为其作品望闻问切，以修改作品存在的不足，减少作品出版后无法弥补的遗憾。待其作品修改好后，由中国作协统一安排出版，并进行广泛的宣传推广。

中国是一个多民族的大家庭。每一个民族都沐浴着党的民族政策的光辉、感受着党的民族政策的温暖，都在党的民族政策关怀下，蓬勃发展，欣欣向荣。在这个伟大的新时代，我们正创造着中华民族的新辉煌。每一个民族的发展与巨变，每一个民族的气象与品质，都给我们提供了生生不息的创作源泉。我们每一个民族作家，都应该以一种民族自豪感，去拥抱我们的民族，以一种民族责任感，为我们的民族奉献。用崇高的文学理想，去书写民族的幸福与荣光、讴歌民族的伟大与高尚；以文学的民族情怀，去观照民族的人心与人生、传递民族的精神与力量。

我们期待每一位少数民族作家，都能够到火热的生活中去，到广大的人民中去，立心，扎根，有为，为初心千回百转，为文学千锤百炼，写出拿得出、立得住、走得远、留得下的文学精品。不负时代。不负民族。不负使命。

2019 年 5 月 18 日

# 序

李一鸣

晓威两进鲁迅文学院，第二次"回炉"鲁院研修时，我还在鲁院担任常务副院长。印象里的晓威瘦劲、挺拔、真诚、朴质，内敛而又蕴含激情。离开鲁院后，在微信朋友圈，使他声名鹊起的，却是他的油画作品。他的多维才华、超拔品味，为人称道。

原来他并没有离开文学，其实他一直处于创作状态中。

晓威的这部长篇小说《我在你身边》便是最好的证明。

我感觉，这部小说具有独到品质。首先，这是作者以现实主义精神创作的一部力作，具有鲜明的时代性，反映了中国当代一个历史阶段的时代风貌、世道人心，具有时代画卷的品质。文学具有时代逻辑，任何一个时代都有其独具的器物文化、制度文化和精神文化，时代赋予文学故事以发生背景、社会风景、生活场景和人生情景，时代必然给文学作品打上独特的印记。晓威的这部长篇小说，在时代环境中淬炼，对社会转型中的人事精心描摹，呈现了特殊时期时代生活的特质，绘写出当代中国的精神性气候。

其次，这部长篇小说，也体现出晓威坚守创作的人学逻辑，力在开掘人心、挖掘人性，体现了关切人类内心世界和生存处境的品质。作品细微描绘了社会变迁的特殊时代境遇中，普通老百姓的生活场景、生存图景与精神困境，体现了作者密切关注社会现实，聚焦社会发展趋向，揭示人生本相，期冀改变社会现状的焦虑和担承。小说对广阔社会生活的洞察力敏锐，对人生的思考丰富沉重，对幽微人心的刻画鞭辟入里，具有相当的深刻性。

还有，这部长篇小说，笔力雄健，情节曲折，跌宕起伏，有平静如常的叙写，有出乎意料的奇遇巧合，有短暂的喜剧故事，有沉痛的悲剧冲突，结构多线推进、纵横交错，情节波澜丛生、回味无穷，具有成熟的审美把握能力。

晓威的这部长篇小说，值得赞赏的还在于塑造了性格鲜明的人物形象。有人说，写小说就是写人物。这部小说塑造了苏米、许晚志、龙乔生、陈妙、李公明等人物形象。这些人物是中国当代这个特定历史阶段才会出现的人物。正是以这些人物为灵魂，小说所描述的庞杂丰富的社会生活内容才得以实现。

发现眼中的生活，绘写心中的世界吧。

晓威，值得期待！

唯一真实的乐园是人们失去的乐园

——马塞尔·普鲁斯特

风往南刮，又向北转……日光之下，并无新事。

——《圣经·旧约·传道书》

未来并非是过去的样子。

——玛格丽特·A·罗斯《后现代与后工业》

一

嘉宾路是深圳市罗湖区一条中等规模路段，虽不很宽阔和漫长，但因为距火车站只有二十几分钟行程，并且这里汇聚了国贸大厦、南国影联娱乐中心、南洋大酒店、国际商场等著名建筑，所以完全可以称得上是喧闹繁华了。

苏米和容小兰的那爿中药材铺，就位于那片巨型建筑之间无数高低不同而又鳞次栉比的面街商铺群落之中，是极普通的一间。虽说只有三十个平方米，但房租据说是极其昂贵了。它的房檐与门楣之间，镶着一块仿古式的牌匾：裕润中药材商行。

每天，苏米都在这里认真地照应前来的顾客。容小兰有时候来，有时候不来，那也就等于说，苏米有时候忙，有时候不忙。生意兴隆的时候，容小兰肯定在场，买卖清冷的时候，容小兰就不知干什么去了。

每逢安静下来，苏米就一个人从里面的隔间搬一把椅子坐下，目光望向大街。在街心广场那里，矗立着一块由花岗岩围起的巨大电子钟，那是迎接香港回归的倒计时牌。苏米刚来的那天，她留意过，上面显示

的是"距离香港回归祖国还有 278 天",如今,上面显示着"还有 243
天"了。

她到深圳已有一个多月。

这一个多月,她算来算去只去街上逛过两次,一次是容小兰陪着
她,另一次则是她自己。容小兰陪着她的时候,她平生第一次来到国贸
大厦底下,仰望着那座灰白色的直插云霄的巨型方柱建筑,内心惊奇不
已。还在读大学的时候,她就听说过这座建筑的名字,那是与"三天一
层楼"和"时间就是金钱"这样代表深圳速度的著名口号一起传遍全
国的。当她跟容小兰表达了自己的感受之后,容小兰却不屑一顾地说:
"这算什么呀,高度才一百六十米。离这不远处新建成一座帝王大厦,
高度是三百八十四米,亚洲之最。"

逛天虹商场的时候,苏米见到柜台里的一条男式皮带,定价
一百八十元。她犹豫了半天,决定把它买下来,寄给许晚志。她相信
他一定会喜欢。可当营业员告诉她是看错了,那不是一百八十元而是
一千八百元的时候,她禁不住红了一下脸,内心怦怦地跳起来。她试探
地瞥了一眼身边的容小兰,又低头重新看了一眼商品的标签价格,当两
者都以确定无疑的表情证明营业员并不是开玩笑的时候,苏米便不吭一
声,赶紧走开了。

在名表大厅,苏米随意地瞥了一眼专柜里一款精致的"OMEGA"女
表,这回她看仔细了,是一万九千元,她张了一下嘴。转身,在另一款
"ROLEX"男表那里,她看清竟然是二十多万元时,内心再也压不住这
样的念头:这个世界真是疯掉了。

她想,二十多万元都可以买到一个人一生的时间了,谁会去买这个
计算时间的一个小小的物件呢?

那一次逛街,她和容小兰很快就回来了。

　　第二次是她自己，她走了很远的路。若不是按照容小兰的授意，要她顺便打听一下黄木岗食街那边的中药材行情，她也许不至于迷路得那么惨。事实上，她不仅找不到回来的路，也找不到去往目的地的路，她换乘一次公共汽车之后就辨不清方向了。那天阳光曝晒，接近中午更是肆虐无忌，建筑、街道、广告牌、川流不息的汽车，甚至行人迎面而过的身体和皮肤，触目可及的每一处物体都反射着阳光的热度。她打问了十几个人，去黄木岗食街那边怎么走，得到的回答简直五花八门。深圳截止到这一年，人口已由最初的几十万人激增至将近五百万，其中外来人口更是比当地人口多出几乎五倍。苏米打问的那十几个人，有五六个说的是江西方言，有两三个是闽南方言，还有说广东白话或客家方言的，以及潮汕方言，即便是对方带有很明显的普通话倾向，在苏米听来也是十分吃力。更何况，她哪能判断某一个人没有说了假话呢？比如，第一个人告诉她向前走，遇两个路口后左拐，走五百米后再向右拐，就可以找见去黄木岗食街的公共汽车站牌。可第二个人呢，假设也是出于好心，在苏米走到两个路口左拐后的三百米处回答她的提问：××路的站牌在哪里？他就可能不去理会什么××路的站牌，而是问苏米要去哪里，之后，他会告诉一个他自认为是更便捷的乘车路线。等到走了一段路后苏米再打问第三个人，这个人就难保不是心怀散漫或故意恶作剧了，他会随便一指：往前边走啦！

　　结果可想而知，无论苏米怎么找，都很难接近真的路线。

　　苏米花了一个多小时的时间不停地走，她无非是要找见一个汽车站牌。她的后背早已濡湿汗水了，头发也黏黏地缠在脖颈上一些，使她不停地在用手遮阳的时候顺便拂掠一下。最后，终于找见了，她却完全不知地乘上了反方向行驶的汽车，中途意识过来之后下车，就再也无力前行了。

她的腿酸疼不已，记忆中从来没有在这么热的天走过这么远的路。她在路边的报刊亭买了一份深圳市区图，然后走到附近一处有一片遮阳伞的环桌小椅上坐下来看。她感觉全身立刻瘫软下来，所有的关节和皮肤像哑巴一样幸福得说不出话来。她刚低头看了地图不到两分钟，一个戴红帽子的男侍应生走过来，礼貌地问她：

"小姐，来点儿什么？"

"我……"苏米说，"我只是坐一会儿。"

"不来点儿饮料吗？"

"谢谢，不必。"

"点心呢？"

"噢，我不需要。"

"那么，你那边请，"侍应生抬起手臂，"这里是我们的饮食服务区，不允许行人随便落座。"

苏米迟疑了一下，但她只好站了起来，孑然向远处走去。她再也找不到一处可以休息的地方。终于，在一处办事机构门前，有一片赏心悦目的庞大花圃，四周用一尺高的矮石墙围就，整洁干净。她很想到那石头上坐一会儿，可是走近了才发现，那些矮石墙的顶部是被故意削尖了的，根本不方便坐上去。原来那就是防止有行人在那里聚留闲坐而采取的手段。

望着那威严的办事机构楼顶，那肃立无声的植物，那锃亮的玻璃和门牌，苏米想，原来深圳宁可累死人，也要保持外在的风度和优雅。

苏米不知道该向哪里去，深圳不是像她这样逛的，她也再没有力气和信心去打听什么中药材行情。刚才看地图的时候，苏米觉得深圳很小，此时也正被她折起来握在手中，可是茫然四顾之下，她觉得深圳是多么大啊，惊涛骇浪的无边海面瞬间吞没了她这株枯草。

最终，她狠了狠心，招手拦了一辆出租车，向来时的驻地返回。一小时后，车到"裕润中药材商行"门前，她看了一眼计价器，一共是五十多元。

差不多抵得上她两天的工资。

身处堆满货架和药格子的店铺里，嗅着浓浓淡淡若即若离的草药气味，苏米还是感觉这里让她十分心安。两个月来，面对那些隔着遥远的空间和时间的距离，曾经使她不知所措的近百种中药材，她如今已逐渐熟悉起来。这里出售的不仅有南方中药材，也有许多是市面上比较稀缺的北方野生中药材，如刺五加、甘草、麻黄、平贝母、远志、关苍术、辽细辛等等。刚开始，苏米总是弄不清黄芩和黄芪的区别，它们不光在名字上相像，在外形上也相像。现在她可以熟稔地区分它们，并且不假思索能向顾客推介它们一个是清热药，一个是补益药。此外，她也尝试着按照容小兰教给她的方法去学习真伪药材的口味之辨，这在日常经营中是非常有用的，不仅可以在进货时防止掺假，也可以随时为顾客答疑。比如真的厚朴，苦而辛辣；石斛和麦冬，微甜而略苦，嚼之有黏性；好的黄柏呢，嚼后连唾液也染成黄色；至于藜芦粉，闻上去就发苦，并且有让人强烈地打喷嚏的欲望……

容小兰经常夸奖她，聪明、能干、漂亮，简直天生就是一位药西施。

有一天傍晚，快要打烊了，苏米正一个人在店铺里忙碌，从门外匆匆走进来一个男人，体形敦实，脸稍胖，戴着眼镜，目光睿智而憨厚。他说要称七两沙苑子和金钱草。

他好像是刚下班急着回家的样子，可是当苏米给他称好沙苑子和金钱草，他又显得很有耐心，在一边细细地端察和打量。

"小姐，你的这个沙苑子不对呀！"

"怎么了？"苏米坚信自己没有拿错，但她的口气十分和蔼。

"你的这味药材是掺假的。"

"什么！不可能吧？"

"你看，"戴眼镜的胖男人把手掌摊开，逐一指点着散在那里的沙苑子，"这味药材的正品是豆科植物扁茎黄芪的成熟的种子，呈肾形，稍扁，表面是褐色；再看这边，这是伪品，呈斜长方形，棕黄颜色，这是紫云英的成熟种子。一般人会以为这是采集时种子的成熟程度不同而造成的，其实哪里是呢，这是在正品中掺了假的！"

苏米听后哑口无言。

那个胖男人此时又在检查称好了的金钱草了。金钱草属于报春花科植物过路黄的全草，晒干后皱缩纠缠在一起，很难辨别真伪，尤其是切碎之后。那个男人手里拿到的正是这种。他这次干脆摘下眼镜仔细看了半天，然后用同样的口吻不客气地说：

"你这味药材也是掺了假的。"

苏米何止是说不出话来，她简直大大地吃惊了。据她所知，容小兰的药材从来不会有假的。

"有水吗？请给我倒一杯来。"那个男人说。

苏米去里边床头柜上捧来电水壶，倒了一杯刚烧好不久的白开水，小心翼翼地递给他。胖男人没有喝，他将手里的金钱草碎屑倾入杯中，过了不一会儿，它们的叶片被浸泡得舒展了，他就把它们捞了起来，找出两片叶子对着屋内的灯光认真地对比，同时告诉苏米：

"你看，正品的金钱草的叶子，能看见黄褐色的条纹，而假的却没有。"

苏米仔细去看，他说的两片叶子果然如此。

"知道吗？我是给朋友捎带购买这两种药材的，幸亏看得仔细，不然可让你给骗了。你这店子怎么竟卖假货呢?"胖男人气咻咻地,扶了一下眼镜架,可他就是这个样子,也还是显得很憨厚。

"不是呀,"苏米说,她虽然并不明白太多,但看对方的一举一动,周正有板,而且言语确实在理,让人无可辩驳,"我也不知道是怎么回事。"

"你也不知道是怎么回事,"胖男人说,"倒是奇怪了。"

苏米怕他纠缠下去,而容小兰又不在身边,自己一时很难打点。她把刚才杯子里的水泼掉,赶紧给他重新倒了一杯:"你喝点水吧,哎,我不清楚,我真是给人家帮工的。"

"那老板是谁? 到哪里去了?"

"是我的一个朋友,她出去了。"

"你不是本地人吧?"

"是东北的。"

"哦? 东北哪里呢?"

苏米说出了家乡的名字,立刻,胖男人露出了笑容。那一看而知是发自内心:"怪不得口音像呢,原来是老乡。"

"是吗?"苏米也极其意外。她立刻放松许多,轻闪一笑。

"是老乡,真是老乡。"男人说,他低头看了一眼手表,准备向门外走去,"告诉你的朋友,这种掺假的药材以后不要再卖了。我还有事,咱们有机会再唠吧。"

"老乡,"苏米完全是本能地喊了一句,"你在哪里上班呢?"

胖男人向外面指了一指,说:"我在附近,深南路那边的市人民医院。再见。"

吃晚饭的时候,容小兰回来了。苏米将自己刚刚做好的饭菜端上床头柜,边吃边跟她一五一十说了下午的遭遇。

"他没有说再来吗？"容小兰停住了筷子。

"我想他不会再来。"

"那他就不至于故意找麻烦，"容小兰说，"真是倒霉，只这两种药材掺了别的东西，偏偏全让他赶上了。"

"这么说我们的药材真的有问题？"苏米十分不解。

"那能怎么办呢？沙苑子是南方药材，现在不知怎么几乎断货了。金钱草呢，倒是东北药材，可它是野生的，人工种植不了，赶上今年干旱，产量低得可怜，价钱一涨再涨。发货的人提前跟我说，只能用这个办法应付一下，否则还能放弃赚钱吗？"

苏米犹豫了一下，终于还是说："这，有点不妥吧？"

"嗨，"容小兰咬了一大口馒头，"有什么妥不妥呢？我们这种掺杂的药材对人体并没有害处，至多是以次充好而已。你想想，我们在这里第一重要的，不就是千方百计赚钱吗？"

　　我在这里已经赚到了一点钱。

在给许晚志的回信中，苏米开头就这样快乐地写道。门外阳光普照，同时空气中又细雨簌簌，这像是电视剧中出现了穿帮镜头。深圳的天气真是奇怪。苏米停了一停，接着写道：

　　是容小兰给我开了两个月的工资。她的药店生意还好，如果照这样发展下去，她说下个月可能给我加薪，大概一千块吧，你能想到吗？她这人真好。

　　上次你提到你的左腿静脉曲张，不知怎样了？我想这可能是你长年站着给学生讲课导致的结果。如果没有恢复好，告诉我，我给你买药寄回。深圳这边有一种新药，据说治疗静脉曲张还是很管用的。

对了，容小兰说深圳这边有一家叫天音通讯的大公司，刚刚率先在全国销售一种新产品，按香港那边的习惯叫"大哥大"，就是随便走到哪里可以从身上掏出来打的一种无线电话，真是高级和有趣。我们假如能拥有该多好啊，互相说话会多么方便。可是要两万多元哪！太昂贵了，我们买不起。

也许我们以后有钱了就会呢。等着吧，呵呵。

看日历今天是 12 月 20 日，明天就冬至了，我这里温暖如春，家里那边下雪了吧？你要多加衣。

愛你的，苏米。

## 二

许晚志在他八岁那年第一次梦见了死亡。那就是一种颤悸的闪念和肉体的幻灭感。他此前从没见过真正的死亡，对他而言，死亡就是大人们口中一个遥远的名词，像是在他的家乡，隔着几百座山才能见到大海一样。在梦里，没有任何情节，只是冥冥中有一个声音告诉他：人是要死的。然后，他就醒了。

在县城东方红小学二年级的一个课堂里，许晚志整整一节课什么也没听进去。上课伊始，班主任老师就让大家唱歌。许晚志想，大概全国的小学生都这样上课吧，上课之前必定要唱一首歌。与他怪异的心情暗合的是，这一次班主任老师并不像以往那样，让他们唱完一首歌就开始上课，而是接着又让大家唱了两首。同学们真高兴呀，每个人都卖力地唱着，这样半节课就差不多过去了。他们先唱的是《交城山》，然后是

《打靶归来》，最后是《每当我轻轻走过你窗前》："静静的深夜群星在闪耀，老师的窗前彻夜明亮，每当我轻轻走过你窗前，明亮的灯光照耀我心房……"许晚志并不喜欢面前的班主任老师，可是歌声让他油然对她升起一股敬意，尤其是结尾处的"啊，每当想起你，敬爱的好老师，一阵阵暖流心中激荡"，曲式相同，回环往复，不断加深他怅惘的情绪，所以弄到最后他眼泪都快出来了，仿佛真的要难舍难分似的。

可是课终究要上。班主任老师一声"上课！"，同学们立即站起来，报以"好好学习，天天向上！"，然后大家坐下。

坐下后许晚志仍没意识到自己精神已经溜号，老师讲的那些什么三位数乘除、加减混合运算，他一点儿也没听进去。他的目光落在黑板上方的毛主席和华主席像框上，因为像框上玻璃折射的缘故，毛主席和华主席的笑容里隐现出窗外大街上川流不息的人群、拖拉机、马车、牲口……这让人产生一种怪妙的历史与现实的对比和交错联想。而眼下，身边坐着的同学们却又是实实在在的。这三种影像或事物同处一个空间，分不清孰真孰幻，只能让许晚志混沌地感受到人生的虚妄和迷乱。

下了课，许晚志正往操场南边的厕所走，被他妹妹从身后撵上了。他的妹妹许欣欣只要一找到他，许晚志知道，除了要钱，没有别的。

"哥，给我二分钱！"许欣欣扎着两只羊角辫，辫梢发黄，她的脸色也略微带些营养不良。只是她的眼睛，眨动着顽强的与此相反的生机和光芒。她比许晚志小一岁，在这座学校里念一年级。

"噢！你看你，我没有啊。"许晚志说。他这样说，还忍不住替矮他半头的妹妹扣上一颗敞开的扣子。

"上次我看爸爸给了你二分钱嘛。"他妹妹说。

"那不是前天被你要走了么？"

"不，"许欣欣细小的身体晃了一下，"我还要。"

"我可是真的一分钱都没有啊。"许晚志想了想，教训她道，"你看，平时我叫你攒牙膏皮，还有拾废纸，这些都是可以卖钱的呀，你一样都不做。还嘴馋。"

"哥，"他的妹妹可怜巴巴地说，"我不是买棉花糖，我就是想买一箍塑料头绳啊。"

许晚志这才发现，许欣欣扎两只羊角辫的头绳原来颜色不一样。那一定是她淘气弄丢了一只才临时配上的。

许晚志想了想，他让妹妹在原地等着，然后不情愿地四处看了看，趁人不注意，一弯腰像猴子一样，钻入学校围墙下的杂树丛中。他紧张地用目光在地面上搜索起来。

记得昨天下午放学的时候，三胖、钟达、罗英苗和许晚志四个人一起朝校门口走去，那个说话带些吞吐和口吃的钟达，不知抽了什么神经，突然从裤兜里掏出一枚二分硬币，很流利和果决地说："你们说我敢不敢把它扔了？"

所有人都感到错愕。一是因为钟达这个行为本身就很意外，上一句话大家还在争论《智取华山》电影里过悬崖口的是六个人还是七个人呢；二是他准备扔掉的竟然是二分钱，这个事件确实具有震撼力。要知道，起码对许晚志来说，如果他无意中丢失了二分钱，他会很认真地难受三天的。钟达家里生活条件高，这是不用说的，身边的许多普通家庭里的孩子只能以萝卜代替水果，他却可以时常吃上一个鸭梨了。大家半天不知道该说什么好。

"我看看。"三胖探过头，抓过钟达的手，他怀疑那是一个小瓶盖。

大家都看清了，那是一枚八成新的镌有国徽的二分钱。

钟达退后两步，扬起右手，"嗖"的一声，那枚二分钱向远处飞去。如果不是它在极远的空中发出一瞬的亮光，许晚志差不多确信钟达是虚掷一下来骗大家的。

那枚硬币就是落在了远处围墙的树丛中。大家都表现得没事一样。除了钟达，许晚志认为他和另两个同学内心里都很想去捡，却碍于自尊心，没有一个放慢他们放学回家的脚步。

此时，许晚志坚信如果半夜不出鬼，那枚硬币一定还安静地待在这里的。昨天下午他们几个人都一路相伴着回家了，今晨这又是第一节课下课。说老实话，钟达昨天的举动是给了许晚志一个深刻印象的，他多少有些佩服钟达。明知钟达那样做其实很幼稚，很可笑，也很不符合《小学生守则》里的"勤俭节约"条款，但是仍能让人心怀钦敬，可见不好的事物也具有打动人的力量。

"喏。"许晚志终于费力巴拉在一棵马齿苋的下面找到那枚硬币之后，把它递给了许欣欣。他同样是瞅准四周无人注意时跳出树丛的。

可这一切被他的妹妹看得清清楚楚。他的妹妹说："好呀，哥，你怎么知道这儿有二分钱？"

许晚志立刻有些懊恼地说："我也不知道。"

"你是不是觉得想有它就有？我有好几次想着上学路上捡到钱，可不真的就捡到了怎么的？有一次一分，有一次二分，还有一连捡到两个五分……"

"嗯，"许晚志只想快点打发走他的妹妹，他不愿让昨天那三个伙伴看到他停留在这个是非之地，"有时候你太想了，梦就会实现。"

他的妹妹高高兴兴地走了。

许晚志想起他是来上厕所的。他刚钻进厕所，上课铃响了。

中午临放学，班主任老师命令许晚志到她家里去一趟。

班主任老师姓谷，二十七八岁，她是一个很厉害的人。就是说，她在课堂上把教鞭在桌子拍起来，噼噼啪啪能震碎窗户上的玻璃。

她家并不远。出学校大门向右拐入一条胡同，约二百米就到。

但许晚志还是去晚了。

因为许晚志中午值日，他必须把写满粉笔字的黑板擦净，然后把地面的纸屑扫掉。做完这一切，已经差不多十二点钟了。

幸亏他由于值日耽误了时间，使他去老师家里的时候赶上一个意外的巧合，才减轻了老师对他的处置和批评。站在老师的家门口，许晚志犹豫一下该喊"报告"还是不喊，他想这又不是在班级，于是直接进去了。

谷老师正坐在炕沿儿上敞怀给婴儿哺乳。两个人都吓了一跳。那个婴儿吃饱了奶水，可巧将脸庞仰起来，这样，许晚志清晰地看到了谷老师那对葫芦一样椭长的乳房跟两个褐色的乳头。

许晚志上午缺席了第二节课，谷老师就是批评他这个事情。谷老师想把衣服掩起来，可是婴儿又开始吃奶，没办法，她就只能那样跟许晚志说话。

"为什么不上第二节课？"

"我在厕所里。等到我出来后，课已经上了快十分钟了，我不敢进课堂，只好一个人在校外溜达。"

许晚志说的是实话。

"哦，是这样啊。"谷老师温柔地说，一点儿也不像许晚志惯常见到的那样，"你只要敲门进来就好了，把事情跟老师讲清楚。"

"嗯。"许晚志点头。

"以后，下课时间要抓紧，做什么事情都要快，明白吗？"

"嗯，明白。"

"你走吧，赶紧回家吃饭，路上别耽搁。"

就这么出来啦？许晚志问自己。对，就这么出来了，谷老师并没有训斥他。嘿！许晚志走在路上，脚下的石子被他一个个踢飞，身边的鸡雏也被他追得东逃西窜，可这并不能阻碍他在极短时间内回家的快乐的步伐。他感到心里很暖和，他不知道家里做的什么饭，却仿佛是炒了许多的带汤汁的排骨和大米干饭在等他，有一种年味儿。他知道这都是因为见到了谷老师的缘故，更具体地说，是见到了温暖的谷老师，见到了露着温暖的乳房的谷老师。他虽然说不好作为特殊意象的温暖的乳房和温暖的谷老师之间有什么必然联系，却也隐隐约约意识到，世间的人和事原来自有它隐秘和不被发现的神奇一面。

回到家里，爸爸妈妈和许欣欣果然一直在等他吃饭，不过，饭菜并不是他想象中的那样，而是一碗芸豆丝、一些稀粥和几只干粮。许晚志仍旧吃得津津有味，这时候，他爸爸说话了：

"刚才钟达放学路过咱家，他说你让老师给留下批评了。是怎么回事啊？"

这个钟达，他不仅有浪费财物的恶习，原来还有打小报告的毛病，亏得他还口吃呢！许晚志想。他愣了一下，说："呃，其实谷老师没有批评我。"

"那为什么回来这么晚啊？"

"呃，就是……"

"就是我哥中午值日啊。"妹妹突然插嘴道。

"是吗？"妈妈看着他问。

"嗯，是的。中午确实我值日。"许晚志低着头。他想，大概这样说也不算撒谎，他其实是一个顶讨厌撒谎的少年。

爸爸不说什么了，他点了一棵烟，抽了两口，转身走了。妈妈开始收拾桌子。许晚志看了妹妹一眼，许欣欣朝他狡黠地笑了一下，去玩她的纸卡了。她转身的一刹那，许晚志看到她发辫上的两只头绳还是不一样的颜色。不用说，那二分钱一定又被她买糖吃了。

妹妹鬼机灵。许晚志想，不知是她这样爸妈才宠爱她，还是爸妈把她宠爱成这样。比如同样是淘气和惹祸，爸爸打他的时候，他是宁可忍着痛也不叫一声的，妹妹就不了，妹妹一见爸爸扬起胳膊，马上就乖巧地哭喊着："爸爸我错了，爸爸你别打我了啊！"每次连字都不多一个，偏偏爸爸就吃这一套，那扬起的胳膊基本上是变成去上衣口袋里掏烟抽的。有几次许晚志甚至坚信，妹妹哪怕不乞求，爸爸的手掌也不会真的打下去。

爸妈娇宠妹妹，许晚志想，也许还是因为她小吧？再有，许晚志记得妈妈讲过，妹妹是女孩儿啊。虽然，妈妈讲的"女孩儿"的意思——其实是泛指整个女性——亦即女性应该格外受到保护，但许晚志也不难弄懂妈妈的意思。他觉得妈妈说得也许有道理。他不止一次见到妈妈有时候也跟爸爸撒娇，那其实也是寻求一种男性的关注和保护。许晚志九岁这一年，爸爸三十八岁，妈妈三十五岁，在他们自己眼里，也许这还算是一个相对年轻的岁数。许晚志曾根据爸妈的岁数推算了一下他们出生的年份（他推算了不止一遍，对他来讲，用年的历数减去岁数是一道并不简单的数学应用题），得出结论是爸爸生于 1940 年，妈妈生于 1943 年。这两个年份，许晚志又好奇地去查了一下高年级的历史课本，在中国历史上好像没什么特别了不起的事件分别发生，卢沟桥事变是 1937 年，抗战胜利是 1945 年，爸妈都和它们不沾边儿，自然，许晚志也就没有什么替爸妈向伙伴们炫耀的资本。他接着又想查一下自己出生的 1969 年，可是历史课本上竟然没有！历史为什么在课本的最后一节"中华人民共和国成立了！"之后突然断裂了呢？好像以后一直到现在都是一帆风顺没什么可写的。要么就是，后面的事情，不需要未成年人知道。

许晚志知道爸妈之间的感情很好。他们是被别人介绍才认识的，认识了不到一年就结婚了。在许晚志看来，他们算是天造地设的一对。爸爸皮肤白净，高挑个子，但是脾气坚韧、果敢，是一家工厂里的技术革新能手；妈妈长相端庄，性格贤惠，在街道办事处做出纳员。他们的爱好也是一动一静，互为补充：爸爸业余喜欢打乒乓球，妈妈业余喜欢读文学书，经常是，爸爸在外边打乒乓球一身汗水回家，妈妈却只顾捧读小说把饭菜做煳了。有一次，爸爸一脸吃惊地看着妈妈："你看你，你看看你。"妈妈则不乏幽默地，用她和丈夫都喜欢的屠格涅夫《初恋》里的人物对弗拉基米尔·彼得罗维奇说的话来回应他："年轻人，喂，年轻人，难道有您这样瞧别人家小姐的吗？"两个人就会心一笑，招呼许晚志和妹妹赶紧吃饭，当然，好的饭菜由孩子们吃，他们两个争吃那些煳了的饭菜。到了晚上，尤其是停电的时候，收音机像是一截木头一样呆立在桌子上，妈妈躺在被窝里，就着蜡烛，仍不忘给爸爸朗读一段《牛虻》里的描写："那吉普赛女郎带着点儿挑战的神气把琼玛打量了一下，生硬地鞠了一躬。正如玛梯尼所说，她生得的确漂亮……"或者是，如果妈妈读到的是《钢铁是怎样炼成的》，她就会尝试着将里面的歌词背诵下来："所有的纤夫，都回到了故乡，唱起歌儿，抒发心头的忧伤……"

许晚志知道，爸爸是爱妈妈的，同样，妈妈也是爱爸爸的。在他的印象里，世界上不存在不相爱的父母。有时候他想，爸妈之间就是因为相爱，甚至忽略了孩子的存在。当然，更多时候，是他，而不是妹妹。可这又有什么呢？连他也喜欢他的妹妹啊，他是不会去嫉妒她的。更何况，女孩儿的天性，应该被疼爱。

所以，他感觉的家庭是幸福的。

可能是受爸爸工作的影响，许晚志九岁那年开始对物理产生了兴趣，当然，他还没有系统地学习过，他只是凭着贪玩的天性和模仿的冲动，向他懵懂的领域跨进。他用铜线圈自制了一个直流小电机，通上电源，看它带动一个小小的风扇在转。他还把爸爸从工厂里拿回来的磁铁放在炉火上烧，看它怎样变得没有磁性，然后又想尽一切办法，试验它怎样能恢复磁性。对他来讲，身边的一切实在具有太多的奥秘。

他也喜欢文学。他对文学所表达的世界似乎有着天生的敏感，也许，这是妈妈无意中带给他的。在课堂的造句考试中，他在考试卷上写下这样的句子："船儿驶过的河水变成一片片破涛"，还有"秋风一寸寸地吃过青草地"。虽然，老师帮他改正了，并给他扣掉了分数，认为他不过是马虎地将"波涛"错写成"破涛"，"吹过"错写成"吃过"，然而，这并不能扼杀许晚志对世界的诗意向往，在他看来，船儿驶过的河水，就是变成一片破碎的波涛，理所当然那就是破涛；而秋风一寸寸地吹过青草地，把草吹矮，那简直就像在吃青草一样，不是么？

许晚志最明确的目标，其实是将来成为一名小提琴演奏家，只不过，他的这种愿望很快就破灭了。那是一天下午，放学的路上，许晚志老远就看见一队年轻人站在路边，焦急地四外张望，身边堆放各种箱子、凳子和其他杂物。许晚志背着书包走过去的时候，一个男青年亲切地问他："小朋友，去县城的剧场怎么走？"许晚志没看过演出，但是他很熟悉剧场的位置，于是他指给对方看。对方向他谢过之后，他看见了男青年身边一只敞开的箱子，里面躺着一架说不清是玩具还是工具的物品。"这是什么？"他好奇地问。"是小提琴。"男青年说，顺手把它抽出来，给许晚志带有炫耀性地拉了几下，立刻，一阵奇异悦耳的声音在空气中颤动，像要迷乱了它们似的。"你能教我拉一下吗？"许晚志红着脸问。他倒不是为了日后向同学吹嘘他拉过小提琴，而完全是出于一种本能，想亲自验证一下未知的事物。他对物理和文学有兴趣，但他不知道，作为乐器，其实正体现了物理原理与文学原理的美妙结合。正在这时，一辆卡车开过来停住了，男青年装好小提琴，盖上箱子，对许晚志说："你帮我们干活儿好吗？往车上装东西，完后我教你拉小提琴。"

许晚志像一只勤快的松鼠搬松果一样，兴奋地帮那些年轻人往卡车上递东西。他的裤子和衣袖弄得不能再脏了。临末，他提醒那个男青年，他是否该拉一下小提琴，可这也是卡车即将启动的时刻。那个男青年很无奈地，同时也用一种像许晚志盼望拉小提琴那样顽强的口吻说："我们晚上七点钟演出，你多通知一些人来看吧，这样，我们明天这个时候再在这儿见面，我教你怎样拉小提琴。"

许晚志那天傍晚通知了七八个同学去看演出，又格外拽上了他的爸妈（自然也领上妹妹）和两个姑姑。大家是花钱买的剧票。那种简陋的演出，在许晚志看来就是某种在庄严的仪式，偷偷拉开他明天隐秘的希望的序幕。与此相比，老师布置的那些繁冗的作业就是延到后半夜再做也不是什么辛苦的事。

第二天下午，许晚志独自在他原来路过的地方等待了好久。他并没有遇到他想见到的人。一个路人告诉他，那些演出的乐队——那辆卡车，那些年轻人，那些箱子，他们早晨就从县城出发了，离开了。他们来自很远的城市。

许晚志眼睛湿润了，不过他没让眼泪掉下来。

他很快就把这件事忘了。他同平常没什么两样。稍微有变化的，是他此后每次放学路过那个地方，都加快脚步，仿佛那是一块危险之邦。

许晚志在九岁这一年冬天第一次学会打架，其实那倒也不怎么光彩，是两个人打一个人。此前，许晚志从没有主动碰过别人，除了无意中抛石块打破过一个同学的脑袋。还有一次，他倒是救过一个打架的同学，那个同学横穿马路追另一个同学，许晚志一把拉住了他，身边一辆大汽车飞驰而过。

这一次是高年级一个男生主动挑衅的，据说起因是许晚志和钟达值周，在学校门口记了那个男生的迟到，结果被老师罚写了半本小楷，所以他要报复。他在下课的时候对许晚志和钟达说，有种放学在西胡同见，他要让两人瞧好的。

许晚志问钟达："怎么办？"

钟达愤愤地说："没、没事儿，到时候听、听我的。"他又给许晚志小声说了几句什么。

到了中午，有那么多放学的同学听说要打架，都围过来看热闹，人群中有人喊："好呀，白光腚，你可成了英雄了啦！"

"白光腚"就是那个高年级男生，他名字叫白广令，也不知他家里给他起这个名字是什么意思。

白广令个子高高的，他探手抓钟达的衣领，钟达一拧身躲了。许晚志迅速和他并肩站在一起，面向白广令。钟达喊："天炮！"

话音刚落，许晚志和钟达两个，四条胳膊，不分青红皂白，像转动的风车一样齐齐舞向白广令，一瞬间许晚志都看不清什么了，那阵势，就是前面迎着铁砧，他们的拳头也会毫不迟疑地落上去。白广令更是看不清什么了，他只觉对方的四只拳头分别落在他的胸上、颈上和头上。

这时候，钟达又喊了一声："地枪！"白广令一下子觉得上半身轻松了许多，但是下半身，钟达和许晚志齐刷刷地左右踢腿，轮番把脚踹在他的肚子上。这样仅过了五秒钟，钟达又喊一声"天炮"的时候，白广令已经远远地退到人群里了。

大家嘘声和哄笑连成一片。白广令站在那里红着脸，愣愣地看着许晚志和钟达，仿佛刚刚他也旁观了一场打架似的。后来，他摇摇头，难看地笑了一下，转过身走掉了。

谷老师破天荒地没有批评他们。不止是没批评，在谷老师下午知道这件事的课堂上，她还说了这么一句话："成功抵御别人挑衅而得来的快乐，往往大于主动进攻别人的快乐。"

就是在这一堂课上，谷老师还询问了大家各自的理想，问他们长大后干什么。几乎所有的同学都选择说要当科学家，当解放军，当医生，当问到许晚志的时候，他站了起来，不相信地说："我？"

"对，你。你长大后干什么？"谷老师微笑着问。

"我……不想长大。"

"为什么？"

许晚志又想起了他曾经做过的梦。他不好意思当着大家的面，说他害怕长大是因为人长大后终会死。他急忙编出一个跟物理有关的解释：

"所有的人长大是要增加重量的，这些增加的重量会把地球压下去。"

班级里爆出满堂大笑。

"哦，"谷老师诧异了一下，她抚着许晚志的肩头，让他坐下，"你觉得站起来是不是也会给地球增加重量？"

这次是许晚志被逗笑了。

"也许你说得有道理。"谷老师说。她开始给大家上课了。


三


日子一天一天过去，苏米感觉生活过得简单而充实。她这两个月来，几乎没买一件衣服或裙子，所洗换的全是当初家中带来的衣物，想一想连她自己都似乎吃惊。原来深圳这地方，即便冬天，气温也常达二十多度，一身简便清爽的北方夏装足可应付这里的一年四季。更兼苏米身居斗室，平时并无户外社交应酬，如此，不施粉脂，轻裘缓带，自是赚得心安。

不过虽说苏米足不出户，她对眼下这座城市还是充满了本能的好奇和关心。通过电视和报纸，她点点滴滴地了解这座城市的一切，比如，深圳有史以来的首次地铁工程传闻很快要开工了。离这不远的国贸大厦那里，将会魔术般地出现一个地铁口；比如，刚刚，美国前国务卿基辛格博士首次访问深圳，并称赞深圳取得的巨大成就，体现了中国人具有卓越的奉献精神和创造力；比如，深圳市龙岗区横岗镇一家外资企业发生工人集体重大中毒事件，老板对此置之不理；比如，据深圳市慢病皮肤病防治研究所提供报告，在过去的一年，深圳市的梅毒发病率比上一年增加了五倍多，且范围逐渐扩大；比如……

这一天下午，苏米和容小兰刚刚忙过几份生意，容小兰在一边喝茶，苏米正坐在椅子上浏览报纸，从门外走进来一个穿着利落的四十五岁左右的男人。这个男人看样子很懂礼貌，进门时专门把手里的香烟掐了，然后用安徽口音问道："你们这里有没有蛇干？"

蛇干主要是产于南方的药材，北方并不多见。容小兰的店铺开在南方，自然从北方弄不到这种药材来卖。于是苏米告诉他，本店没有蛇干。

"噢。"男人点了一下头，然后自我介绍说，他姓卞，是安徽省蚌埠市医药公司驻深圳采购处的主任，今天专门来这里，是想联系一项业务。

"什么业务啊？"容小兰漫不经心地问道。

"想请你们代收一下蛇干，因为我们公司今年的蛇干需求量非常紧缺，我们已经委托深圳市内许多药材店铺帮助代收了。"

"怎么一个收法呢？"容小兰问，她把杯子里的一根茶叶剔在小指尖上看了看。

"每条蛇干我们的收购价是八十元，给你们的佣金是十元。"

容小兰目光亮了一下，但她随即装作去看窗外的阳光摇了摇头。

"你看怎么样？"男人微笑着问。

"太——少——啦！"容小兰朝隔间走去。她去拿了一根赶苍蝇的拍子，然后又走了出来。

"不少了呀！"男人的安徽口音明显加重，"你在这个店铺里闲着也是闲着，什么事都不受影响的。"

容小兰还是摇了摇头。苏米看了她一眼，可是她看也不看苏米。

"那你要多少？"男人问。

"十五元。"

男人明显是受了挫折一样，站在那里好长时间说不出话。末了，他终于狠狠心说："那就按你说的价钱来吧，我主要是觉得你这个店铺的地理位置太好了，代收量应该很大，否则，我才不会打瓢（安徽方言，让步的意思）呢！"

事情就这么定了。临走，这个姓卞的男人给容小兰留下一张名片，上面有他的地址和手机号码。他同时记下了容小兰店铺的地址和电话，说是马上回去印刷广告单，明天送来。

果然，第二天快到中午，这个姓卞的男人如约而至，并且手里拿了一摞由他出钱印刷的广告单。他说他已经和手下同事散发了一百多张了，余下的交由容小兰和苏米散发。

吃完午饭，苏米就站在嘉宾路边，将那些广告单散发一空。

仅仅过了两天，就有一个女人按照广告上的地址，送来六张蛇干。容小兰付给对方应得的钱后，给卞主任打了电话。当天下午，卞主任手下的一名姓孙的业务员就前来交接。他将本金和佣金数给了容小兰，然后骑摩托车载走了蛇干。

容小兰净赚九十元佣金。

苏米佩服得不行。她总觉得容小兰脑子够机灵。

接下来的一周里，有上门送五张蛇干的，有送十张的，也有一份送二十几张的，容小兰全都跟卞主任交接清楚。有一次容小兰跟卞主任通电话，苏米在旁边听见卞主任话筒里的声音很清爽，也很愉快，他说这几天还要加大一下广告宣传力度，然后在元旦之后，请这些帮助代收蛇干的店铺老板吃一点饭。

容小兰说，那多不好意思啊。

这一天上午，店铺门前开来一辆小型轿货车，两个当地年轻人拉来两个大袋子，共三百六十二张蛇干。容小兰和苏米认真清点完毕，马上给卞老板打了手机，请他前来交接货物。卞老板在手机里大喜过望，激动得话都有些结巴了，不过更让他着急的是，他说他现在正出差广州办业务，下午返回，请容小兰先替他垫付一下这笔货款，他回来后即连同佣金，将全部货款一并交还。

容小兰同样兴奋之至，她当即凑出两张存折，去附近的银行取出足额的钱，三百六十二张蛇干，共两万八千九百六十元，交给了卖蛇干的人。

接下来，容小兰就静等卞主任前来交接了。

足足等了一下午，卞主任并没有来。

到了晚上，卞主任仍没有来。

容小兰情知不好，赶紧拨打卞主任的手机，却已经关机了。

三天之后，不仅收蛇干的人一个也没有，连送蛇干的也再没有，甚至，容小兰专门去查看卞主任所谓蚌埠市医药公司驻深圳采购处——这个地址也是假的——之后，容小兰就再也忍不住，为自己所犯的愚蠢，呜呜地哭出声来。

元旦一过，"裕润中药材商行"的生意渐渐难过起来。

在这一年岁首，深圳市的中药材市场竞争异常激烈，一些格局小的药材店因为站不住脚跟，纷纷退却。更加上好像突然之间，作为名贵药材的东北长白山人参，殊难抵抗韩国高丽参的疯狂抢滩，造成价格下滑，大量积压。据行家解析，高丽参市价已达每公斤几千元，而长白山人参市价仅是它的十分之一，究其原因，并不是长白山人参的药用价值不如高丽参，而实在是高丽参讲求宣传和包装，药材的深加工档次远远高于长白山人参。容小兰的店铺，本来销售长白山人参是占了很大利润比的，没想到似乎一夜之间，深圳各大药店、商场，甚至宾馆的专柜里，统统摆上韩国高丽参，这在本已显得非常激烈的药材市场竞争情状之下，又给了它另一种打击，同时，按照惯例，只要进入新的一年，深圳房租不约而同一律上调，这无疑使得容小兰的店铺经营雪上加霜，步履维艰。

容小兰不止一次跟苏米说，再这样拖下去，怕是要改换其他经营了。

"其他什么呢？"苏米问。

"比如装修材料店，"容小兰说，"这些年深圳楼市很火，室内装修这一块非常吃香。"

苏米从心里关切容小兰的生意，因为这也正说明她自己陷入两难的境地。一方面，许晚志在家里刚刚给她来信（他的三个月在省城进修已经结束了），希望她尽早回去，因为很快到春节了；另一方面，容小兰又再三挽留她，鼓励她继续和她在深圳再闯荡一段时间。苏米想，如果现在回去，尽管容小兰已经给她开了两千多块钱工资，但是除掉日常花销和来回车费，算来所余无多，与她此次来到深圳的最初梦想确有差距；另外，一想到返回几千里之外的家中，必将重新面对那种赋闲无业、提心吊胆的无数窘慌的日子，她就心有不甘。那何妨暂时再待上一阵子，看看容小兰的下一步生意怎样发展，或许会峰回路转，柳暗花明呢？

就在这犹豫和观望之中，苏米想回也回不去了，一年一度的全国春运高峰已经来到，深圳几十万、上百万的异乡人将在几天内全部离开这里，苏米根本无法买到哪怕是一张站着的火车票。

容小兰是一个说干就干的人，她仿佛没有为某一件事情思虑超过一天的时候。据她讲，她在深圳的确有一位很懂家居装潢的美院毕业的朋友，只因年轻，手头拮据，无法成就事业。如果容小兰能够投入资金，跟他合作，重新开一家装修材料店，那么赚来可观利润是不成问题的。

容小兰反反复复跟苏米讲这个事情，到后来苏米终于明白，容小兰想表达的无非是：她这几年其实并没有赚得太多的钱，因为此前也是给人家的药材店帮工，虽说现在自己干，也不过几个月时间。何况，上次为蛇干的事还让别人骗过一次，事后咨询得知那些蛇干根本不值几个钱，她里里外外等于净赔两万元。如果这次她把药材店出兑出去，再把所有积蓄拿出来，资金也还是有部分缺口，须知，开装修材料店的投资相对是很大的。那么，假设苏米肯于投资，补上其余缺口，由那位美院毕业生牵头，三人合股，按 4:3:3 分成，粗算下来，每人每年净赚七八万块钱是不成问题的。

就是这个事情。

苏米想了好久。她无数次鼓励自己，又无数次推翻自己。最后，她还是下决心说服自己，不能白来深圳一次，她要好好干一场。她给自己定下的底限是，看看能不能筹借到钱，如果能够，就留下来；如果不能，那就回家吧。

接下的事情虽然费了周折，但也算是聊可宽慰：她不可能向许晚志说钱，一则他盼她回家尚无下文，二则她知道家中没钱。她打电话向原来工作单位的一位要好同事借了六千元，又给"老山羊"写信，好说歹说，让他相信差不多发生了天大的急事情——并且当然不会是坏事情，借到了两万四千元钱。他们分别汇了过来，这样，一共是三万元整，她把它交给了容小兰。

一切都在欣喜的盼望中。容小兰说，等到她的那个朋友把开材料店的手续办下来，她们就出兑自己的药材商行，重新大干一场。

除夕的晚上，容小兰和苏米一同去解放路那边看花市和灯展。据说那儿在几天前就被市政封了路的，专心专意举办这项活动。去了一看，果然人潮涌动，花香扑鼻，热闹非凡。容小兰和苏米逛了一阵子，很是兴奋，接下来两个人又找了一家饭店吃自助餐。出来之后，将近十点，满街华灯炽亮，礼炮轰天，一种异域的年味让人感觉陌生而浪漫，浮华而寂寥。苏米和容小兰稍微喝了一点红酒，此时竟有些不胜酒力，只好拦了一辆出租车驶回驻地。临近嘉宾路的一条巷子口，她们从出租车挡风玻璃看到前方人群攒动，街彩流离，交通阻滞。出租车司机回头看了她俩一眼，说："前边走不动了，只能在这里下车吧。"

两人打开车门，相扶着在人丛中向前探索和迤行。渐渐地，两人不约而同嗅到空气中传来一种焦辛味，比沥青熏呛，比火药刺激，不知道是怎么回事。再往前行，隐隐看见前面相距不过几十步的人行道旁，浓烟升腾，火光燎烈，气味更加难闻。苏米心里一沉，仔细再看，那浓烟和火光包围着的，分明是她们的"裕润中药材商行"！

"不好！小兰，失火了！"

"哪家的店子？"容小兰的话音紧随苏米而起，她紧张地抓紧苏米的胳膊，酒立刻醒了。她分明也看清了她的同伴所看到的事情。

"咱们的店铺啊！"苏米尖厉地叫道。

"糟糕，是我走之前忘记了关掉烧水的电壶！"

"让开让开——！快！"身后传来一阵杂乱的咻咻声，那是消防车上跳下的几名消防队员擎着水带，急匆匆地向火场赶，人们回头望着他们，脚步纷纷凌乱地向两边躲避。

"这是什么店子？"有人好奇地问。

"不知道。"

"好像是一家药材店。"

"哎哟，旁边的门面房也被它连累烧着了呀！"

"店子的主人呢？"

街上围观的人们议论不断，有好事的逛街者随手用照相机拍摄失火的场景，那本来是用作拍摄空中礼花和焰火的。苏米嗓子里浸出一股紧迫的咸味，她慌张地问："小兰，怎么办？"

无人应声。苏米回头一一看去，身边全是陌生人的面孔。

苏米冲出人群，寻找容小兰。街上车来车往，她的朋友已不见了踪影。


# 四


许晚志十二岁那年暑假是在乡下姥姥家度过的。那是他即将告别小学的最后一个暑假。秋天，他就该是一名初中生了。

他的爸妈刚刚离了婚。谁也说不清是为什么。好像连争吵也没有，许晚志只记得前一天夜晚在睡梦中，隐隐约约感觉他们好像说了一宿的话，第二天就分开了。如果单看每个人的表情，那是风平浪静，什么也不曾发生，但是他们所住的房子里面还是透露了许多重要的信息，一切都显得十分凌乱，那是很让人感到陌生和惊讶的。沙发被搬走了，衣柜被取空了，套间里原来有一张床，虽然还在那里，可是位置彻底改变了，这让许晚志看到它平常遮挡的墙角透出一个小洞，里面还塞满了碎纸。爸爸在费力地提起一只手提箱的时候，妈妈哭了。

爸爸独自一人离开了家，把许晚志和妹妹留给了妈妈。妈妈在爸爸走后的三天里几乎没说一句话，她一个人喝了一些酒，那瓶酒，许晚志记得有一回妈妈扭伤了踝骨，爸爸还用棉纱蘸酒替她揉搓，现在它又流到一个人的胃里治疗某处的心灵。妈妈第四天开始说话了，她跟个正常人一样。那瓶酒她没能喝光，此后她再也没去碰它，任瓶身在柜角积满了灰尘。

就是在这一年夏天，妈妈感觉家务太累了吧，要么就是，她想让儿子换一种环境和心情，她把许晚志送到了百里之外的乡下。

乡下真是非常美丽。在这里，许晚志夜晚第一次见到了那么多的萤火虫，也就是说，安徒生的童话完全被铺展到这无边的土地上。他看到暴雨之后的洪水，仅仅过了两天，就在广阔的河床上静静地流淌着，像是一片透明的风一样，吹动上面浮游的鸭子。他看到一些牛和狗，走在乡间的路上，或是闯进庄户的院子里，熟谙得就像是串亲戚一样。天那么高，地那么阔，中间存在的一些景象，弄不明白怎么会被安排得那么合理。白天看过的一些事物，经过一个晚上，第二天会发现重新富有变化和生机。薄雾在上午十点钟的时候还在笼罩大地，与昨天同一时间的阳光明媚判然相异。牛栏边的那丛矮草，昨天傍晚还蔫头蔫脑，今天竟然擎出一朵小花。远处的田野里，像晃动小孩子拨浪鼓那样叫声的青蛙隐遁了，传来一阵阵细碎的虫鸣。姥姥家的那个宽肩膀舅舅，五十多岁，一刻也不闲，昨天上午在山上放羊，今天上午却又在仓房里忙活了。

"泡这些豆子干什么呢？"许晚志问。

"做豆腐啊。"他舅舅笑呵呵地说。

"豆腐就是用它做出来的吗？"

"是啊。"

过了一会儿，许晚志又问：

"为什么又要给它换水呢？"

"给它降温，怕这些黄豆热了，酸了。"

许晚志目光看见驴厩里的驴，他接着问：

"那头驴为什么每顿要吃两回东西呢？"

"先喂秸秆，让它不饿，然后再喂麦麸、豆蔓，这些东西比前面的好吃啊，这样是让它不断多吃，好有力气干活。"

"那它每次干完活回来，又为什么要在地上打滚呢？"

"哈哈，那是它在休息解乏啊。驴这畜牲就是这样恢复体力。"

"马也是吗？"

"马也是。"

"牛是吗？"

"牛不是。"

许晚志看看四周，不再问了。不是没有什么问的，而是想问的太多了，可是舅舅在忙。比如他还想接着问"为什么牛不干活时嘴总在动"，类似的问题简直太多了。

姥姥在门前的场地上晒了一些粮食，她叮嘱许晚志好好照看，如果麻雀来了，一定把它们轰走。那些粮食自己是不会躲避的。

来了两只红尾伯劳，样子像麻雀，许晚志赶紧拎起衣衫把它们轰走了。姥姥见了，说："那不是麻雀，它们只吃虫子，不吃粮食。"

过了一会儿，又飞来一群灰椋鸟，白喙，红爪，周身灰色。许晚志认得它们不是麻雀，就任凭它们跳来跳去，他看得入了迷。姥姥一边忙着拉风箱做饭一边喊:"小祖宗哟,待会儿它们就全把粮食吃光啦,你快把这群要饭鬼赶走!"

"哎,哎——噢嘶!"许晚志一边慌乱答道,一边嘴里吆喝着。他真有些舍不得赶走那些素昧平生的小精灵。这个世界多奇妙啊。

一天傍晚,许晚志一个人从邻村回来,穿过广阔的郊野。他站在一处高坡上,看到了坡上坡下奇异的景象:薄暗的天空中,一边是渐渐垂落的橙色的夕阳,一边是冉冉升起的洁白的月亮。云彩在天上凝然不动,树木在地上轻轻作响。这是在城里很难见到的,身处这种环境之中立刻让他产生诗一般的忧伤和揣想,他琢磨,这个世界究竟是为人而建造的,还是人只不过为使世界不寂寞而产生?如果自己有一天死去,这个世界的一切还会继续存在吗?他想应该是存在的。比如他的姥爷已经去世好多年了,可是面前的景物不还毫发未损地存在着吗?不过,对姥爷而言,世界是不存在了,因为姥爷没了。这样想着,许晚志就闭上了眼睛,想象自己死去,他果然什么也看不见了。等到他睁开眼睛,身边的事物依旧。啊,可见,只要人死了,世界就什么都没有了。

许晚志感到一阵害怕。他紧紧扶住身边的一棵树干。


在村子里,原来不只是有牛、马、狗,不只是有山、河、树木、房屋,还有那么多麻雀一样乱跑乱叫的孩子。

他们不久就喜欢上了许晚志。在他们眼里,许晚志是从外边来的,那自然产生一种亲昵和好奇。何况,他们天性又是那么朴实。令许晚志头疼的是,他们很快就记住了他的名字,可他却记不住他们的。他们人太多了。

大家经常在一起玩一种"跑马城"的满族游戏。此地位于东经125度、北纬40度左右,历史上就是北方的满族人口集居之地,至今,民间生活中仍遗留着满族遗风。"跑马城"这种游戏，就是儿童们趣味地演绎满族八旗子弟列队和征战的场面。

那无非是在一片阔大的场地上，两队人遥遥相对，各自站成一排，一队人手拉手迎上两步喊："急急令！"

他们退回原地的时候，另一队人手拉手迎上来，齐齐地应："跑马城！"

先前的那队人再喊："马城开！"

另一队人喊："大小格格都过来！"

先前的问："你要谁？"

另一队人就可以大声点出对方队列中的某人，"我要×××！"被点名的人就要急速跑过来用身体冲阵。如果他将这边拉手的队伍冲开了，他就可以随意挑一个伙伴带回去；如果他冲不开，那么他就要作为俘虏留在这里了。游戏的胜负决定是，看哪一支队伍人最多，哪一支队伍只剩下一个人。

剩下的那个人，无论男女，大概就成了"嫁"不出去的格格了吧。他（她）要被蒙上眼睛，每个人上前拍打一下。

许晚志第一次接触这种游戏，那种兴奋劲就别提了。几个场子下来，他俨然成了一名指挥官。"锁明，你别站在那里，你到这边来。"他对一个男孩儿说。

那个男孩儿听话地站过来，临了，不忘嘀咕一句："我不叫锁明，我叫彭清。"

"噢，彭清。"许晚志说。他又向远处喊："二样，二样，你们那里好了吗？"

远处一个长痱的少年不解地回道："二样是我弟呀，我是大样。"

许晚志如同分不清麻雀和灰椋鸟一样，有点儿尴尬，不过他相信这些农村少年没一个介意的。在他做好一切分工的时候，远处伴着夏风吹动灰尘而跑过来两个小孩儿，一男一女，个子矮矮的，要求加入队伍。

"你们叫什么名字？几岁了？"许晚志问，认为他们不够分量来加入游戏当中。

"我八岁。"男孩儿说，他忘了报自己的名字，那恰说明他加入游戏心切。

"我叫苏米。"女孩儿说，短发被风吹得乱乱的。她声音很轻，有点儿腼腆。

"噢。"许晚志说。

"我十岁。"叫苏米的女孩儿说。

"那你俩到队伍末尾吧，"许晚志说，"别让人家撞倒了你们。"

那一天大家玩得真疯呀。许晚志记得，有那么多回，不同的家长在村头喊各自的孩子回家吃饭，可没有一个人愿意走的。

如果世界允许他们不长大，饭晚一点吃，觉不睡，他们真愿意永远这样待下去。

许晚志不知道，在接下来的一天里，他不但在游戏中跑马城，他还要在现实中真正地骑马跑城。

那就是次日，中午吃完了饭，许晚志和一群伙伴在柳树底下，看见睡着了的刁罗锅躺在马车上，被他家的枣红马嘚嘚儿拉去供销社，许晚志就眼馋得不行。他回头一瞅，二样家的小叫驴正贴着垒猪圈的石墙，在那儿蹭痒呢，他立刻觉得那痒蹭到他心上了。他说："咱去骑驴。"

伙伴们立刻簇拥着过去。那头狡猾的驴大约是看透了小孩子的心思，它绊倒了一块石头，边跑边回头地躲远了。

不知道哪一个小孩子土声土气地说："那儿还有一头骡子！"

大家转过头，顺着他指的方向，果然看到一头灰骡子正在低头吃草。那头灰骡子体形高大，骨健肌丰，大家走过去，不由分说把许晚志抬起来。许晚志脚蹬骡腹，抓住短鬃，就势骑了上去。

"走哇。"许晚志拍了一下骡子。骡子的扁尾巴动了一动，四肢没有反应。

不知哪个捣蛋鬼抓起一块石头，砸了骡子一下，骡子把脑袋抻直，摆好架势，乡下孩子们知道它是要尥蹶子，一轰儿散了。

灰骡子尥了两下蹶子，许晚志惊得死死搂住它的脖子，总算没摔下来。骡子发恼，干脆一路小跑，向远处一片熟荒地奔去。

那片熟荒地，是去年种的玉米地。玉米秸被收割了，只留下一望无际的尖尖的茬子，个个足有半尺长。也就是说，骡子如果跑到那里撒起野来，许晚志是一定会被掀到地上的，结果可想而知。

伙伴们都惊呼起来，可是谁也来不及去追上骡子。就在这时，一个小小的身影在地头拦住了骡子，那个身影喊："大灰，大灰！"骡子竟立刻停住了，晃了晃它粗壮的脖子，老实了。

原来是苏米。那头骡子，不用说正是她家的骡子。

许晚志半天才从骡子身上滑下来，脸都跟骡子身体一样灰了。

许晚志在乡下姥姥家玩了一个暑假，足有四十多天。

临走那天，舅舅送他到乡里的客运站。从村里到乡里，能有二十里路，牲口都下地干活了，舅舅二话没说把自己套上平板车，让许晚志坐上，肩头一耸一耸在路上拉他。

这一个假期，舅舅时常给许晚志抓知了，烧苞米棒子，烤麻雀，还领他漫山遍野地转，两人相处得已经很有感情了。走了五六里路，看着舅舅出一身汗，许晚志说什么也不坐车了，他说："舅啊，我下来走吧。"

舅舅说："这平板车的辕子沉，你下来了，我拉着更累。"

许晚志跳下车，说："舅，那我拉你吧！"

舅舅笑呵呵挖挲开他粗糙的大手，反复摸着许晚志的脑袋："你呀，什么时候长大了，你就可以拉我啦！"

站在风中，许晚志想：是呀，我什么时候能够长大呢？

## 五

亲爱的晚志：

　　亲爱的，晚志，你知道我多么想见到你吗？多么想回家。我想这一阵子你都好吧？家里都好吧？

　　我一切都好。本应该早点回去，可容小兰这边的生意越来越忙，我暂时真的走不开，真的。再过一段时间吧，我肯定会回去。

　　你多保重。今年的煤，是不是又要涨价？你记得晚上封炉子时，一定将窗户打开一阵，防止煤烟中毒。在家里总是你这样告诉我的。

　　祝快乐！

你的，苏米。

　　又及：不必给我回信。容小兰马上要经营别的生意，地址还没定。待有新址，我再告诉你。

苏米把这封信仔细地看了三遍，自感除了开头有点啰唆之外，表达的意思总算清晰。她把它粘上封口，投进邮箱，然后恍惚着走出邮局。

她不知道该向哪里去。失火事件发生至今已经两个月了，她感觉自己完全成了这座城市的浮游物和零余者，一切变得无比艰难。没有人认识她，接待她，她几乎囊空如洗。是的，两个月来，容小兰的身影和声音再也没能在她身边哪怕像老鼠的脚步那样出现过一下，她不仅让她们之间的友谊忽然遁空了，也让她放在她那里的三万元钱瞬间消失了。苏米找不到容小兰，所有人也找不到容小兰，包括消防队队员，失火的房主，还有警察。他们及时讯问了茫然的苏米，她一无所知。人们后来相信了她的无辜，租房合同不是她签的，营业执照也不是她的名字。她确实什么都不是。不过，一个长相颇似香港电视连续剧《霍元甲》里的陈真的年轻警察，临走时还是在工作笔录中记下了她的名字，并对她说，如果她知道她那位朋友有什么消息，一定在第一时间告诉他们。

"好的，谢谢，"苏米喃喃地说，"我也正想跟你们说同样的话。"

那位像陈真的警察好奇而严肃地看着她。

"因为她拿走了我的三万元钱。"

苏米曾经在一个暴雨之夜，按捺不住在街头电话亭里给谢文打了一个长途电话，尽管她知道希望渺茫。谢文懒洋洋的声音令她十分意外："我和容小兰两年前就离婚了。是她让你打来的吧？我知道你们俩是最好的朋友。老天爷，已经有无数人帮我们撮合了，但是我告诉你，让我们复婚，这是绝对不可能的！"

电话随即撂了。

苏米知道当务之急是把自己安顿下来。她知道自己无论如何不能在这个时候返回家乡。她不知道该怎样面对许晚志，怎样面对借给她钱的同事，还有她的父母。她要留下来，哪怕，只为了有充足的时间仔细想想一直以来到底发生了什么。

她曾去过一家只有三个人的小型货物代理公司应聘，工作范围是做简单的文案，比如帮助复印，接听记录客户电话，回访，撰写调查报告，等等。那家公司在一栋单元楼里，租占其中的一间屋子。他们向苏米说明了情况，头一个月是试用期，不开饷的，如果业绩突出，那就在第二个月正式签订用人合同，每月薪金一千元。

苏米每天从临时租住的旅店里出来，早早来到公司抹桌子，拖地，烧水，整理文案。她几乎包揽了所有的别人不愿做的活计。所谓所有的别人，自然指的是那三个人，他们无疑都是老板。甚至每到中午，他们懒得下楼，连盒饭都要苏米买好给他们提上来。这样过了一个月，对方给她的答复是，他们对她并不感到满意，她明显不胜任她应该做的工作。她被解聘了。

苏米随即又找到第二家公司，那是一家玩具制造公司。它看起来似乎要正规一些，规模也很大。公司方面向她收取了三百元押金，据说这样是为了防范因员工"跳槽"而打乱他们的人事安排计划。另外，公司也明确表示，按惯例，头一个月是试用期，第二个月才正式发饷。与苏米应聘的前一个公司不同的是，他们答应为她将来办理劳动保险，并且每月薪水竟可达到两千元。

苏米全力投入工作中，但她很快发现，超常规的繁忙沉重的工作竟不是她一个人可以干过来的，而应该是两个、甚至三个苏米共同完成的。她白天要在公司的玩具商场做营业员，一直干到晚上八点。吃完饭要继续到公司的车间劳动，与所有工人一起给玩具涂抹油彩，直至半夜十二点。凌晨，五点钟不到，她要起床赶到公司仓库门口，帮助外运的卡车清点货物数量，当然，人手不够的话，她还要跟随出差。半个月下来，苏米已是累得腰酸背痛，头蒙眼花，不辨南北。有一次半夜下班，因公司从来不派通勤车，苏米只好独自往住处赶，在一家便利店门前遭到两个男人调戏，险生意外。之后，苏米又坚持做了两天，工作量竟然有增无减，于是她不得不主动选择离开。

她不仅一分钱工资赚不到，她的三百元押金也取不回来。离开公司的那一天，苏米看到还有许多像她一样四处找工作的人在公司人事部门前排队，交押金，等待应聘。苏米一下子明白了，原来深圳有无数的所谓公司，就是靠这种高强度劳动的手段盘剥前去应聘的人，让他们白白出了力气之后，却不得不自动放弃和离开。

苏米此时，身上携带的容小兰当初开给她的那些工资，已经所剩无几了。

受好心人忠告，苏米知道，要想找到可靠一点的工作，应该到笋岗那边深圳最大的人才大市场碰碰运气。

一连三天，苏米乘公共汽车到达笋岗，再在人才大市场迷宫样的大厅里逡巡甄别，在数千人的身潮涌动和几百处的招聘档口一一寻找适合她的工作信息和条件，却面临的不是大厅即将关门下班，就是招聘单位报名已满。实在说，仅在几百处招聘档口一一浏览下来，就要占去差不多一天的时间。第四天，她学到了一点经验，在去笋岗之前买了一份早报，坐在公共汽车上浏览。早报的广告专版详细地对当天的招聘职位做了分类和编号，她可以从容找到自己感兴趣的工种，再到现场按图索骥，这样果然能够节省大量时间。

让苏米在车上很有感触的是，几天下来她从来没有给别人让过座位。作为一座移民城市，深圳的人均年龄还不到三十岁，自然很少看到老年人乘公交车的现象。这是深圳公交车同内地最大的不同。从这里，也可以看出年轻人对工作竞争的激烈程度。

到人才市场转了将近一周，苏米意识到自己想象离事实还是有很大差别的。她所感兴趣的稍为文明一些的职业，几乎全部需要懂得电脑的文件编程和操作，而这恰是她所陌生的。此外，商业主义浸淫下的各大小公司，似乎毫无例外地热衷和欢迎工商管理学方面的人才，并且是硕士。要么，就需要英语很好，最好是 BEC 三级。这些本领苏米都没有。她在大学里学到的考古专业知识，在深圳这边简直可笑地成了屠龙之技。

即使不接受铺天盖地的报纸所谓找工作应面临实际的诸多忠告，也不接受深圳人才大市场里面每天几万人的流动量而最终只有极少人找到适合工作情形的暗示，苏米也知道，要想解决生存的燃眉之急，必须从最底层、从最苦最累做起。只要对方兑现工资，只要不是骗局。现在，她已厌倦了别人，也厌倦了自己的梦想，她见到太多求职的人，在同招聘的人员交谈时，尽管面容是热切的，但内心里其实很鄙视他们要找的工作。他们的渴望的神情如果说是不自觉流露，还不如说是经过周围的训练和熏陶，从而形成一种习惯。他们在深圳知道所有人都在渴望，因而他们也难免沾染了这种神情：渴望。

苏米真正找到一份工作是在"五一"国际劳动节的前一天上午，这使她的工作充满一种特殊意义。那天早晨她去得最早，在一家工厂的招聘档口，她排第一位。工厂工作人员看了她的简历，几乎没说几句话就决定聘用她。那是一家机械设备生产厂，属台资企业，他们准备招聘二十个工人，其中五名是女性。不出他们意料的是，仅仅到了上午十点钟，他们就招够了人手。他们随后用车将这些人拉到了工厂。

苏米没想到这座工厂拥有两千多人。到了工厂，一个姓田的副厂长接待了他们，向他们介绍了一下工厂的情况。然后田副厂长领他们下车间。苏米开始以为去参观一下，进了车间才知道，工作正式开始了。

苏米被分配到加工车间。巨大的机器轰鸣和尘土飞扬中，田副厂长把她介绍给一个姓鲁的班长。按照习惯，苏米也只好简称他为"鲁班"。鲁班三十多岁，是贵州人，低着头，身材单薄，但是长得很干净。他客客气气跟田副厂长告过别，领着苏米穿入长长的机器甬道中。到处都是油污，到处都是风扇，苏米看着自己，为了应聘她特意穿了一条裙子，一件衬衫，现在看来，也只能狠心不怕脏了。他们所行之处，工人们都在机器旁紧张地忙碌，看到鲁班过来全都格外卖力。但是再怎么卖力，因为是流水线作业，他们的动作也显得重复而单调。

走到一个地方，鲁班停下来，对苏米说："你，到那里去。"

他指了一指。

苏米一看，莫名其妙又暗暗吃惊，鲁班指的地方是一台正在高速运转的大型机床，连铁锭放上去都会压扁的，要她到那里干什么？

幸亏鲁班的话没有说完，他接着说："你，到那里去，帮助那个车床的小六子堆钢管。"

小六子从机床侧面的角落里探出头来，胡子拉碴，原来是个四十多岁的男人。他看了看苏米，什么话也没说，苏米只好呆呆地站在那里。

鲁班不知什么时候已经走了。

小六子慢慢地问："你是新来的？"

他这样问，手上的活计却没停过。他把半成品铁件放在机床上，机器一轧，然后拿下来扔到一个大铁槽里，动作很快。

苏米盯着他的手说："是啊，我是新来的。"

小六子说："你是怎么进来的？"

苏米说："招聘进来的。"

小六子说："你要在这里干多久啊？"

苏米摇了摇头，表示她也不知道。

过了一会儿，小六子又问："你多大啦？"

苏米觉得如果不马上干活，就这样对话下去也挺好，她舍不得那身衣服。于是她说："你猜呢？"

"我看你顶多二十岁吧？"

苏米笑了一笑。这一年，她二十六岁。

"你爸爸妈妈怎么这么狠心舍得？本地人一般你这个年纪都在读书。"

苏米油然想起妈妈，想起"老山羊"，她感觉心里一酸。

"给，"小六子扔过来一双手套，"干活吧。"

苏米主要给小六子打下手，数铁锭啊，递工具啊，擦管子什么的，这些都是些轻活，大概鲁班和小六子照顾她是女性的缘故吧。可就是这样，用不了多久，她的手还是磨破了，缩在油污污的两层手套里边，像是出壳不久的雏鸟打怵挪到巢外半步。

每到中午，只要休息时间一到，车间里的所有工人立刻停下机器，花几分钟吃饭。食堂里的饭菜难吃至极，一个是脏，另一个是不合苏米这种北方人的口味。他们几乎顿顿都有苦瓜可吃，在苏米看来，那在北方只能是居家餐桌上的调剂之肴，一年吃上一顿，日后都不再想念，这里简直让她的胃都苦成另一种胆了。还有那种深圳最常见的空心菜，盛在餐盘里永远不是油绿的颜色，而是暗黄的，更要命的是，它吃起来竟总是散发一种水藻气和霉烂气……

吃完午饭，回到车间，灯光一关，四周显得特别安静。工人们都在利用半个多小时的短暂时间沉沉地睡上一觉。他们拽出纸板，身形各异地躺上去，旁边凌乱地放着油乎乎的手套和鞋子。每当这时，是苏米最难受的时候，她也很困乏，可她不愿意像男工人那样肆无忌惮地随便躺着，再说，她的衣服汗湿得几乎可以拧出水来，贴在皮肤上已经很不舒服，更别说躺下去了。

苏米只好一个人去厂区里走走。辽阔的厂区，到处弥漫着一股机器和铁锈的气味，也有仿佛粘着机油的新钢管的气味。这些散发出气味的物体，在加工和运转的时候，会发出那么喧嚣的尖叫声，可在停止的时候，又会是那么一片死寂。

苏米偶尔也买盒香烟偷着抽几根。纯粹是为了解闷和提神。抽完了，她藏好烟头，装作若无其事地回到车间，继续同刚刚睡醒的工人们投入工作。

晚上下班以后，苏米回到工厂的女工宿舍。与先前几份工作不同的是，她现在不必一个人租房子或住旅店了，虽然，工厂那一排排宿舍大楼里的每个房间，密密麻麻的像蜂窝一样，是那么憋闷而狭小，却一律是每间房要住十几个人。

那是一个女性们的天地。房间里每个人说话的口音不同，长相不同，生活习惯不同，然而，表露的眼神和笑容却是相同的，都是那么干净而淳朴。有一个湖南的打工妹，才十六岁，家里除去爷爷、奶奶、爸爸、妈妈，三个孩子中，她是最小的一个，属于超生。全家七口人，只有父母两个人种田，穷得实在不行了，她偷偷跑出来打工。大家管她叫"阿开"，因为一天到头，她经常挂在嘴边的一句话就是"怎么还不开薪"？等到开了薪，她经常说的话就是"怎么还不开加班费"？只要手里见到了超过二百元以上的钱，她一刻也不让它们停留，马上去街上邮局将它们汇到湖南乡下老家。

还有一个四川的打工妹，叫岩玉，人长得很清秀，却看不出结婚后丈夫经常打她，有一次竟然用一根带钉子的木板将她的大腿打出一道一寸多深、两寸多长的口子，血流了一地，丈夫却呼呼睡着了。平时喂猪、种田、挑脏水、伺候公婆、做饭，稍有不慎或动作缓慢，被丈夫打耳光的事情简直是数不胜数。她说她出来打工，再怎么也比做一个杀人犯要好。言外之意她有好几次忍不住想趁丈夫酒醉之际杀了他。最后一次是丈夫赌博输惨了，竟将她抵给赢家睡一宿觉，她在指定时间的前一个小时拿了一把剁菜的刀，走进熟睡了的丈夫的房间，想了五分钟，最终跑出来了。她跑出来的时候手里还拎着那把刀，直到上火车的那一刻才被公家给没收了。她头一次坐火车出门，她不知道坐火车是不允许携带菜刀之类的危险品的，她拎着它只是担心丈夫和赢家出来追上她。比"阿开"轻松的是，她不用惦记着往家里汇什么钱了，她只需养活自己。她最大的梦想是，将来能够重新找一个对她好的丈夫，平平安安过日子。

住在苏米上铺的那个女工，叫李望妯，二十岁出头，也是因为家里穷，读不起书，很早就出来打工了。苏米发现，在宿舍里，绝大多数的女工——包括听她们平时谈话，几幢楼内的绝大多数女工，基本上全是各地农村人家的女孩子，而且，又基本上全是因为有哥哥，或是弟弟，父母重男轻女思想浓重，让哥哥或弟弟在家读书，而让他们的姐妹们出来打工赚钱。这也是多年来为什么广州、珠海、深圳一带，外来男女比例竟达1∶8而居高不下的原因之一。她们在体力上没有男人强壮，却要付出比男人更沉重的劳动。这个李望妯，从她的名字上就可以看出来，她是有一个哥哥的，但是情况可能不止于此，她的父母还希望能再有一个弟弟，而且，盼望能尽早给他们兄弟俩娶上媳妇。至于这个女儿的命运呢，父母应该是爱她的，当然也未可知，反正她要成为别人家的人，事实只有李望妯自己知道了。据宿舍的其他姐妹们讲，李望妯在这里做工已经两年了，但几乎没攒下什么钱。她两年处了五个男朋友，流了四次产，每次都是男朋友跟她分手了，她只好自己去医院花钱做手术、吃药什么的。工厂里这种女工多的是，你要是哪一天下工回来，在楼梯和走廊里看见哪间宿舍门前有室友在杀鸡，然后偷偷用电炉子煨上，不用问，那一定又是哪个姐妹刚从医院流产回来。

每逢周末，难得有那么一天或半天清闲，宿舍里有人在放录音机——那是苏米来之前大家凑钱买的。苏米发现大家最喜欢听的一首歌是艾敬的《我的1997》：

……

我十七岁那年离开了家乡沈阳

因为感觉那里没有我的梦想

我一个人来到陌生的北京城

还进了著名的王昆领导下的"东方"

……

凭着一副能唱歌的喉咙

生活过得不是那么紧张

我从北京唱到了上海滩

又从上海唱到曾经向往的南方

我留在广州的日子比较长

因为我的那个他在香港

……

什么时候有了香港，香港人又是怎么样

他可以来沈阳，我不能去香港

让我去那花花世界吧

给我盖上大红章

1997 快些到吧

八佰伴究竟是什么样

1997 快些到吧

我就可以去 HongKong

1997 快些到吧

和他去看午夜场……

歌声唱到结尾的时候，艾敬的嗓音突然摇摆不定，时断时续，像是压抑不住内心的激动与欢欣。苏米第一次听这首歌，她向大家打趣说："你看给她乐的。"

"不是啊，"李望姗说，"她那是哭。"

仿佛一个低头走路的人猛然被身后断喝了一声似的，明白了歌曲的结尾原来不是笑而是哭，苏米竟觉得不仅这首歌曲的颜色变了——像是舞台上灯光的急速转换，而且身边的世界颜色也发生了偏差。它们变暗了，所以才能更深刻。《我的1997》的旋律不断回荡在苏米脑海中，那种单纯的吉他音调，惆怅率真的嗓音，民谣的风格，渴望归家或与恋人重逢的思念，竟那么直指人心，挥之不去。

快了，苏米想。艾敬，距离香港回归还不到两个月了，你很快就可以见到男朋友了。

可是，我呢？

# 六

许晚志长到十八岁的时候，已经差不多是一个成熟帅气的小伙子了。他举止文雅，却又带有一点儿莽撞，那是青春期在他体内蛰伏的缘故。他身材匀称，肤色健康，喜欢穿运动裤，配白色胶底鞋，上身不用说了，是那种习称"香港衫"的流行 T 恤。他总是把它们洗涤或打理得很干净，仿佛它们每天能够沾拂的，无非是一点清朗的晨风而已。

他的目光习惯专注。外界打扰他时，他总是不能给予立刻的回应，往往要迟滞一两秒钟，然后用目光回望对象，给对象简短而真诚的回应。当然有时候，他也显得机灵，只不过那种机灵，完全没有生命中某种机械和油滑的印迹，相反，它更多来自本能和直觉，来自对生活的不确定把握。这样倒很招人好感。

他正在读高三。他觉得这一年是不太寻常的一年。因为他要高考，同时，在这一年，他父亲支付母亲多年的孩子们的抚养费，按法律规定，不再有他的了。这除了提醒他已经成年之外，似乎不再有别的意义，这么多年来，他已经习惯在课余打零工来帮母亲补贴家用。

母亲已届中年，话语不多，但对两个孩子的疼爱倍增。她好长时间不去读一本文学书了，却对报纸和电视上的新闻表现出种种关切。"哦，党的十三大要召开了。"——"什么，全国企业要实行厂长负责制了？"——"哎哟，全国居民储蓄额已达到 2237 亿元，比上年增加37.9%？"

可是，可是……另一份来自国家统计局的国民经济和社会发展公报在说，扣除物价上涨因素，人民实际收入水平不高，有的呈下降趋势……

种种新闻离母亲其实都很远，毋宁说，母亲借此关心的，只是眼下正在进行着的生活而已。

是。她只是关心生活。他们生活很拮据。

此外，还有别的内容么？

她不知道。

事实上，许晚志同母亲很少交流。他总觉得，作为长辈，他们考虑的事情总比年轻人成熟，那么，长辈的选择无疑是正确的。他爱他的母亲，他也爱他的父亲，但问题是，父母彼此不再相爱了。

在他的记忆中，离婚后的父亲只主动找自己谈过一次话，那就是不久前，在他的办公室里。

"当初，我要把你带在身边，但你母亲是坚决不同意的。"

"别说了。"许晚志说。他父亲的办公室宽大、明亮。

"我希望你能用心考上大学。但无论考上考不上，你的前途都要靠自己去闯荡了。"

"我知道。"许晚志说。他平静地看了一眼自己的父亲，他现在已是一家五金公司的总经理了。

他们的谈话就这么结束了。

许晚志在这一年的夏天全心复习，准备考试。胡同里的邻居们经常见到他背着一只大书包，在路上踽踽独行。他所穿越的城区，正在进行庞大的改造，每天都有一些新的样子出现，可是他对这些事物全都熟视无睹。他内心的既定目标只有一个，那就是考上大学。除此之外，外界的什么变化都不能转移他的目光。

但是有一天黄昏的放学路上，他遇上了一个小小的插曲，却不能不打断他的注意力，并在他内心引起回荡。哪怕他日后回想当时的情景，其实只有短短的一刹。

是快走到家门口旁边的胡同的时候了。那一条胡同，很宽阔，路边栽着不少高大成荫的梧桐树，将外围更为繁华的街道隔绝开来，也算是闹中取静了。可眼下正传来一阵欢笑声，伴着谁家厨房的炊烟在胡同里弥漫。原来是一些比许晚志放学还早的中学生，回家后扔掉书包，趁着未尽的天光在胡同里追逐嬉闹。许晚志正低头顺着墙角的花畦走着，猛地一个女孩子被同伴推搡着，躲闪不及，撞到他身上，连拖鞋也滑掉一只。

那个女孩子脸色绯红，一只脚弓着，另一只脚在地上一颠一跳，去寻找她的拖鞋。等到她终于套上鞋子，怀着不好意思的目光回身看许晚志的时候，她微微愣了一下，然后说出一句：

"是你？"

"你是——"

"我是苏米啊。"

许晚志的意识习惯性地空白了两秒，继而一下子想起来了，童年时那个乡下女孩儿。可眼前的苏米，无论如何他是不相信的，已经出落成一个亭亭玉立的少女了。她穿着一套白色的连衣裙，乌黑的头发自然地垂拂在肩头，赧红的面色因为刚刚消褪，显得脸颊十分白皙。许晚志接下来眩迷并自惭于她的微笑，也就是说，她认出了他，这说明多年来他没什么变化；而他没有认出她，恰反衬出她产生了多么大的进步，时间或者上帝是一个多么了不起的创造家和艺术家！

"你怎么会在这里呢？"许晚志问。

"我读高一了。现在借住在姨姨家。"

真快啊。许晚志粗略算了一下，六年了。六年前她才十岁，可现在总该十六岁了吧，正是刚上高中的年纪。

"那你呢？"她问了许晚志向她问的同样的问题，"你怎么会在这里？"

"我家就在附近。"许晚志朝远处指了指，其实在这里倒还看不见。

"那我们是邻居呀，你有空过来玩儿。"苏米说。

她的那些同伴立时哈哈大笑起来，把很认真说话的苏米弄得再次不好意思。许晚志也是长到见异性总容易脸红的年龄了，他想就是玩也不能在她身边啊。他匆促地点头应了一声："哎。"转身就走了。

这一晚上，许晚志好久没有睡着。他被一种惊异感折腾着。就是说，当初一个瘦瘦的、矮矮的、毫不起眼的乡下女孩儿，突然在他再次见面时变成一个会让他感到心跳的人，这中间有许多东西似乎不可索解。也许这全因为……实在说，她足可以称得上十分美丽了。许晚志的脑海里不断浮现白天的场景和细节：她撞到他的那一瞬，他首先低头看到的是她光裸的小腿，脚上的白色纯棉袜，那只粉红色拖鞋。它们闪烁着，掩映着，跳跃着，紧贴在许晚志想要入睡的微合的目光里。

说也奇怪，许晚志此前对于女性是否美丽的判断和理解，仅限于她们的面庞。每当他在生活中、或是在书籍中看到成年男人赞赏女人的大腿、肩膀或屁股时，他总觉得很粗俗，不可理解，觉得这些男人的审美有工具化倾向。现在让他屈从的是，这些不同的身体部位原来并不是割裂的，静止的，它们也有表情，也有内涵，同时，也就毫不犹豫地具有了摄人魂魄的力量。

许晚志很想再看到苏米。但事实是，既然他一次也不肯放下脸面真的去找她，同时，上帝看起来也决意不想让撞掉拖鞋的事在他身上发生第二次，那么，接下来的两个月，直到他考上大学离开家庭——却没能再见到苏米——竟是极正常不过的事了。

许晚志以为自己会忘掉苏米，就像他少年时与她邂逅之后不曾怀想一样，世间的许多事情日后都是这样流落并失踪的。但他没想到，在他读到大学三年级的时候，他竟再一次遇到了苏米。

那是一天中午，在学校里的食堂。站在沾满油渍和汤水的领饭台前，隔着玻璃，许晚志正犹豫午餐是来一份木须柿子和酱牛肉呢，还是来一份炒蒜薹和红烧鱼。其实酱牛肉和红烧鱼，都是他想吃的，但规定是只能选择其一。那么，"酱牛肉？红烧鱼？""红烧鱼？酱牛肉？"许晚志正这么想着，里面的厨师"咣"地用勺子敲在饭盆上，催促道："要什么？"

身后排队领饭的人越来越挤了，许晚志一急，脱口而出："红——不，酱牛肉！"

端着打好菜的铁皮餐具转回身，许晚志在人群拥挤的大厅里随便找了一张空桌，把菜放上去，然后回身去取馒头。等到他过了两分钟，取回馒头，又从容地坐在只有他一个人占据的桌子边，慢条斯理地开始吃起来的时候——反正也不知吃了多长时间，他感觉一个女生正站在旁边看着他。

他抬头，一看正是苏米。他虽然惊诧，但还不至于犯傻，像他上次在胡同里见到苏米那样，问"你怎么会在这里呢"——这是在大学食堂，外面的人不会轻易进到这儿。

这样，他便站了起来，欣喜地问了一句："苏米，你考在这里了？"

"是啊。"苏米微笑一下，垂下眼睑，又慢慢抬起目光看他。她依然穿着一套白色的裙子，秀发垂肩，面容清丽，仿佛于今仅仅是昨天刚刚照面。不同的是，她的裙子肯定不是以前的裙子，还有，时间分明又过去了三年。

"你在哪个系呢？"

"我在考古系，大一的。你呢？"

"我在物理系，"许晚志说，"你怎么会到考古系呢？"

"没办法。"苏米说，"我本来在机械电子系，可是上课看不懂那些制图，只好转系到考古这边来了。"

"噢，考古也不错啊，女孩子做这方面倒是冷门，不会很累。"许晚志安慰道。

"谁知道呢？反正我都不太喜欢，我是说真的呀，只求将来能够找到一份安稳的工作。"

"嗯。"许晚志想，反正都在一个学校了，有话将来慢慢聊，"你赶紧吃饭吧。"

苏米站在那儿看他桌子上的饭菜。

许晚志感到在些不对劲儿，他一低头，立刻意识到了，他吃的不是自己打来的那份菜。他最终要的是酱牛肉，可现在面前被他吃了的却是红烧鱼。再看苏米，她的左手还捏着一只羹匙，那一定是她像他一样打完菜之后回去取羹匙，没想到迟了一步让许晚志坐在这里了。

许晚志觉悟过来，回头去看，邻桌上他的那份酱牛肉还好端端放在那里，只是恐怕已经凉了。

苏米用拿羹匙的手贴住眼角，低下头，终于忍不住咯咯地笑起来。

"哎哟！"许晚志叫了一声，像是被面前的菜给烫了似的，"真是对不起啊。"

"没关系。"苏米轻轻走到邻桌，"我吃你那份。"

并且，她说完之后，将饭菜一起端到了许晚志的这张桌子上。

许晚志和她慢慢吃。有一次，当他中途停下，看着身边的苏米，体味着一种从来没有过的独特的氛围时，他冷丁想：这样在一张桌子上吃起来，我们真像是一家人。


许晚志开始正式追求苏米了。

他带她去看电影，去公园散步，去旱冰场滑旱冰。他们所在的城市，是北方的一座大城市，许晚志免不了把苏米当作刚入学的新生看待，带领她去看各种新奇的事物。当然，因为课程的缘故，他们大部分时间还是待在学校图书馆。那里冬天有暖气，夏天有空调，他们经常占据两个固定的位置，这连那个参加工作不久的图书管理员都知道。她戴着眼镜，说话总爱发出卷舌音。

苏米看书的时候，许晚志只能用眼睛的余光来感受她。他还不太适应动不动拿目光直接瞅她。他总担心人家说他那样是好色。他有很多次看过苏米，发现确实管不住自己，看了一眼总想再看第二眼。所谓美女具有吸引力，这算是一个考核的标准吧？

不过有时候冷静地想一想，苏米也许还算不上是纯粹美女，比如，每当逛商场的时候，见到金碧辉煌的大理石地面上走过的浏览货物的美女，或是许晚志翻阅画报时，在他手中偶尔闪动并静止的那些美女，他感觉苏米同她们还并不一样。那些美女的脸形和五官比例太符合美的特定尺度了，是有着共通的标准，可苏米不是。苏米仿佛突破了这种美的规则，使它们变得更加含蓄或有待发现，这样，美只能回过头给她专门下一个定义，那就是：独特可人。或者是：这是另一种美，它只属于苏米。

苏米与人对视的时候，多半是因为这个人正在说话，她表示她的注意和倾听。许晚志领受过这种目光，前提是他得不断地叙说。苏米的目光温柔中透着一股沉静，热烈中透着一股单纯，让你感觉她似乎离你很远，但同时又在给你以最大的信任。她用这种目光看许晚志的时候，许晚志虽然在说，但往往说得语无伦次。

"还要再看一会儿吗，苏米？"

"嗯，再看一会儿。"

"你看的那是什么书？"

"《苏联考古学》。还有这一本，是《居延汉简释文合校》。"

"有意思吗？"

"我现在倒是感觉，"苏米抬起头，稍微有点儿犹豫地说，"考古学对于历史的认识，说到底是对客观事物的主观认识，也就是说，是当事人对生活的一种咀嚼，一种诗意的发现和想象。"

"我好像有点儿明白。"

"这有什么不好明白的呢？简单说，就是每个考古学家对一件特定的历史遗存，他的感受力都带有自己的思想风格。"

"看来这也是一门创造的艺术。"许晚志说。

"不过，如果你真正读透了考古史的话，就会明白，一切考古史，都证明着父权偏执狂的人类精神病史。人类社会的这种痼疾将导致，即便星球不毁灭，文明也在劫难逃。"

"嗯，你是在质疑父权社会吧？"

"不，是父权社会一直质疑正常的文明发展。"

许晚志笑了起来："呵呵，等我以后也加入研究。"

苏米说："你们物理呢？"

"物理怎么？"

"物理怎么看世界？"

"我有时候觉得，文明是真正被毁灭过的。物理学上的一切发明，其实都只不过是对已经存在的事物的一种重新发现。"

"哈哈！"苏米一下子被他逗笑了，"你把物理也等同于考古了，你是在跟考古套近乎。"

"确切说，我是在跟考古系的女孩儿套近乎。"许晚志说。

"去你的。"


他们有一次约定晚上七点钟在图书馆里见面，许晚志早去了十分钟，坐在里面的位置等她。

在门口，苏米兴冲冲赶到的时候，窗口里那位戴眼镜、喜欢说卷舌音的年轻女图书管理员要她出示阅览证。

尽管苏米相信对方早已熟悉她，可她还是翻开背包，将阅览证递了上去。

"不行，你的阅览证过期了。"

"啊？是吗？"苏米低头辨认自己阅览证的日期，上面显示到昨天为止。当初，她办的是三个月期限，她早忘了。

"啊，对不起，先让我今晚进去可以吗？只一晚。"

"不行。"

"那我可以立即补办延期手续吗？"

"也不可以。"

"那需要什么时候？明天？"

"明天周三。我们只在每周五办理。"

"那……我先把押金提前放在这里，下一次扣除租金，你先让我进去好吗？"

"同学，跟你说了，这不行！"说卷舌音的姑娘说，看也不看苏米，用一张新报纸挡住自己的脸。

苏米确实急了，否则她也不能无意中说出这样的话："可上次我们系的另一位同学，阅览证过期三天，你还让她进去了呢！"

"啊？"说卷舌音的姑娘"哗"的一声将报纸压下，"你说话可要负责任呀，你可以到学校教务处去告我，你看怎么样？"

苏米原地走了两步，她真不知该怎么办才好。许晚志还在里面等她。照这个样子，她既不能进去通知他，也不能委托"卷舌音"替她捎话——那可真没门儿！

忍着委屈，苏米只好转身走开。

"喂，同学！""卷舌音"从窗口喊她。

苏米回过头。

"把阅览证送过来。"

苏米不知道对方要做什么，怀着一线希望和好奇，她又返回窗口。

"以后别以为自己脸蛋漂亮，就觉得谁都喜欢你，明白吗？按学校规定，使用过期阅览证，罚款二十元。"

苏米脸都气白了。

"不过，这二十元可以免交，念你幼稚。但是按照学校另一项规定，过期阅览证必须予以没收！"

苏米忍住眼泪，从背包里掏出阅览证，"啪"的一声甩到窗台，转身跑下台阶。

"卷舌音"傲慢地笑了一下，看也不看那张阅览证，喝了一口茶杯里的水，转身进到阅览室里边。

她看到许晚志坐在一个光线相对暗淡的角落里，面前放着一本书，正低头看腕上的手表。

"这个灯可以打开。"她走过去，按住墙壁上的一个开关，他们的头上立刻明亮了许多。

"哦，谢谢。"许晚志抬头看了她一眼，说。

"你是大三的吧？我见你经常来。"

"对，物理系，大三的。"

"你家是外地的吧？"

"是外地的。"

"看你有点儿想家的样子。"

"我……不太觉得。"

"你知道我读大学的时候为什么不想家吗？"

许晚志笑了一下。他不知道对方说些什么，也不知道自己该回答些什么。

"我是去年从这里毕业的，留校做图书管理员。我家就在这里啊。"
"卷舌音"坐了下来，看着许晚志说。她很喜欢面前这位大学生，从几周前开始。他长得挺帅，气质文雅而干练。

"噢。"许晚志看了看门口，又低头看了看手表。

"你不喜欢这座城市吗？""卷舌音"声音轻柔地问。

"应该喜欢。"许晚志想了想说，"很喜欢。"

"你明年上大四，然后很快就毕业了，你其实可以在这座城市找一个……工作。"

"这倒没想。"许晚志老实地回答。

"应该想。"

"没想。"

"你不累吗？待会儿我们出去……我请你喝咖啡怎么样？""卷舌音"纤弱的双手在桌子上绞来绞去。

"不，不了……我还有事。谢谢。"许晚志说，"对不起。"

"谢谢，对不起，""卷舌音"开了一句玩笑，"我请你喝咖啡，你把所有的礼貌语都用上了，可是就差一句'没关系'你不说。"

许晚志这回是真被对方逗笑了，就在他笑的时候，他从窗玻璃看见了站在外面楼下路灯边的苏米。

"真的对不起，我得走了。"许晚志不待"卷舌音"回话，立刻收起书匆匆奔向楼梯。

许晚志和苏米两个人在校园的树丛里慢慢散步。月亮升起来了，像是在浩瀚大海中航行轮船的雪亮的探灯，隐约的云丝，是这艘超级巨物喷出的蒸汽，这一切显出整个世界澎湃不止。

然而，两个人之间却是静悄悄的。

还是苏米先说的话。苏米停下来，看着许晚志，突然问了一句："你爱我吗？"

许晚志吓了一跳。这么长的时间跟苏米接触，无非就是等待某一天跟她说出那个"爱"字。可他只是等待，没有想到来得这么突然。他怕惊吓了她。他们连手还没有拉过一下。

"我……我……"

"你爱我，为什么不说？"

"我……"

"如果你不爱我，那你就不要吻我。"苏米说。

许晚志觉得心跳加速，脚下的地球要飘走了一样。他慢慢靠近苏米，两个人慢慢靠在一起。许晚志扶住她，猛地吻住她的嘴唇。才过了一会儿，苏米就挣脱开来，弯腰笑个不止："呀，接吻原来是这个样子啊，憋得人家透不过气来。"

不过，笑完了，她又凑到近前，长久地同许晚志吻在一起。

# 七

苏米经常劝说那个年纪最小的"阿开"，让她有机会好好读书，摆脱这里的工作。开始还没人在意，以为她只不过随便说说，可是时间一长，大家看她是很认真的，有一天，岩玉就忍不住反驳她说：

"苏米，没用的。你不也是大学毕业么，可你也不过在这里做工啊。"

"那不一样，苏米不会在这里做多久的。"李望妯说。

"可她毕竟和我们一起在做啊。再说，谁又能够在这里做很久呢？还不是今天你来，明天她走，都是边做边看，走马灯似的一有机会就跳槽的。"

"我如果能读书，并且读得比我哥哥好，当初爸爸或许就不会让我出来打工。"李望妯满怀向往地说。

"我倒是很想读书，"住在"阿开"下铺的一个女工说，"可是上哪里弄钱呢？再说，听说在学校里，还可以半工半读，现在在工厂里，哪有时间做到半工半读？一丁点儿时间都没有。"

"你可以辞了工去读嘛！"

"那怎么成？"

"那样你就可以离开这里了。"

"哈哈哈哈……"

"可是那样的话我也没有钱交学费哪。"

"哈哈哈哈……"

大家随便说说而已，都是在做沉闷和劳累生活的一种发泄和调剂，苏米却惭愧不已。大家的议论她只记住了一句："你不也是大学毕业么，可你也不过在这里做工啊。"其实何止于此，她觉得她的生存能力和人生见解甚至远远不如她们，她了解自己怎样艰辛地得到了这份工作，那无疑是等于上帝给予绝境的人的一种恩赐——对她来说如此，对那些出身更加低微的人来说，能不更是如此？可是她还劝她们尽早离开这里，难保人家不把她视作傻瓜了。

果然，生活不久就针对苏米那种自以为是予以施压了。那一天，在车间里，苏米还在像以往那样搬搬挪挪、擦擦抹抹的，鲁班过来对她说，这样不行了，这一阵子是忙季，人手不够，她也需要去做车床了。

车床是很危险的工种，苏米不止一次听说有不少工人被机器轧断手指的事情发生。小六子也很为难，他知道这样的工作不适合苏米来做，然而确实又别无办法，鲁班也只不过在执行生产部领导的决定。无奈之下，小六子只好教苏米做车削，而不教她做铣削。车削是做车床时工件在动，刀具不动；铣削是工件不动，刀具在动。后者的危险性更大。

此后，苏米每天都站在那台庞大而笨重的半自动卧式车床前，用车刀加工零件的内孔。她先把金属工件拿在手里，然后用卡盘夹在机床主轴上，接着抬起右脚踩动踏板，车刀砸下，金属工件上出现一个圆洞，半成品完成。

下道工序呢？

下一道工序不归她管。因为是流水线作业，下一道工序该做什么是别人的事。

别看就是这么一个简单的操作过程，每天无数次地做下来，竟然又枯燥又疲惫，那种机械而单调的动作几乎要把人逼到崩溃的边缘。苏米以前在一张报纸上看到，随着未来通信时代的游戏机和手机的普及，人类的大拇指用来按键的频率将几百倍几千倍地增加，这将导致人类的大拇指在进化过程中越来越变得粗大。苏米觉得自己的右腿长时间在踏板上踩下去，终会变得比左腿粗。事实上，仅仅一周下来，苏米的两条腿都开始肿了起来，因为每天十几个小时站立着，几乎得不到协调的运动和安静休息，这超出了她从小到大任何一种劳动强度。苏米现在知道了，衡量某一种劳动的辛苦程度，并不应仅仅看到身体动作的幅度有多么剧烈或在物理上做出的功有多么巨大，而应同时考察劳动人的精神专注能力和身体动作的单调程度。令她骇闻的是，在工厂所有的车间中，最苦最累的还不是她所在的车间，而是看起来显得轻松而干净的精密仪表车间。在那里，有几百位女工终日坐在强光灯下，低着头，手拿镊子，凝固身影，聚精会神，在小小的表盘内组装各种芝麻粒般大小的零件。天长日久，颈椎病、腰椎病、因强光刺激和用眼过度导致的各种眼患等疾病折磨着她们，使她们经常感到头晕、气短、恶心、呕吐、内分泌失调，甚至无法怀孕。苏米听说，就在昨天，还有一位女工在工作台前突然精神失常，将面前的一堆金属零件全部吞了下去。

小六子有时候看到苏米实在太累，会偷偷递给她一只凳子，让她坐着休息一会儿。别看那么一只小小的凳子，它可算是小六子的宝贝，工厂严格规定工作时间不允许坐下休息，但是小六子患有严重的骨关节炎，不能久站，同时他的车床技术太高了，缺他不可，老板只好专门为他破例。苏米只要一坐在那只小小的凳子上，立刻觉得全身的血液轻松得像是一条自由的小溪，在广袤的谷地里得以安静地憩息。就为这个，她觉得小六子是世界上最好的人之一。

但是小六子也有对苏米照顾不周的地方，或者说，苏米对小六子也有难以启齿之事，那就是没过几天，苏米来了例假。苏米每次来例假是很难过的，肚子很痛，流量很大，以前在家里，许晚志和她虽然还不曾生过孩子，但是他却细心到把她的例假几乎当作月子那样悉心伺候的。现在则不行，苏米脸色已经有点苍白了，她还需要不停地踩动右腿，这使得她身体某一局部非常不舒服。

她只好一次次地请假去卫生间里做调整。

请假是需要专门换工卡的，就是到车间负责人——也就是课长助理那里，把写有自己编号的工卡交给他，他交给你一张出门牌，每个车间只有两张，这样做是为了及时掌握车间内的具体人数和杜绝工人偷懒。苏米在一上午不到的时间换了第四次工卡，那个负责工卡的课长助理忍不住骂起来了：

"真是烦啊，生产在加班，你也忙加班。"

苏米本来就不属那种多嘴的人，何况她现在还难受着，她只管领了牌悄悄走，不料那个课长助理得寸进尺了，又大声嚷嚷：

"他妈的要滑头要到这里来了。"

苏米回过头，问了一句："你怎么这么说话啊？"

"那你想要我怎么说话？"课长助理用一种不耐烦且侮辱的声音说道，"我管着整个车间几百人的工卡，不是专为你一个人服务的。你需要一个专门的服务生吗？"

"你……真是滑稽！"

"滑稽？那也比要滑头强百倍。信不信，我扣你一周工资，让你躲到卫生间哭去！"

鲁班这时慢慢走过来，对苏米说道："我早上听小六子说你身体不舒服，准备替你请一天病假，你非不肯。不就是心疼一点奖金吗，结果你逞强。算了，今天你先干着，明天不行赶紧请假，别给领导添麻烦！"

苏米知道这是鲁班在暗中帮她，再争辩下去对鲁班也不好，于是她忍着委屈，点了点头，朝门外走去。

进到卫生间，苏米的泪水掉下来了。不过很快，她就隐住自己愁绪的面容，掏出一支烟，吸了起来。她吸烟的时候，目光望着窗外，一辆庞大的勾臂式垃圾车正开过来，将女工宿舍和生产大楼女卫生间产生的垃圾清运出去。苏米头一次看到那么多的女性垃圾。那大量堆积起来的仿佛一座喷发过红色岩浆的雪山似的垃圾，不是别的，正是一千多名女工们使用过的各式卫生巾和月经纸……

她感觉红色的风潮在流动，并且包围了她。

那都是姐妹们的血啊。

她一阵发呆和难过，就像突然迷路了一般。


将近两个月过去了。

这一天，苏米正在车间和小六子检查一台机器的故障，那个姓田的副厂长走过来了。从当初他把她送到车间，苏米就再也没有见过他。田副厂长在众目睽睽之下，指了一下苏米："你明天开始不要在这里干了。"

苏米吃了一惊："为什么？"

"是这样，两个月的实习期已过，厂里决定调你到大楼里的销售办公室工作，这边由别人来接替。"

"啊？"

苏米还在发怔，田副厂长已经转身走了。小六子满脸油污从机器底下钻出来，他看了一眼苏米，微笑着说：

"好啦，这下你总算解放了！"

苏米又喜又疑："我不知道我下一步要做什么。"

"做什么？做办公室文员呗，总不会让你到办公室去踩车床。"

"可我只会做车床啊？"

"嗨，难道你能踩一辈子车床啊？再说，当初你连车床也不会，那不都是后学的吗？要想在深圳安身立命，你根本就不能设计你明天要做什么，也就是说，你什么都要去做。"

"你说得也许对。"

"你多幸运啊，一千多名女工，没有几个能有你这样的机会的。"小六子还在称羡不已。

"办公室不会比这里还累吧？"

"那怎么会呢？我见那个管销售的主任李公明，总是坐在办公室里打电脑啊玩游戏啊喝茶聊天什么的，再说，你不必跟那些女工挤在一个宿舍里住了，你可以住进大楼里带洗澡间的单身房间了。"

"啊！"苏米脸上终于露出彻底喜悦的笑容。这却是她梦寐以求的，想不到在办公室工作就可以做到，而且就在明天。她想起两个月来，除了每天辛苦的劳作之外，她另外一件最打怵的事情就是洗澡了。女工宿舍大楼有一间女公共浴室，里面只有不到十只喷头，每到傍晚，匆忙吃完晚饭，尤其是晚上加班回来，已经夜里十点多了，浴室门前的走廊里往往会排起一两百人甚至四五百人的长队。大家都在等着洗澡。那时候，每个人必须在五六分钟甚至更短的时间内冲洗完毕，否则，尖叫声、戏谑声、叱骂声就会随着浴室里的蒸汽一起飘荡在大楼里面。洗澡在彼时已不成为一种放松和享受，甚至也不出于一种完全卫生的考虑，而只是一种简单和马虎的冲去汗水的程序而已。在这里，为抢夺洗澡权利而发生的争吵和打架事件时有发生，因为通气孔不畅，室内空气闷热，女工们已经完全不顾忌打开窗户而引来对面男宿舍楼顶的一双双偷窥的眼睛了。据说，男宿舍楼那边也经常发生打架，不过不是因为争夺洗澡，而是那里的楼顶有一处最佳观测平台，那些单身而饥渴的男工时常为争夺这个平台而发生混战……

为洗澡而排队一两个小时，对于每天在车间站立劳作十几个小时的苏米来说，无疑是伤口上撒了一把盐。她永远忘不了有一次，已经排队到夜里近一点钟了，等到终于轮到她可以去淋浴喷头下面时，恰恰停水了。

如今，这一切都将像远离车间那令人不快的机器味道一样不再纠缠她，使她轻松，使她清新，她立刻觉得全身恢复了活力。

她已经两个月没有走出工厂到街上随便逛一逛了。她觉得她应该去。她曾有过因逛深圳大街而累得迈不动步子的经历，可是与这两个月比起来，她多么渴望那种自由的累啊。

她想她真的应该去街上看看服装了。这两个月来，她蹭破了两条裤子，踩漏了一双运动鞋。那都是做车床给弄的。

傍晚，苏米和小六子因为白天机器出故障而没有完成定额产品，只好多加了一个小时的班。将近七点钟，苏米回到女工宿舍大楼。在走廊里，她首先闻到一股诱人的荤香，接着她看到"阿开"和李望姗正蹲在宿舍门前照看一只热气腾腾的铁锅，铁锅旁边的地上堆着凌乱的鸡毛。

"这又是为哪个？"苏米问。她本能地又开始同情某个女工了。

"为你呀！""阿开"见是苏米，立刻站起来，冲她笑着。

"为我？"苏米莫名其妙，低头去察看自己的肚子，"我怎么了？"

宿舍门被打开了，苏米一眼看到宿舍的六七个女工站在那里，围在一张圆桌旁，齐刷刷地向她投来静默而喜悦的目光。桌子上，摆放着琳琅满目的菜肴和酒。

"我们都在等你。"岩玉欠了一下身子说。

苏米看了看所有人。

"大家今晚为你送行，祝贺你去办公室工作。"李望姁说。

"以后，你要常回来看我们。"另一个女工小声地说。

苏米一句话说不出来。

## 八

许晚志觉得应该找一个适当机会，去苏米家里见一下她的父母。按照习俗，他只有在苏米的带领下见过她的父母，他们从恋爱阶段走向将来的婚姻阶段才会得到一个可靠的心理保障。苏米也认为这样的过场不容回避，只是她觉得早了一点儿。她是家里的独生女儿，父母一直疼爱，加之她离大学毕业还有很久，将来的工作归属也没有着落，这么早向父母交代，很有可能引起反感。按她的意图，起码读到大三，父母开始着急了，她再跟他们煞有介事说一定抓紧，事情反而水到渠成。

可是许晚志不同意。许晚志想，等到苏米读到大三，这中间不知有多少男生追求她呢。她的优秀和魅力是一点点展示出来的，这他最清楚。再说了，班级里现在还有两个女生在追求他，他偶尔会为这事感到苦恼，因为他不喜欢她们。那么，尽早地明确他和苏米的关系，对别人也是一个礼貌的回应。

事情就这么拖拉着，两人一直没有找到恰当的机会。就在这时，苏米病了，咳嗽，发烧，伴有昏迷。许晚志连续三天去医院帮她护理、送饭、开药，竟不见好转，她的身体日渐虚弱和憔悴。许晚志以为她会死去，内心惊恐不已。但最后总算诸事遂安，她患的不过就是普通的流感病毒性肺炎，一周后她出院了。

此时学校即将放暑假，于是苏米跟许晚志商定，利用假期，她先回家，跟父母慢慢渗透消息。如果有十足把握，她就给他写信，让他前去。如果不成，那就再等等似也不迟。

假期里许晚志便在家每天等待消息。很快一周过去了，并无音讯，于是他主动去信一封，打问结果。苏米倒是很快回信，说再等等。又等了几天，仍无结果，许晚志说，其实就是告给父母一句话的事，半分钟便可完成使命，缘何等了这么久？苏米回信说，家里现在杂事太多，不方便再给父母添乱，只有瞅准时机再说。

终于过了几天，苏米来信告知，父母不同意他们的事情。

许晚志伤心至极。但是，苏米在信中没有具体说明父母反对的原因，这倒给许晚志另外一个启发和信心：父母不同意，未必代表苏米本人不同意。果然，在接踵而至的又一封信中，苏米表示，她正在做说服父母的工作。

又过了十多天，眼看一个暑假要过去了，还剩三天开学，苏米突然来信说：如果你有花车，你就来接我吧，否则不行。

许晚志接信后深感踌躇，弄不准是什么意思。那时已将近傍晚了，他还没有吃饭。他不止是没有吃饭，他也没有花车。在当地，结婚都是要用围满花朵的轿车去接新娘子的。想了再三，许晚志干脆骑上自行车，直奔野外。借着薄暗的天光，他在野外采了大把大把各式各样的鲜花，把它们插在自行车上，然后直奔乡下的苏米家中而去。他骑到时，已经是夜晚十一点了，他足足骑了四个多钟头。敲开门，苏米惊讶不已，因为下午早已没有县城到此地的班车了，再说许晚志在月光下一身的汗水和灰尘，满车的杂草和鲜花。

她找来毛巾赶紧在院子里给许晚志擦过脸。许晚志问："怎么样啊？"他压低了声音："我们的事情？"

"开玩笑逗你呢。"

许晚志更加着急："开玩笑？"

"他们同意了。"

苏米说完，立刻回身去叫已经睡着的父母，让他们起来说话。在外间地砌着一口大锅的屋子里，许晚志黑下里听见一个略显沙哑的男人声音："说什么话啊？让那王八犊子进来睡下！"

"那我妈呢？"苏米问。她倒是不觉得父亲言语冒失。

"废话。你妈已经去你屋里啦！"

苏米将许晚志推进父亲的屋子里，示意他不要说话。许晚志灯也不敢打，朦胧中看见炕头隆起一团大物，炕梢则形成一片低谷，他只好摸黑爬上炕，在那里躺下，与此同时，身边已经传来轧碾般的鼾声。

许晚志又兴奋又不适，从来没有遇到这样的经历。不过，到底也是很疲惫了，再加上苏米跟他说的那些话，让他很感放心，于是，没过一会儿，他也不由得沉沉睡去。

第二天早晨，许晚志睁开眼睛，屋子里没有一个人影，只有饭菜留在桌子上，还附有苏米的一张小字条。原来他们都起早去山上采蘑菇了，中午给他炖鸡肉吃。

直到上午十点多钟，他们才一齐回来。苏米放下沾满碎草屑的编筐，那里面全是带露珠的鲜蘑。她对一个身材高大但是稍微驼背的男人说："爸，这个就是许晚志！"

"我知道。你整个暑假跟我磨叨的不就是这个王八犊子么？我早起时端量过了，长得还真像点儿样子！"

许晚志这才仔细地看苏米的父亲，没想到他差不多有六十岁了，可见苏米确实是他们的掌上明珠，因为明显而知是中年得子。她父亲表情阴郁，留着山羊胡，好像只有在骂人的时候，脸上才奇怪地闪出和蔼的样子，不过一刹就消失了。因为他不会总是骂人。

"叔。"许晚志叫了一声。

苏米的父亲"嗯"了一下，转身掏出旱烟去抽了。

倒是苏米的母亲，大概性格很像苏米，她亲切地笑了一下，说："我去做饭，让苏米陪你说话。"

许晚志谢过苏米母亲，随后被苏米拉到一边。"我们都叫他'老山羊'，他就那样。"苏米指的是她的父亲，"记住，是'老山羊'，不是狼，你不要介意。"

许晚志饶有兴味地听着。苏米讲，她父亲年轻时是生产队长，有一次看秋，一个小伙子半夜偷集体的粮食，被发现后背着袋子逃跑，他父亲屡喝不止，一急之下，用手里的鸟枪给人家腿打坏了，此后受到处分，一生务农。他的怪脾气就是那时候养成的。

许晚志问："那他当初为什么不同意咱俩相处？"

原来这事竟跟许晚志的姥姥家有关。不过事情很小，说来可笑。他们都在一个村子，曾为如下小事产生不快：一件是刚刚选举村长，他们是不同的两派，都想说服对方，选举自己倾心的那个村长人选，结果闹得不欢而散。另一件，是紧随其后苏米家的鹅子跑到许晚志姥姥家的菜园里，被别人家的一只狗给咬死了。苏米的父亲以为是她家给弄的，前去索赔，却吃了许晚志姥姥家的闭门羹。

"正恼火呢，"苏米说，"谁敢去提这家外孙看上他家女儿的事？"

许晚志笑了，问："那后来呢？"

"后来，"苏米说，"我说爸呀，这两件事其实都和咱们无关。'老山羊'问，何出此言？我说，选村长的事，那是村长的事，和咱无关；另一件鹅子呢，那是动物的事，更和咱无关啦！嘿嘿，我爸就笑了。"

"然后就同意啦？"

"是喽。'老山羊'也相信她女儿的眼力嘛。不过最主要的，我知道，他还是从小就宠着我，所以故意在这件事上跟我拧，试探我是不是心疼他。其实哪怕有再难的事，只要我坚持，他也会最终顺着我的——何况，你看不出来吗？他还是挺喜欢你的。"

苏米说到这里，泪水突然要出来了。许晚志知道，那不仅是缘于他，同时也缘于她父亲，她对于他的爱。

"我知道。"

"不过，下午我们就回去了，这中间你还是别去你姥姥家了，以免让'老山羊'真的不快。"

"我听你的。"

两个人坐在苏米家房后的柴垛上一直谈唠，不觉已到吃饭时间了。在饭桌上，"老山羊"喝了不少酒，他开始还做出一副样子教训许晚志，诸如说什么如果有一天，他胆敢欺负他女儿的话，那他一定要把他扔到猪圈里不可，等等。可是后来就不行了。

他把自己给喝倒了。


许晚志往县城返回的时候，是用自行车载着苏米的。

他们在山路上迎着霞光穿越。远处的河流，因为地势的缘故，一时看得见，一时看不见，空气中只能嗅得到它清冽的气息。这时候庄稼也柔顺了，经过了阳光整天的打理，它们用静默的方式冲天空表示感恩。风徐徐的，朝着夕阳落山的附近的方向吹。偶尔一两只飞蛾，像是某种器物漏隙中的细碎光线一样，一闪就不见了。

苏米坐在自行车后面和许晚志说话。她讲村东边田寡妇种瓜被偷的事，也讲村西头刁罗锅半夜遇鬼的事。后来，毕竟跟专业有关，她又讲村子里一些古代的传说，比如，当年辽东总兵李成梁在这里屯兵和打仗的事。

"南有戚继光，东有李成梁。明朝万历年间，虽然国运衰败，但幸亏有这两员名将，让后人念诵不已。"

"是啊，不过李成梁真正被重用，据说是四十岁以后的事。"许晚志说。

"但是他活了九十多岁呀。他镇守边关四十年，立功一万五千次，开拓疆域近千里。"

"好像就是在某一次战斗中，他误杀了努尔哈赤的父亲和爷爷，最后导致努尔哈赤起兵反明。"

"对。不过后来清朝人作《明史》，也不得不承认，李成梁戎边武功之盛，是明朝两百年来所未有的。"

"这我倒是不知道，那再后来呢？"

"再后来，呵呵，"苏米用手在面前平举着，"李成梁八十岁的时候再次奉命征战，不过那时形势已经大变，万般无奈，他把包括我们脚下在内的一大片土地，暂时放弃，准备当作军事缓冲地带，以守为攻，伺机再战。却被朝廷其他大臣诬为胆小怕事，丧权辱国，此后再未出山。"

"嗯，"许晚志感叹一声，却又不知感叹什么，"唉。"

"到了清朝，眼下这大片土地，又被朝廷封为龙兴重地，外人禁入。多少年间，这里只有山高林茂，河水奔腾，百鸟欢鸣，没有多少人烟。"

"哈哈，"许晚志笑起来，"原来我们这里曾经是世外桃源啊！"

"不错，正是世外桃源。"

许晚志跟苏米对话的时候，不得不总是回头，因为自行车行驶而产生迎面的风使他听不清苏米在说什么。他又还担心总是回头会被路边的石头绊倒。这样，自行车将要骑到一片下坎路段时，许晚志让苏米下了车，说："苏米，你干脆坐到前边来吧。"

"怎么坐啊？"苏米跳下自行车。

"这不有横梁吗，"许晚志拿过一件衣服，搭在上面，"侧身坐着，两腿并拢。我估计你小时候也这样坐过的。"

"啊，这有点儿像日本电影里那样。"

"上去吧。"

自行车轮重新转动在路上，他们俩反倒无话了。许晚志蹬着自行车，尽量小心不让腿碰到苏米的身体。风仍旧吹来，许晚志不用回头了，但正是因为不用回头，苏米的头发丝丝缕缕地拂在他脸上，令他目光有些飘散。他嗅到苏米的发丝中、脖颈与衣服隔层中散发出好闻的馨香。他还是忍不住，低头用鼻子去摩挲苏米的后颈。

"哎哟，痒!"苏米将上身趴在自行车前杠上。

许晚志想：怕什么呀？我是吻过她的。他用一只手揽住苏米的腰肢，平生第一次，从那里探进苏米的胸口。

"你……别这样呀。"

自行车慢下来了，在一片旷地里的荞麦垛前，软软地倒了下去。许晚志脑海里只剩下一个意念了，这是世外桃源。天色已经差不多全部暗下来了，半轮月亮像是陷在泥里的车轮，不肯挣动半步。大把迷乱的星星仿佛一簇萤火虫，散在麦垛尖上。许晚志在铅白色的光线里吃惊地看着，那躺在麦垛里，压在他身体下面的，被他已然剥光的苏米的身体。他感觉那是一个奇迹，是他让她产生的。在一阵剧烈的迷眩和不间断的耳鸣中，他完成了她。他给她完成了。他自己也是……他们的激情得到了不可捉摸的释放。

穿好衣服之后，两个人偎在一起。许晚志看到苏米在微微发抖。倏地，他感觉今晚的事情应该有一个相应的仪式，于是，他从自己裤兜里掏出一盒火柴，走到荞麦垛前，慢慢点燃了它。那火苗很快就燎蔓起来，腾腾冲天。苏米怕火，她吓得站了起来。她想远离火堆，又害怕远处的天黑，只好拉住许晚志的手不停地叫。

许晚志大声地笑着，他领着苏米离开那熊熊燃烧的荞麦垛，在远处坐了下来。他感觉苏米全身仍在发抖，他把她抱在自己膝前的怀中。

"你怎么了，苏米？"

"没怎么。"

"你怕吗？"

"我怕。"

"别怕，"许晚志更紧地搂住她，"我在你身边。"

停了一会儿，许晚志又问：

"你怕什么呢？"

一种不知道源于对世界什么样的认知的念头占据了苏米的内心，于是她说："我怕死。"

许晚志用下颌抵住她的肩膀。

"我们会永远在一起吗？"苏米问。

"当然会！"

"多少年后，假如我要死了，你一定紧紧地抱住我，抱住我。那样我就不会怕了。"

"我记得，"许晚志说，"但是我告诉你，你在瞎说。"

两个人同时笑了起来。

二十分钟后，眼前的荞麦垛已经变成余烬的时候，他们两个人却感觉激情在重新燃烧。许晚志说："再给我一次吧。"苏米盯着他目光，仿佛含有既不信任、又有些笑话他的意味。她双手推拒着，然后勇敢地跑向黑夜里。许晚志在后边大步地追。终于在一片河滩的沙地上，他把她推倒在地。苏米刚刚站起来，他就又半跪着迎腰将她搂住，他这次保留了她的上衣，直接将她的下裤脱到脚踝部。苏米站在那里再也走不动了。

她的身体是那么光滑而柔软。许晚志仰视着她，大把地抚摸她，抚摸她的腰、髋、臀，抚摸他最想抚摸的某个部位。不知什么时候，他的肩头一凉，苏米刚才跌倒时手里攥着的一把细沙无力地松撒下来。

在沙地上，许晚志没怎么费力便将自己的东西挤进苏米的那里，他再一次感叹上帝创造万事万物的繁复高妙和无微不至。他一次次地撞击她，冲抵她，用力量体现他的不舍和怜爱。直到有一刻，他不知怎么被苏米压在了身下，那时候他感觉，天上的风和云朵，原来是贴着身体在飘摇的。

远处的河水，仿佛一泻千里。


许晚志的母亲非常喜欢苏米，如果找不到一个更恰当的词的话，那就完全可以说是一见倾心。

第一是因为苏米长得好，这是做母亲对儿子最感自豪的。然后苏米同他儿子一样是大学生，眼下流行的说法是，长得漂亮的可没有几个是大学生，因为平素耐不起寂寞，坐不住冷板凳面壁苦读。第二呢，她家是农村的，那么，她一定具有善良的天性，这她已经看出来了。比如她的眼神，她的说话语气，她的走路的步态，更重要的，她对儿子表现的体贴和依赖。

所以许晚志把苏米领回家来，她由衷感谢儿子哪怕是不经意给她营造的这份意外。她的生活确实沉闷惯了。

只是许晚志的妹妹许欣欣当面表露了她的不快。她也长大了，并且也在谈恋爱。苏米的到来，使她不得不腾出自己的独立房间，让给苏米一个人进去歇宿，而她去与母亲同住。

哪怕只是一两个晚上。

关键是她瞧不起苏米。理由是，她那样子根本就不像是一个农村姑娘。

如果真像是一个农村姑娘呢？那许欣欣可能就更加讨厌了。

不管怎么说，许欣欣未来要想的是，她不久要和男朋友结婚了，可男朋友家里是没有房子的，他们要住在这里。哥哥将来和苏米结婚了呢，肯定是没有她的住处了。

她想起今晚约好男朋友来看她。躲在房间里耳鬓厮磨看来不行了，那就只好让他领她看电影去罢！

# 九

苏米：

知道你在那里挺好，我很高兴。可是，我不知道你不在我身边的情形，哪怕是好，也想象不出是怎样的。就是说，我多么挂念你，担心你。这简直够矛盾的。

你说容小兰准备做新的生意，在此等待和筹备期间为你暂时找了这么一份工作，我想这也是不易。对她不易，对你也不易。这份友情值得珍重，我为你们高兴！

但我不知道你们将来确切的打算，也就是说，你还要在那里做多久？我知道，如果现在马上要你回来，似乎不太近人情，因为你暂时不乐意。再说，你说容小兰生意迫在眉睫之刻，离不开你这个帮手，从道义上来讲，我能理解你。

不过，你要切记的是，一旦工作太辛苦，或有其他不如意，定要尽早回来！说来奇怪，这一阵子我经常怀念在儿童时的乡间情景，有时梦里居然出现。那些山、草、河流，像是水墨画未干的印迹一样，挥之不去，我甚至在给你写信的时候，还能嗅到那种早已飘远的熟悉而清新的空气。我还想起你，当初为我拦下了那头撒野的骡子。

如果你不觉得耽误时间，我还要跟你交流我近来读到的一些书。我觉得美国人梭罗写的《瓦尔登湖》非常好，这本书非常有思想，不是为思想而思想，不是异想天开，而是在我看来，是非常实用的思想。简而言之，它记述了一个人只身带了一把斧子，在湖畔和森林里的所有生活。它证明一个人在现代文明下理应对物质做到有节制的收取和缓慢的生存节奏，并说明从简单的生活里获得更大的意义和快乐是可能的。美国作家埃·布·怀特（大概是这个名字）这样评价《瓦尔登湖》："书中包含宗教意识而无宗教形象"，他建议大学"向每个应届生毕业时跟文凭一起发，或是不发文凭而发这本书"。好了，不啰唆了，我相信你也会喜欢它，等你回来再看。

下次再写，盼你回信，多照顾好自己。

爱你的：晚志

此时，坐在办公室明亮的窗下，苏米将手里的信又读了一遍。她不知自己读了多少遍了。这是许晚志上周的来信，她及时回复了，如果不出意料，这两天就会再收到他的来信。她能想象到他写信时的姿势，伏着肩头，目光专注，很用力也很优雅的样子。如果阳光从侧面照过来（在家时，她不止一次这样注视过他），他的额头就会显得有点苍白，但绝不病态，鬓角稍微泛黄却又因此而透出英俊。最寻常见到的是他把脸转过来，目光冷静而深邃，一霎里会掠过温柔，仔细再看，其实那温柔是无处不在的。他的鼻梁正直、隆挺，从鼻翼两侧到嘴角的法令线清晰、深刻，据说这样的人轻易不会对生活做出承诺，如果承诺了，那就轻易不会改变。

苏米的办公桌上放着一杯茶水，茶杯的旁边，是一本封面朴素淡雅的《瓦尔登湖》。那是苏米上午刚从书店买来的。她还只看了几页。她知道，在这间电脑、传真机、复印机几乎每天二十四小时开通电源的办公室里，她是没有心绪来静读这本书的。尤其是，办公室主任李公明坐在那里，时不时地插问她一两句或与工作相干或与天气相干的话，她又不好不去回应。

苏米记得她正式来办公室上班的那天正好是 7 月 1 日，香港回归。当晚，当怀着陌生而激动的心情和抖落了一天工作疲惫的苏米独自伫立在厂部大楼的露天阳台上，观望着眼前街道，一片灯光辉煌、车水马龙，每幢建筑门前都不约而同竖起红色的国旗和紫荆花旗时，正是礼炮隆隆、烟花满天之际。香港，仿佛是电影中切换的镜头一样，一下子在情感上与她贴得那么近，虽然它原本与深圳咫尺为邻。她的心情接下来变得极其复杂，倒不是因为身边的欢庆景象仿佛照应她工作改善的一己之乐，虽然那在她看来未免自私也自大了些，而是她突然想到了相似的夜晚，相似的欢腾，相似的礼花——快半年前的那个除夕之夜，那桩失火事件，以及容小兰的逃遁，才使她孤独地在此时伫立。

香港回归，在别人看来是那么重大的事情，在她身边却真实地退隐了。

也就是在这个时候，苏米听到身后传来一声轻柔和蔼的问候：

"苏小姐，你一个人在独享这么美妙的夜晚啊？"

苏米回头，是李公明。李公明还是白天的打份，一件圆领汗衫，肥裤，黑白相间的软底布鞋，走路一拖一晃很是悠闲的样子，手里总也不忘端着一只大茶杯。见到李公明之前，苏米觉得所有类似他这样四十多岁的男人都应该是风风火火很干练的，却想不到他这样从容与自在。

"哦，是李主任，"苏米点头笑了一下，"哪里啊，只是一个人随便站站。"

"那就是想家喽。"

"呵呵，也不是。"苏米摇了摇头说，"李主任还没有回家？"

"回去了，刚才想起办公室还有点事没处理，就又来了一趟。"

远处袭来一阵淡淡的榕树气息混着硝烟的气味，让人似曾熟悉，苏米一时间沉浸在这种氛围中，不知说什么好。

李公明"咕咚"一声喝了一口茶，慢慢踱到苏米身边，捋了一把自己额前的头发，"如果我没猜错，苏小姐你是第一次来深圳吧？"

"是。"苏米说。到办公室第一天，她已换去了那套油污的衣物，身上是一套干净明快的职业款服装，这使她说话也似乎相应简洁轻松。

"感觉这里怎么样？还习惯吧？"

"挺好。暂时还好。"

"在这里没有亲戚朋友吗？周末可以出去玩一玩的。"

"嗯，没有的。"

"那，以后有什么困难，你就尽管跟我说。"

"谢谢李主任。我刚到办公室，业务上还不太熟悉，以后请你多包涵。"

"嘿嘿嘿，没问题啦，我看你还是蛮勤快的么，头脑也机灵。"

苏米微微笑了一下，不再说什么。天空中的烟花仍在闪烁不停，眼帘右侧，一幢高楼的半空处一直蓝光闪闪，仔细看去，那却不是烟花，而是建筑工人正在加班进行电焊。

"深圳这几年发展还是很快哪，到处都在搞建设。等什么时候，我领你四处逛一逛。"李公明说。

"那真是不好意思。"苏米礼貌而识体地回答。

"没什么。"李公明说,他又"咕咚"喝了一口茶水。

两个人继续站了一会儿,观赏着空中的烟花。末了,李公明说:"好了,不聊了,你早点休息吧。"

"嗯。"苏米点点头,准备目送李公明离去。

"哎,"李公明忽然想起什么似的,又扭过脸来,"你住的房间去看了吗?感觉怎么样?"

苏米立刻从心里喜悦起来,因为她白天已经去看过了,并且一个人反锁上门,在房间里高兴得跳了两下。那里边果然有一个干净的洗澡间。

"很不错啊。"苏米由衷地说。

"有一个灯坏掉了,好像是走廊的那个开关不好使,我昨天派电工老徐去修理,不知他弄好了没有?"李公明说着,在前头引路,示意苏米开门让他进去看一看。

苏米下意识地跟了两步,又犹豫着停住了:"李主任,天很晚,不麻烦了。"

"啊?"李公明仿佛没听清。

"不麻烦了,已经好了。"

"是吗?"

"是的,我白天试过了,灯全都会亮。"

"噢,"李公明点点头,不停地看着苏米的面庞,"那就好,那就好。"

"你也早点回家休息吧,今天这个日子怎么说都是很特别,别让嫂子和孩子久等。"

"嘿嘿,苏小姐倒是很会关心人啊。那好,我走了,我走了。"李公明嘴上说着笑着,转身慢慢踱了回去。

如今，李公明的那双腿就跷在邻近的办公桌下面，有节奏地晃动着，他正在电脑上查看自己的股票行情。深发展的股票，经过前一阵的持续下跌，现在似有回升之势，这就难免不让李公明为之欣喜。其实自进入办公室工作以来，苏米在李公明的引导下，也开始接触和使用电脑了。不过她不懂股票，她只在上面做一些跟工作有关的事情，比如收发电子邮件，制作简单表格，查询和打印订单等等。李公明对她非常有耐心，哪怕一个十分易懂的程序，苏米没有做好，李公明都不厌其烦地给她讲解，甚至手把手给她演示。苏米感觉李公明的手掌非常湿润、柔软，与印象中男人的宽厚、粗粝大相径庭，这都是曾经两三次李公明跟她同时用手去按鼠标器带给她的感受。李公明的手湿润是因为出汗多，苏米当初跟容小兰开药材店时明白一些，从中医理论来讲，这叫湿热重，是脾虚的一种表现。苏米想如果将来有机会，不算冒昧的话，她倒要建议李公明泡一些茯苓和姜片饮用，效果估计会改善。

李公明和苏米所在的办公室面积不大，只是因为内部物品摆放规矩，布置合理，看上去才感觉干净开阔。除了苏米和李公明，办公室里还有一位女业务跟单员，人很善良持重，比苏米年纪大一些，苏米管她叫吴姐。吴姐的办公桌摆放在苏米对面，因为跟单员应酬繁多、工作机动性较强的缘故，她倒是每天急三火四很少在椅子上坐得住。这样，办公室经常是只有苏米跟李公明两个人。

他们两个人独处的时候，李公明经常夸苏米穿的衣服漂亮、独特、合体。如果是当着众人的面，李公明这样表扬的话，倒也不失为一种绅士风度，虽然那样也会令苏米不好意思，她的穿着本不是刻意打扮出来的。可是两个人独处的时候李公明故态复萌，那就明显有了一种挑逗和骚扰的意思。更让苏米不适的是，他不仅在言语上触及她的衣服，他在肢体上也同样进行触及。苏米渐渐才明白，李公明的那双湿手，并不是为了无意中让她产生他是否该冲饮茯苓和姜片的想法才显示的，而是另有企图。李公明说："哟，苏小姐，今天穿的衣服是什么布料的啊，这么别致！"他拉过她的衣袖，低头辨别着，手却去摸到她的腕子。再不就是，"你衣服后面怎么啦"？不待苏米反应过来，他的手已佯装替她掸去浮尘，轻轻地拍住她的腰肢。这每每让苏米又惊又怕，却又无可奈何。

有一次，同事们都去吃中饭——苏米进入大楼之后才知道，这家台湾企业的高层人员，原来都是在楼内的单独餐厅里吃小灶的——伙食自然是比工人食堂好上不知多少倍。苏米因为等待一份传真，离不开现场，只好泡了一盒方便面守着，没想到过了不久，李公明也回到办公室，手里端着那杯茶水。李公明低头呷了一口，冷丁说："苏小姐，我电脑的文档里有一份最新产品图样，你帮我打印下来。"

苏米走过去，背对着他，打开他的文档，立刻，电脑屏幕上出现了好几幅裸身男女的色情图片。苏米吃了一惊，可是她不敢回头，她知道李公明那双色眯眯的眼睛正在盯着她。

"李主任，这里没有啊？"苏米关掉页面，若无其事地对李公明说。

"那就看另一个文件夹。"

找开另一个文件夹，图片更加淫秽不堪。苏米感觉自己的面庞阵阵发热。她强忍着不作声，快速将页面翻过，终于在最后一个文件夹里，找到了李公明所说的产品图样。

"怎么样啊？看上去效果如何？"李公明此时凑上来。

苏米坐在那里，盯着那些复杂的产品图样，安静地说："我对这些，真是不懂的。"

李公明笑了起来："你只要谈一下第一印象就可以。怎么样，很有视觉冲击力吧？"

"……嗯。"苏米近于僵滞地点了一下头，她开始进入打印程序。

"很让人兴奋吧？"

"这个倒谈不上。"

"怎么会谈不上呢？难道苏小姐……就没有七情六欲？"

这明显是两个人各说一层话。苏米知道自己无论怎样回答，都躲不掉李公明的纠缠。正巧这时，传真机发出了响动，是苏米等待的文件过来了。苏米立刻准备站起来，李公明却按住了她的肩头："不用去，那是自动接收的。"

苏米没想到李公明会用那么大的力气按住她。正在她为此吃惊的时候，她感觉一边的肩头一松，李公明一只手探到她胸部，同时，微温带喘的嘴也贴到自己脸颊处。

苏米转过身，用尽力气推开了他："李主任，你怎么可以这样！"

李公明回头去看房门，那里倒是没什么响动。他干脆做出无辜的样子，双手在胸前一摊："我很喜欢你。"

"那也不能这样。"

"这样怎么了？"

"不尊重人，李主任。"

"嗯，"李公明竟然笑了一下，"我尊重你，你也不会主动让我抱抱你的。"

"那当然！"苏米说，"因为我已经有爱人、有家庭了！"

"你有爱人了？"李公明霎时愣住了，他的额头和鼻梁白了一下，似乎苏米一巴掌拍过去都不敌他这样意外。

"是哪！"苏米松了一口气，说。

"就是说——你已经结婚了？"

"当然啊。"

"这怎么可能，怎么可能？"

"这有什么不可能的？"苏米倒是很想笑一下，可是被她不费神地收住了。那样会显得她似乎要妥协。

"不像，一点儿都不像。"李公明在频频地叹气。

苏米身体向后撤了两步，她还在抵防着李公明。她快速走到自己办公桌前，拉开里面的抽屉，拿出一摞子信："你看，这都是我和我爱人的通信。"

李公明站在原地，冷冷地盯着那些东西，一声也不吭。

"喏，还有呢，"苏米利落地用手指在抽屉里一夹，亮出一只红皮本，"这是我俩的结婚证，一式两份。我从家里出来时随身带着一份的。"

"好啦，好啦。"李公明脸色终于恢复了正常，他仍不忘记说一句本属自然、但让人听起来感觉下流的话，"你总不会再拿出一本生育证给我看吧。"

"那倒没有。"

李公明转过身，悻悻地走了。

从那以后，他似乎收敛多了。


"你如果想登山，深圳这边还有一些去处的。"

在办公室里，吴姐对苏米说。两个人坐成对面，房间里再没有别人。窗外一架乳白色的客机在吴姐的话音刚落时从楼群边飞向天空。

"比如蛇口的南山，福田的笔架山、梧桐山，等等。当然最理想的也许还是莲花山。"

"那为什么？"苏米问。之所以能够提到登山这种话题，全是因为苏米正在往下翻看《瓦尔登湖》的缘故。在《声》的这一章里，梭罗写道："我的房子是在一个小山的山腰，恰恰在一个较大的森林的边缘，在一个苍松和山核桃的小林子的中央……在我前面的院子里，生长着草莓、黑莓，还有长生草、狗尾、黄花紫菀、矮橡树和野樱桃树……"这不禁勾动了苏米对小时候的乡间和登山的回忆。

"因为南山太远，笔架山太高，梧桐山呢路又不好走，那自然剩下莲花山了。"吴姐的语气缓慢、温和，"尤其是在山顶，场地开阔，每年有无数的人前去放风筝。那时你看，深圳全景在你脚下，头上又是密密麻麻飘荡的风筝，真是美啊！"

苏米满怀向往地听着。

"不过如果你问我，我最喜欢登的山，那还是东莞的一座山，是我的家乡，离这儿不远，也叫莲花山。那儿没有放风筝的，可满山都是蝴蝶，成千上万只，你转三天都数不清它们的品种。专家说有六十多种呢。"

"吴姐原来是东莞人啊？"

"是啊，其实也就是本地人。你知道吗？深圳最早的住民，其实都是东莞人。大概在东晋的时候，这里建立东莞郡，下辖宝安等六个县，而宝安呢，现在的香港、深圳都归它管辖。"

"原来是这样。"苏米觉得自己虽然是学考古的，但对南粤的历史却几无了解。她对此不感到汗颜，她汗颜的，是她怎么又想到考古的事来。她有点儿无奈。

这一个下午，两个人聊了很长时间。吴姐给她介绍了许多家乡的旧俗，比如小时候，她那么馋，可是大年初一却不准吃鸡。东莞人生性刚直，尊节重义，他们传统上认为大年初一是鸡日，所以连荤都不沾，家家食斋，并且以水代酒，以茶祭祖，表示每年清清白白做人，对得起祖宗。吴姐还讲她读高中时，单相思隔壁班的一位男生，后来他当兵走了，竟让她失魂落魄。若干年后，再次见面，没想到却是在表妹与他的婚礼上。而她表妹呢，原来就是当年去她的学校给她还书，碰到那位男生，随后两个人才好上的。这让吴姐再三感叹什么叫命运的机巧。吴姐最后还讲了她这些年的工作历程，这让苏米明白，原来吴姐这样一个安详、持重的人，并且家庭还是当地户籍，却也有着别人想象不到的曲折和苦涩，更别说那些身如飘萍、四顾茫然的异乡人了，他们当中该会有多少人饱含着愤懑、失落、浮华的感情和故事，作为都市"人群中的人"而摩肩接踵、行色匆匆呢？只不过，每个人都在水泥高楼的背景掩映下，竖起同样冰冷的面孔，彼此欲语还休或者干脆三缄其口罢了。

苏米在打趣说吴姐"如今看到当年那位男生"是否还有心动感觉的时候，田副厂长进来了。田副厂长问吴姐："张家口那批货是怎么回事？"

吴姐站起来，说："正常发呀。"

"可是他们说有一部分原材料还抵顶在这里。"

"那不已经打入预算里了吗？"

"人家说那是第一笔，还有第二笔。"

"那是转入下一年的。"

"这样，"田副厂长说，"他们把电话打到老板办公室那里，你去跟老板再汇报和核实一下吧。"

"好的。"吴姐说完，收拾好自己的桌子，跟田副厂长匆匆走了出去。

苏米倒了一杯茶，坐在桌子前，还沉浸在吴姐讲的故事里。过了一会儿，她把脸转向窗外，看着远处的蓝天和白云，在它们下边，海岸风格的一幢幢白色的楼宇，被阳光照射得像是一片片白色的桦树林，宁静而斑驳。苏米有一刻突然想到了许晚志，她很想再给他写一封信，谈谈她此时的感受。她铺开信纸，刚刚写下第一个字，办公桌上的电话响了。

她接起电话，是李公明打来的。李公明说他正在外面忙业务，但原定上海方面过来一个客户需要碰面，现在人家刚下飞机住进雅晶酒店，要她先去接洽一下，自己稍后才会赶到。

"雅晶酒店，"苏米说，"是哪一个房间呢？"

"1320号房间。对方说是这个，我想我没记错。"

"好的，我撂了。"苏米说。她关上了室内的窗户。停了一下，她又走到吴姐的办公桌前，留了一张纸条，告知自己离开的因由和去处，怕的是让吴姐误以为自己提前离岗。

约二十分钟后，苏米步行到了雅晶酒店。她没有打听前台，按照房间号直接乘电梯找到1320号门外。她按了一下门铃，里面迅即发出响动。

门开了。苏米准备笑一下。站在面前的是李公明。

苏米走进去，房间并没有其他人。苏米脚步停顿了一下，问："客人还没来？"

"是啊，"李公明随手关好房门，说，"我先到了。"

"不是说——"

"苏小姐，先坐下嘛。"李公明很热情地示意她坐沙发。

苏米又看了一下房间内，电视开着，正小声地转播一场足球赛；床头柜上，一只烟缸旁歪放着一盒香烟，那是李公明偶尔吸的"万宝路"牌，烟缸里散落了三四支烟蒂，说明吸烟人已经在这里等待一段时间了——就这样。

"李主任，原来你已经在这里了，那我就回去吧。"苏米说着向门口走去。

"别——"李公明一下拦住她，"一个陌生的客户你都能见，难道不能见见我吗？"

"我们天天见哪。"苏米笑着说,然而不知道,下面的事情不会容她再轻易笑得出。

"那都在办公室里,不像这样隐蔽。"

"隐蔽干什么啊?"

"好好欣赏你。"李公明的声音显得冷静而温柔。

"李主任,"苏米当然明白李公明眼下的企图,事情很明显,他是骗她来的,"别这样,我是结过婚的。"

"那有什么,我也结过婚啊。"李公明将苏米的一只手握住,抬起来,另一只手合了上去,同时庞大的身体贴向苏米。

苏米抽出手掌,再次向门口走去,她肩后微摆而柔顺的长发却似乎更加撩拨了李公明。李公明奔过去,双手揽住苏米的腰肢,用力一扳,使她正面望着他:"苏小姐,你别敬酒不吃吃罚酒!"

苏米弓起一条腿,用膝盖防护自己,不让李公明做进一步贴近。李公明却只轻轻一搡,苏米站立不稳,两人像跳交谊舞一样旋到地中央。李公明拖着因欲望和恼怒交织燃烧而显得含混不清的语调说:"信不信,我只写一份报告,就可以把你重新弄回车间去!"

话音未落,苏米觉得一晕,李公明已经把她推翻在床上,随即扑了上来。"李主任!"苏米说,她觉得几乎要憋死过去。"你想喊吗?"李公明说,"告诉你,这是我朋友开的酒店,整个楼只有我们俩人住,如果你想喊我会更加高兴!"

苏米不愿意喊。屈从李公明与自己大声呼喊,这确实都是她做不来的。她只能用胳膊拼力抵抗他,或是用身体的扭动护住自己。然而她穿的衣服太薄了,李公明用力一挣,她的衣领"哧"的一声,半边乳罩露了出来。趁苏米愣怔的工夫,李公明反手一捋,将苏米的外衣脱了下来。

"李主任，"苏米匆促地叫道，"你先去洗澡。"

"洗澡？"李公明想了一下，"那是啊，我们俩一起去洗。"

"你先去。"

"一起去。"

"你先去。"

"你是想让我在洗澡的时候，你一个人跑掉是吧？"

"不……"苏米说，她不知道自己拖什么，然而她只能拖了，"那我先去吧。"

李公明站起来，放开苏米，让她走进卫生间，然而不待苏米关上门，他就像一头兽一样撞进来，快速地脱去自己的衣服："道理是一样的，你先洗完了出去也同样会跑掉的，公平一点的办法只能是我们俩一起洗。"他脱得自己只剩下一条短裤了，他用比自己短裤形状还更为膨胀和扭曲的声音说道："对，宝贝儿，我们俩一起洗，洗个鸳鸯浴，知道吗？"他随手打开了淋浴器，一股沙沙的声音开始在空间弥漫。"我第一天见到你就被迷住了，啊，你可真会掩饰，我实在想象不出你以前穿着油污的工作服做车工是什么样子——现在该你脱光了。"

苏米本能地向后退着，她把握不住眼下的情势。就在这时，"叮咚"一声，房间的门铃响了，有谁在叫门。不知是李公明没有听见，还是听见了来不及阻拦，说时迟，那时快，苏米不顾一切返身跑到那里，一下子打开了房门。

是吴姐。身后还跟着田副厂长。两个人走进屋里，全都愣住了。苏米上身只剩一件乳罩，头发已经被水淋湿了。李公明全身只剩下一条内裤，样子极其可笑。短暂的惊讶之后，还是吴姐首先打破沉默：

"呃，就是……苏小姐，张家口那批货的合同存根一直放在你那里保管，我们现在急用……所以……幸亏你给我桌子上留了言，我们才找到这里。你知道，不然毫无办法。"

"啊……是的，没想到事情会是这样。"苏米暗自庆幸，赶紧穿好了衣服。

田副厂长看着李公明。

李公明脸色惨白，一句话也说不出来。

　　台资企业的高层很快对此事做出了决定。

　　这是没什么好商量的。原来，大凡正规的外资或合资企业，都在企业内部对所属员工做出规定，禁止两性之间产生任何联姻、恋爱以及其他私密性的肢体和情感暧昧接触。这倒不是从有可能出现的道德违纪方面来考虑，而是完全为了保护企业的利益。在一些特殊的部门和岗位，一对有亲密关系的男女是很可能联手作弊来共同占取企业利益的。世界上许多著名企业如福特公司、通用公司、美国银行、西蒂公司、班克公司……都在这方面做出严格的规定。即便是苏米眼下所属的这家台资企业，刚刚在去年，就发生过一桩在财务部工作的一对地下恋人串通贪污企业资金的事情。这家企业的高层对此已是心有余悸。

　　苏米不止一次到老板那里去申辩，她是被蒙骗和被胁迫的。李公明当然不予承认，并且反咬一口，说自己是被引诱的，但她想从中捞到什么好处，他至今也不知道。老板不知道该信哪一个，或者说，老板对谁也不相信。李公明曾自恃在企业干了这么多年，又是销售办公室主任，业务熟稔，老板会对他网开一面。事实上，老板确曾按李公明的想法私下犹豫过，他最初的打算就是将两人分开，那也就是说将苏米开除了事。但后来，企业高层认为，以苏米的工作技能和经验来推论，她离开后再去找的工作，有十足的可能是再去一家相同性质的机械设备厂应聘，这且不打紧。打紧的是，万一李公明和苏米在众人面前上演反目的双簧戏，暗地里仍旧好在一起，那么，保留李公明，岂不是等于保留了李公明长期向苏米和她所在企业泄露商业机密的可能。如此，两害相衡取其轻，老板断然做出了将两人同时开除的决定。

原来，在合资企业里边上班，虽然大陆人有的做管理，有的做普工，仿佛有高与下、贵与贱之分，但这都是大陆人自己那样看待。在台湾老板眼里，二者没有大的区别，都是被利用和赚钱的工具而已。

李公明没想到会是这种结局。老板一个钟头前做出开除苏米的决定，李公明还洋洋自得，但没想到一个钟头后，老板又做出了开除他的决定。他再三申辩和争取均告无望之下，只能迁怒于苏米：是她当初在办公室里留了纸条，告诉人家她在哪里——而这一切都是她故意的。

"这个婊子！"李公明恨恨地想，"我要狠狠地当面唾她和侮辱她，我要她赔偿我弄丢工作的一切损失！"等到李公明怀着这个疯狂而病态的念头转身去寻苏米的时候，苏米已经孑然一身刚刚踏上一辆正要启动的公共汽车。

"你给我下来——！"李公明声嘶力竭地在工厂的门口喊，他追了几步。

车启动了。

"你这个贱货——"李公明前额的头发都跑得散乱了，像个疯子。他不仅输掉了工作，他也输掉了男子气。

车加大速度，越来越快。

"我会找到你的！我饶不过你……"

苏米呆呆地坐在车里，望着远去的道路，望着李公明越来越渺小的身影，她什么也看不见，什么也听不见。

她所能做的，只是茫然地在心里叹一口气，然后自认倒霉。

## 十

许晚志和苏米婚后的生活，确实如身边的亲戚们所料想的那样，过得平静而愉快。他们在县城里另买了房子。虽说是旧房子，但好在价钱说得过去。做出这个买房的决定主要是苏米。正如当初许欣欣设想的那样，哥哥结婚，本来是要住在母亲的房子里的，但因为自己没考上大学，早早下来做工，同时又将年龄在户口上改大了一岁，所以提前结婚占据了这里。苏米觉着无论许晚志做哥哥，还是自己做嫂子，权且让着点许欣欣吧，因为她毕竟小一些。再有，虽说许晚志和自己的经济条件并不好，但许欣欣和她丈夫的条件比他们还不如。还有一点，如果硬要挤住在那里，也不是不可能的，毕竟按照习俗，女儿出嫁是要出门的，但她受不了许欣欣的作风，她多年来已经习惯于大惊小怪，飞扬跋扈。

于是，他们结婚的最初两年，其实是在外面租房子住的。等稍微有了一点积蓄，又跟朋友借了一些钱，才买到了眼下这个旧房子。

那个时候，许晚志在县里的高中教物理，苏米在县里的一家有着悠久历史（可以上溯到二十世纪五十年代抗美援朝时期）的大企业里，整理厂史并兼厂史讲解员。她是有机会留在市里博物馆的，但因为许晚志的工作定向，她只好跟随回来。其时，县里尚没有博物馆或文物保护所之类的单位，自然，她所学的什么考古专业也就无从发落。

他们每天吃完饭，散步，聊天，打羽毛球。每周末原本也请几位朋友或同事在家里打一打麻将，但许晚志很快就发现，打麻将原属一场毫无智力的游戏，也就是说，你的智力水平与输赢之间并不是成正比的，它们靠的基本上是运气。一旦发现他们彼此是在做这种物理上的无用功之后，他感觉智力上的一种自尊受到了损伤，于是他很快就放弃了这项活动。

他和苏米仍旧散步，聊天，打羽毛球。偶尔也欣赏交响乐。当然，在他们所处的县城里，是不会有什么交响乐团来演出的——再过二十年也不会有，许晚志是在电视节目中欣赏。他喜欢交响乐那种协作的阵容，那琳琅满目的乐器，它们经过摩擦和敲打，发出物理学上的声音，却又穿透思想，妙不可言。他偶尔想起自己小时候梦想拉小提琴的经历，不过一笑了之。

他继承母亲年轻时的特点，是业余时间很喜欢读书。读文学书，但更喜欢读哲学方面的书。比如柏格森的唯意志论的东西，叔本华的存在主义的东西，弗洛伊德的精神分析引论等等。许晚志觉得这些思想其实也是在探讨物理的东西，或者反过来说也对，物理也是某种哲学。因此，当被誉为继牛顿和爱因斯坦之后最伟大的科学家——霍金，他的《时间简史》以及黑洞理论刚刚翻译成中文时，他就立刻买来读了。让他吃惊的原来是，霍金对人类乃至宇宙文明的前景并不看好，也就是说，文明终将毁灭。

许晚志和苏米散步的时候，经常会碰到谢文和容小兰夫妇。容小兰没有工作，平常料理家务，她丈夫谢文在县审计局做一名普通科长。传说谢文当年同容小兰谈恋爱，并不想真的娶她，只是想玩玩而已，却不料被容小兰死缠猛打，闹得满城风雨，谢文招架不住，赶紧鸣金收兵，与她结为伉俪了事。容小兰是苏米高中时的同学和同桌，因为这个缘故，他们夫妇曾应邀到许晚志家里打过麻将。

他们遇见了，常常是谈谈天气，谈谈彼此都已看过的新闻。有一次，不知怎么谈到了谢文的身体。他还不到三十岁，但头发谢顶，肚子已经有点发胖了。

"就是应该加强锻炼哪，可是对我来说，坚持几天，再稍微一松懈，肚子格外难看。"谢文说。

许晚志建议他，选择慢跑，既不很累，又容易实行。

"是啊，慢跑挺好，还有就是打篮球，"谢文也许是无意地吹嘘道，"在大学里，我是班上篮球队的中锋啊！"

苏米在旁边看着他们聊。容小兰有时还插话进来，苏米可是一声不吭。

谢文不断偷偷用眼睛扫苏米一下，他其实挺喜欢苏米的。以前在苏米家打麻将，他经常坐苏米下家，很容易吃到牌。有时候他为此表扬她，她就会轻轻地冲他抿嘴一笑。

这样，话题很容易谈到了体育。谢文突然说："哎呀，差点儿忘了，我听说县城西郊二十公里处，刚刚开辟了一处野外攀岩场所，很刺激的。改天我们去活动一下怎么样？"

许晚志犹豫着，考虑怎样回绝。

"对呀，我们找几个人一起去会很热闹！"容小兰立刻补充道，"据说攀岩服装和工具那里有现成的，用不着你格外准备！"

"恐怕……我们从没攀过。"许晚志说。

"没关系，我们也是，不然还谈什么去见识一下呢？"谢文真诚地邀请道，"再说，那里据说也不止攀岩一项运动，另外还有漂流、骑马什么的，可以任选嘛，全当野游一次。"

"就是。整天在家里待着哪成。"容小兰说。她拽了苏米胳膊一下。

"恐怕时间……"苏米微蹙着眉，望着许晚志。

"周末，就这个周末，我们都休息。"谢文说。

再拒绝下去似乎失于礼貌了。事情便这么定了。

周六那天下午，他们一共去了八个人。许晚志、苏米、谢文夫妇，另外有谢文认识的一对戴眼镜的夫妇,据说他们开着一家古旧书店,还有他们六岁的儿子。再有一个单身,是许晚志学校分配不久的同事。

他们乘了一辆面包车来到郊外。那是一处由山脉围成半开放式的盆地,有一条道路通向旁边的大峡谷。从远处看,这里属于典型的溶岩地貌和沟谷流水地貌。一行人一下车,立刻感觉酷暑与热浪早已被摒绝在外,迎面清爽怡人。

他们准备好了攀岩工具,便开始行动了。那对开古旧书店的夫妇俩,相对坐在一边的空地上,声称先为大家照看东西。谢文大力促请许晚志和苏米先试身手,许晚志出于礼让,转而要他单位那个同事先攀。那个单身小伙儿脸立刻红了,因为大家都是第一次来这里的缘故吧,他连连摆手,说先看看别人怎么攀。

倒是苏米显得从容自如。一行人当中,也许只有她从小就对山岩感到熟悉吧,她问身边的安全员:"会不会掉下来啊?"

面前的山崖是天然形成,陡峭直立,石壁交错,看起来足有八层楼房那么高。一条绳子从最顶端垂直落下来,在风中悠悠荡荡,更让人内心增添一份摇摆之感。

"不会的。"安全员说,"安全绳系在腰间,随着你攀登的高度自动收缩。即使不慎失手,你的坠落距离也不会超过十厘米就被立刻固定住。掉不下来的。"

苏米走到山崖下面,开始攀登了。开始几分钟,她进行得还算顺利,那些岩石的棱角、纹路和罅隙,吸引她不断用脚和手无秩序地去配合,或蹬或踩,或扶或抠。攀岩之所以吸引人,一个原因是它锻炼人的冒险精神,另一个就是它的被征服路径的不可重复,也就是说,每个征服者攀登的岩石部位和细节都是不一样的,无法重复别人也无法重复自己,这也显现出他们在攀爬过程中的身形是变化莫测的。苏米攀到十五米左右就感到气力不支了，双腿暄软，胳膊乏力，更无奈的，十指已经僵硬了。原来，攀岩最吃力的部位是人的双手。

苏米爬不动了，她回过头，示意下面的安全员一点点帮她放下绳索。少顷，她重新回到了地面。

下一个攀登者不用推让，谢文首先站了出来。他早就想引起大家的注意，尤其是苏米的注意。他换上攀岩服，充满自信地开始攀登，然而十分钟后他就知道，这事可真不那么简单。他的身体太重了，他几乎奢望身边垂着的安全绳能够帮他拽上去，尤其是当他爬到一块横出的大石头那里，无意中向下一望，竟显得绳子很短人很小的时候，他吓出一身汗。这样，他就再也不敢爬了，骑在那块大石头上显得古怪而可笑。

"哎、哎——"他叫道，"给我放下来——"他意识到自己的声音出奇的大，令他很不好意思，于是他又小声说："爬到这里就行了。"

"你要下来吗？"安全员喊。

谢文点点头。他恨不得立刻回到——不，他知道自己要慢慢回到地面。

苏米坐在那里友好地笑着看他。她刚刚费力地将自己脚上攀岩鞋的带子解开。她的所有手指都累得像患了帕金森氏症似的，无力地抖个不停。

谢文来到地面，走到苏米身边说："今天天气还真是不错。"

苏米说："待会儿我们再转转别处。"她回头跟那个六岁的男孩说，"去，不要让你的皮球滚远。"

"你平常都做些什么？"谢文随意地用一只胳膊肘支在身边的树干上。

"没有什么，倒是许晚志的业余兴趣比我多。"

"我们单位……"

"喂——！晚志，你可要小心点儿。"苏米站了起来。

谢文回头，发现许晚志已经开始攀登山岩了。他的举止不算敏捷，可也绝不拙笨。当然谢文的目光还是愿意停留在苏米的脸上。他看到苏米微急和隐忧的表情，她的叫声引得原本正在一起聊天的容小兰和古旧书店夫妇也抬头张望。谢文想，女人作为妻子的这种做法真是小伎俩，为的是在众人面前显得她有多么关心丈夫。其实，连她自己不都刚刚从岩石那里快乐地下来了么？

不过，谢文还是附和道："要小心！"

终于，许晚志出人意料地登到了山顶。

谢文的脸慢慢感到有点热。他问苏米："怎么样，这儿很好玩吧？"

"嗯，不错。"苏米的目光还是不断地瞟向许晚志。

"以后我们应该经常来的，吃饭啊，聊天啦，欣赏风景什么的——哎呀！"谢文突然回悟道，"这次照相机忘带了！"

"许晚志倒是想带了的，可是一考虑是攀岩么，带那个东西嫌麻烦。"

"啊，如果带来就好了，你看，你现在这样的姿势照起来一定非常好看。"

"谢文！他们竟然说世界杯足球赛下一场 D 组的比赛，阿根廷队会以八比○横扫希腊队！"在不远处，容小兰指着书店夫妇向这边喊道。

谢文向他们微微笑着。

"你看，我们俩的爱好其实非常不一致，"谢文又转向苏米，就容小兰的话题说，"我虽然做过篮球队的中锋，可我不喜欢足球。她呢，一个女人，却到处跟人家谈足球。"

"她在高中时就那样，我记得她经常组织足球队什么的让男生们互相踢。"

"嗯，她前一阵子还要研究期货什么的，她的兴趣可比我广泛。"

谢文的话里，就像在揶揄她一样。

"她没有工作，不用上班，那就有的是时间。"苏米说。

"你呢？你的工作怎么样？忙吗？"

"忙倒不忙，我只是……说不好，将来——"

"将来会忙得没有时间，像这样的聚会？"

"不不，怕是相反的。我们工厂的效益……"苏米打住了话头，"反正现在还行。"

许晚志从远处走过来，他满脸汗水。"我奇怪爬到山顶上，竟然一棵树也不长。"他说。

"你累吗？"谢文问。

"不累。倒是有点儿饿了。"许晚志鼓了一下腮帮子说。

"那我们吃饭。"谢文说。


吃完饭，大家随意散步。这时候已经将近六点钟的光景，山里的夕阳下得早，周围的山峦和树林都像是浸在一片混浊的水里，幻幻淡淡，虽是夏天，却有一种春暮的感觉。连空气也像，因为到处都是草香。

不过路还是泛着白光，向远处延伸。大家就朝峡谷的方向走去。

这里最初应该有部队的靶场，因为在路上，大家经常可以捡到一些铜子弹壳，他们轮番用手中的拾得物逗弄那个六岁的男孩，男孩就在人群中追逐着。

不知谁说附近的道路尽头有鹿场，大家都说去看看，尤其是许晚志单位的那个小伙子，更是意兴盎然。苏米见着那条小道满是乱石和草丛，自己穿着高跟鞋很不方便，她是宁愿在平坦的大路慢慢徜徉等待他们的。吃完饭的谢文的肚子显得更加臃肿，他不但打怵去看什么鹿，他更希望能在苏米身边单独多待一会儿。

他俩只好慢慢朝前边走。有时候谢文随意掐下路边的一根草茎，揉碎后再一点点撒掉。苏米穿着浅灰色休闲裤，奶白色无袖衫，她怕飞虫叮咬，时不时在浊暗的光线里拍击一下裸露的臂肘。

他俩仍旧在聊天。后来，他俩都听见了什么声音，谢文说那是流水声。按声音的力度判断，那应该是一处很大的瀑布。

峡谷在夏季里，确实是应该有瀑布的啊。苏米想。她怀着探究的好奇和自然的喜悦，加快步子向声音走去。不过，她和谢文走了五十来米，将要转向一个下坡时，她忽然停住了，回头看了一眼。

"怎么了？"谢文问。

"他们没有上来啊。"苏米说。

"没关系，很快会的。"谢文感觉自己的声音有些激动。

苏米伫立在那里。

谢文终于大胆地拉了一下她的手："我们先去瀑布那里看看。"

"别，"苏米仿佛浑然不觉地抽出了她的手，"万一走散了他们会着急的。"

这样说着，她已经低着头自顾朝回路走去了。谢文只好跟着。

到了晚上，宿营的时候，大家分头在草地上铺好睡垫，支起了帐篷。望着苏米跟许晚志的帐篷远离众人，独自在一处无人地带亮起私密而温馨的灯光，并且时不时传来两个人的笑声，谢文懊丧地想：怎么，我竟想勾引这个女人？那实在是有点儿太无知了啊！

## 十一

"怎么说呢？我觉得这样很好啊。"

"总是这样的，是吧？"

"为什么要对生活想太多呢？"

"不知道。"

"嗯，慢慢就好了，会的。"

"唉，有时候真是……"

"那也不要这么消极。自讨没趣。"

坐在苏米对面的，是一位比她看上去要乖巧和历练得多的女孩子。实际年龄可能跟她差不多。她叫陈妙，是苏米才认识三天的伙伴。她们现在有一个共同的职业，那就是销酒员。她们为酿酒公司在深圳的各酒吧里销酒，赚底薪，加提成。遗憾的是，三天来，苏米连一瓶酒都没有对客人销出去。

她俩现在坐在一个叫"站台"的西式酒吧里。在总台的迷乱的射灯照映下，有一列火车模型在木板上一直转动。同深圳所有的酒吧一样，只要黑夜来临，这里便拥有了一切静谧与热闹、粗犷与细腻、杂乱与雅致、摇滚与古典、躁动与慵懒、清醒与梦幻等等诸多风格或色彩。它们不同于上海，也不同于北京，毋宁说，它们恰恰结合了上海和北京当中稚嫩的东西，在这里——深圳的任何一个地方，弥漫出新的可生长的元素。让人犹疑，让人惊喜。

"有时候不是故意的，你就会抛掉一些东西，一些事情。"

"这跟决心无关。"

"啊，在深圳你要保留什么样的决心呢？真是可怕。"

"就是啊。"

"哎——"陈妙看了一眼旁边，"那边来客人了，你去吧。"

苏米沉默而不安地看着陈妙。

"去呀。"

苏米终于站起来，向远处走去。面前是四位客人，其中有一位是女士。苏米冲他们笑了一下。

"你们好，请问想喝点儿威士忌吗？"

客人中有一位扎领带的男人看了苏米一眼，摇了摇头。"我们只喝啤酒。"他说。

"那么，给你们来嘉士伯好吗？"

"不，谢谢。我们要喝青岛纯生。"

"喜力呢？喜力啤酒？"苏米问。她只有推销高档酒，才会赚到钱。

"有朝日吗？"在座的一位穿 T 恤的男人问。他看了其他人一眼，"我觉得日本的朝日纯生很不错。"

"这个……"苏米为难地停顿一下，"没有。"

"那就青岛纯生。"扎领带的男人重复一遍。

"好，"苏米有点儿尴尬地点点头，"请稍等。"

苏米走到陈妙面前，冲她无奈地努了一下嘴，转身准备取酒，陈妙小声说一句："慢。"她站起身向那边的客人走去。

他们距这边不是很远，大厅内的客人也不是很多，即便在淡淡的音乐声里，苏米还是能隐约听出传来的对话。

"各位晚上好，很高兴能够见到你们，连我也能感受到，你们难得今晚在一起轻松一聚。这样好的气氛其实应该喝点白酒啊。"

"我们想喝啤酒。"

"是啊，啤酒当然要喝，不过一般来讲，都是白酒喝过三巡之后才喝啤酒呀！"

"嗯，那……有茅台吗？"这回是扎领带的男人问。

"一看先生就是爱国人士。"陈妙调侃道，"可是，你知道，大多数酒吧里只销啤酒和洋酒，国产白酒是没有的。"

"噢，那算了。"

"先生你喝茅台，想喝高度的还是中度的？"

"中度的。"

"那为什么不来一瓶罗姆酒呢？牙买加的罗姆酒，中度的，不像威士忌那样刺激，又有点像茅台的酱香型。再说价钱也不很贵。"

"那就来一瓶吧。"

"谢谢。"陈妙穿着一件钻红色的无袖衫，另加黑色超短裙，她微微转过身，姿态很是性感，"这位先生，你刚才提到朝日啤酒是吧？虽然我们暂时缺货，但日本朝日啤酒株式会社刚刚同江苏南通市合作，生产一种新型葡萄酒，我们费尽周折才弄到一点儿，你不点一瓶给你身边的这位女士尝一尝吗？价钱也不贵。"

"好的，"穿 T 恤衫的男人看了一眼大家，冲身边的女士笑了一下，"好的，来一瓶。"

苏米听到陈妙还跟他们说了几句什么，瞬间人群爆发一阵愉快的大笑。两分钟后，陈妙走了过来，冲苏米"啪"地打了一个响指，小声说："成了，一打青岛纯生，另加一瓶罗姆和朝日圣果葡萄酒，还有两听雪碧，兑在葡萄酒里边的。"

"你真行啊。"苏米说。陈妙刚才好心把机会先让给她，可是她却没办法赚到钱。她又感激又失落。

"苏米，我们推销酒，不是推销水，所以你先要有酒一样的热情。"

"你别取笑我啦。"

陈妙把酒送过去，换回来好几张百元钞票在手里捏着。

"快，那边又来一桌客人，你再去试试。"陈妙突然对苏米说。

"还是你去吧。"苏米向那边看了一眼。

"不，你去。"

"那你呢？"

"今晚这里的生意应该不错，你别管我，我到别的酒吧去碰碰运气。"

"那——"苏米问,"今晚你还会回到我们的房间很晚么?"

"你别管我,"陈妙已经转身走了,"我又不是没有房间钥匙。"

这一个晚上,苏米推销出去四十支喜力啤酒。每支她可以赚到两元钱。

这已经不错啦。她想。在工厂里,她每加班一个小时,才仅仅可以赚到两元钱。

而今晚她竟赚到了八十元钱。

下一个晚上,她赚到了一百二十元钱。然而,在陈妙看来,她付出的代价也太大了。苏米为了多销一些酒,抵抗不了客人的纠缠只好陪着喝了一些,她以为那倒也没什么,可她不知道,酒是上瘾的,或者不如更直白说,把酒瓶子打开是上瘾的,因为那样可以不断赚到钱。她喝了两杯白酒,七八杯啤酒,中间去盥洗室呕吐了两次,回头再喝。这样,挨到深夜回到她和陈妙合租的那间公寓里,她已经体力不支。

"啊,你怎么能够这样?"陈妙正在准备夜宵。所谓的夜宵,是几只蛋卷和一杯咖啡。多年来她养成了夜里喝咖啡的习惯,仿佛那不是为了提神而是有助睡眠。

"生活,真美妙啊!"苏米倒在沙发里浑身发抖。

"生活可不真美妙怎么的?可你这样就不太妙。"陈妙看了苏米一眼,又看了一眼窗外,夜已经很深了。除了一小块昏黄的灯光映在紧贴窗外的楼墙上,她其实看不见什么。

"几点了?"

"十二点多十分。"

"我好难受啊。陈妙,过来,过来,我们俩玩捉迷藏。"

"你什么感觉？"

"我想躲起来呀。我感觉身体轻，在飘，在飘。"

"你安静些吧。你能睡吗？"

"我试试看，我试试看。我……睡着了会告诉你的。"

苏米在沙发上轻声呻吟着。过了一会儿，她突然将一只脚踩到地上："啊，我要出去走走。"

她挣扎着起来，可是她的伙伴很快将她安抚下去。"你这样不行的。你要喝一杯咖啡吗？啊不行的，我总该去给你倒一杯白开水。"

"酒。"苏米说，"要酒。"

"该死。"陈妙说，"这帮混蛋客人，他们怎么给你灌成这样？"

"我要喝的啊，我要喝。哈！皇家礼炮威士忌，酒度四十三，产地英格兰……马爹利，我开始不会叫它，我总叫它马德里，哈我怎么跟西班牙人干上了……马爹利，是耐心追求完美的结晶，是富庶也是尊荣的代表，唯因拥有惊世傲俗的马爹利，白兰地才得以永垂不朽……陈妙，广告词是这样背诵的吧？"

"苏米，你这样下去不行，你总得想想办法。"

"啊，他们喝了好多的酒！不行，我要去吐！"

苏米跟跄着去到卫生间。她吐不出来，她只不过洗了把脸。陈妙看到苏米出来的时候，目光发散，不知是汗还是水，凝成细绺，散乱在脸庞和脖子上。

"好点儿了吗？"苏米坐下后，陈妙把一杯白开水递给她。

"好点儿了。"苏米重重地呼出一口气，"我只是没想到洋酒也会醉人。"

"是酒都会醉人的。"陈妙凑近苏米的脸前，看着她，充满了疼惜，"苏米，你会划拳吗？"

"划拳?"

"对呀,划酒拳,这边的人又叫猜媒和拇战。"

"那个管什么用?"苏米抬起头,在灯光下冷峻地看了陈妙一眼。

"来,我教你。"陈妙拉过苏米的手,她的手简直烫人,"做销酒小姐哪有不会猜媒的呢?你主动跟人家玩猜媒,会挑起他们多喝酒的兴致,否则,万一人家要跟你玩而你不会,人家就会扫兴和下次不再找你;再有,你如果会猜媒同时很有水平,你就会把客人打败,是他们自甘喝酒而不是永远逼着你喝酒了。"

"好呀!"苏米睁大眼睛说。她的眼睛像水晶一样湿润闪亮。

"喏,"陈妙开始给苏米讲解,"两人同时伸出手指并各说一个数,谁说的数目跟双方所伸手指的总数相符,谁就赢了,输的人喝酒。比如开场,'人在江湖走啊,哪有不喝酒啊'……"

"都这样说么?"

"随便哪,你可以随便让游戏开始,'人在江湖漂呀,哪有不喝高呀'!"

"嘻嘻……"苏米笑了起来。

"哥俩好哇!"

"三桃园哪!"

"四季财啊!"

"五魁首啊!"

"六六顺啊!"

"七巧妹啊!"

"八马双飞,九倒满哪!"

"全给你呀!"

苏米犹疑而聪颖地,开始跟陈妙学了起来。陈妙手指上的一枚绿宝石戒指，像是骰子一样在空气中上下跳荡。"一心桥，双桥路，三脚猫……不，这个不对。"陈妙帮苏米指正，"你用手指出'二'时，不能伸食指和大拇指，这像枪一样对着客人，这个不要出。要出'二'，就出大拇指和除了食指以外的任何一个指头。"

"哦。"苏米点点头。

"来，练一下。我输了，喝咖啡；你输了，喝白水。"

"行。"

"乱辟财呀！"

"……乱就乱啊！"

"好就好呀！"

"好得不得了啊！"

"哈哈哈哈……"这一个夜里，两个人激情四溢，尽情欢笑，几乎到了天明。


苏米逐渐学会适应了这种夜与酒相互映照和浸泡的生活。说起来这种生活也没什么太多奥妙和复杂性可言，只要有足够强的服务意识，外加调整好昼伏夜出的睡眠习惯就成了。再有，要有愈挫愈战、愈战愈勇的赚钱意识。陈妙说，不为了赚钱，谁到深圳这荒地儿来干什么？苏米很奇怪陈妙怎么会叫深圳为"荒地儿"，陈妙不屑一顾地说：深圳号称沿海城市，可是楼越盖越高，哪个深圳人还能够真正看到大海？你在深圳大街上走一走，看看路两边的树，哪有一棵比我们的细腰还粗一些呢？你到我的家乡看一看就知道了，树全是古树，海全是大海。深圳这儿不是荒地儿是什么？我迟早一天要离开这里！

陈妙说出最后一句话时，就像是充满了仇恨。

苏米挺喜欢陈妙。她觉得她的性格和气质有一种小女人加上豁喇喇的成分在里边。她的摇摆的体态，她的善于使用波光的眼神，她的微翘的嘴角，她换来换去的衣服和其间弥漫的脂粉气，无不昭示着她的虚荣。然而，很多人在展示虚荣时，需要用不虚荣的外套去局促和可笑地加以遮掩，陈妙即便展示她的虚荣，也是很真诚的，毫不加以伪饰。

唯一有一次，让苏米感到意外。苏米有一次在闲谈间无意地问陈妙，她名字的那个"妙"字让自己感到很怪，为什么当初会起这么一个名字？

"因为我喜欢啊，"陈妙说，"再说它是假的。"

"假的？"

"是啊。"

"为什么要用假名字？"苏米大大地感到不解。

"因为那就是一个符号。"

"为什么要用符号？"

"因为在这里，每个人都是一个符号。你知道——哦也许你不知道，在深圳的无数条大街小巷里，在洗头房，在沐足间，在练歌厅里的服务员的名字，干脆全部用阿拉伯数字来代替。"

"她们，不一样。"

"都一样，苏米，"陈妙用她一如既往的历练口气来解释，"在深圳，每一个外来的女人，每一个外来的年轻女人，每一个外来的年轻的从事服务行业的女人，她们都保护不了自己。她们唯一能保护自己的，就是自己真实的名字。"

"那你的真实名字是什么呢？"

"我能告诉你我为什么要取一个假名字，但我不会告诉你我的那个真名字。"

"好吧，随便。"苏米说。停了一会儿，苏米又问："你是不是觉得用一个假名字，受到委屈和不公的时候，比如老板或客人叱责，你会想，那不是叱责你，是在叱责另一个人，而你不过是在旁边暗暗看着她？"

"不仅是这样啊。"

"你不用真名字，怎样去干成一些事情呢？"

"你不用一个假名字，怎样去干成一些事情呢？"陈妙反问道，但是她很快就觉得跟苏米争论这些完全没有意义，"我们换一个话题吧。"

有一天，夜很深了，苏米和陈妙从酒吧回来，疲乏至极。两个人洗洗漱漱很快就分头上床睡下了。苏米做了一个梦，她梦见去一个不知名的所在，却被困在电梯里了。电梯不断升高，倾斜，四壁越缩越小，她几乎要窒息在里面，于是大喊"许晚志"。醒了之后，她睁开眼睛，出了一会儿神。她想起已经好长时间没有收到许晚志来信了，从离开那家台资工厂起，因为她此后写过的两封信无非就是报一下"平安"，并没有署明发信地址。她不知道眼下的这个情形，这个住处，是否值得跟许晚志说明。她记得在大学的时候读长篇小说《飘》，里面的思嘉从亚特兰大回到故乡塔拉，她一直盼望战争结束，一切得到重建，生活渐渐恢复它本来的面目，可她一次次失望。现在苏米也似有同感，她一直希望有一个稳定的工作和心情，不令她苦苦奔波，看来，这种挣扎也像战争一样轻易不会结束。

就在这时，她听到一声门响，是钥匙插进锁孔的声音，不到两秒钟，陈妙进来了。苏米怀疑自己还在梦中，因为她记得她和陈妙是一起回来的，两人早已睡下。借着微弱的月光，苏米看见陈妙打开了壁灯，这使她更加清晰地看见了陈妙的一举一动。陈妙猫一样走进卫生间，那里随后传出一阵轻微的洗漱声。一切都仿佛电影一样回放，而苏米彻底醒了过来，陈妙不是早已洗漱过了么？过了一会儿，苏米看见陈妙提着一只洗过的薄质内裤，把它晾在客厅的衣杆上。

陈妙脱衣上床的时候，苏米突然发出一个说话的声音，这连她自己都感到吃惊：

"我知道你干什么去了。"

"啊？你没有睡啊？"

"你原来不只推销酒。"

"是啊，"陈妙沉默了一下，继续脱她的衣服，"我只在该推销酒的时候推销酒。"

"我觉得你……"

"你觉得怎么？"陈妙打断苏米的话，"你觉得跟我同住一室很脏是吧？"

"没有，没有，"一切都很明白，陈妙在苏米睡着的时候接到客人打来的传呼，她出去陪侍完才回来，"我觉得这样看起来好像不太好。"

"别说好像，你就说这样看起来不好就成！"陈妙突然大光其火，她掀起被子，蹿到苏米床前，"你说谁看起来不太好？别人还是我？"

"我想首先是别人吧。我的意思是说，别人看你会觉得你不好，对你不好。"

"噢那我不在意，我为什么在意别人的看法呢？我快乐就成。直说了吧，哪怕我出卖肉体，但我愿意。"

苏米静静地看着她。

"不要用那种眼光看我，身体是我自己的，我有权支配自己的身体。"

"那当然……"苏米受不了陈妙强光照射一样的目光，她低下头望着陈妙光裸的双脚。

"我问你，"陈妙不依不饶，"一个人的体力可以出卖，能力可以出卖，智力可以出卖，这些买卖都不是无耻下流的买卖，也不是犯罪，有的还获取地位和职称，为什么性不可以出卖？性是不是体力、能力的一部分？是不是器官的一部分？对，说到器官，为什么眼球、肝、肾这种器官就可以出卖？"

"它们……合乎法律。"苏米抬起头，但是声音很小。

"法律不允许女人出卖肉体，这是法律的虚伪！"

"陈妙，我想睡觉，很困。我想睡觉，别说了。"

陈妙愣了一会儿，她干脆把被子推到苏米的床上，和她一起并排躺下："不，我原本是想睡觉的，但是你勾动了我说话的欲望，现在我想说。"

走廊的电梯传来滑动的声响，没人知道那是上楼还是下楼。那种声音仿佛是夜里的一只怪鸟，从一个枝头滑向另一个枝头，它能提醒人的，只是夜并不都是静的。

"我的感觉，在这个世界上，所谓法律，绝大部分是由男人们创造的。他们按照自己的喜好、态度、利益来划分事物的归属，哪些好，哪些不好，哪些可以做，哪些不可以做……"

"可恰恰他们规定女性不可以……去卖。"苏米这样说，是为了反驳陈妙。

"我还没说完哪！他们规定了的东西，然后可以由他们打破，只要他们认为在合时宜或不合时宜的情况下都可以完成。不允许女性卖淫，与其说是为了保护女性，不如说是为了增加他们喜欢踏入这个领地的冒险和刺激，由此取得乐趣。"

"呵？你这么想？"

"我小时候经常和伙伴们去海边的沙滩上玩堆沙塔，那就是一种游戏。每次临结束，我们这些女孩子必定是依依不舍看着那些东西，可是男孩子们必定亲自把他们堆起来的沙塔踹掉、毁倒，争先恐后。在我的童年，我没看到一个男孩子堆起沙塔然后默默走掉的。"

苏米静静地听着。

"主宰这个世界的法则是自私，而男人是最自私的产物，所以主宰这个世界的永远是男人。"

苏米隐约想起她曾跟许晚志说过类似的话。从考古学的角度看，社会的发展史就是父权偏执和强制的历史，一切战争、迁徙、建筑、习俗……从眼下来说，她在理论上愿意认同陈妙的观点。

但是她确实困了。她在入睡前，一半是为了好奇，一半是为了显示伙伴间的亲密，她小声问陈妙："你没有结婚吧？"

"没有。"

"那你将来——"

"什么？"

"你的……那个……处女膜怎么办？"

陈妙嘿嘿嘿地忍俊不禁。她为着苏米的话而笑，更为着自己由衷的笑声而笑，不过她还是认真地回答：

"我会找一个不在意这方面的男朋友结婚。"

"如果他在意呢？"

"如果我事先知道他在意，那我就去医院做个新的。"

"真的？"

陈妙在枕头上扭头看了苏米一眼："当然是假的，但是和真的一样。"

苏米大大地吃了一惊。她实在不知道眼下的世界上还有这等高妙和怪诞之事。


陈妙遇到的那类需要陪侍的客人，苏米不久也遇到了。

那人怎么也不肯喝酒，不肯喝苏米向他推荐的洋酒。他的脸色苍白，看样子已经在别的地方喝多了。眼下两瓶"华润"啤酒喝光后，他的脸显得更加苍白。他话很少，跟他才四十岁出头的年龄不相称，但是跟他像似公务员的身份很相称。"华润"是新牌子，北方打入南方不久的啤酒，味道不像金威，有点像珠江纯生。但是不管像什么，苏米从中的赢利，它们凑成一打也不如一瓶"杰克丹尼"威士忌。

那人把苏米当成了酒吧服务员，他席间向她要洗手盅。苏米把广东白话的洗手盅听成洗手间，只好起身带领和引导。回来后，苏米向他推销"杰克丹尼"，他就一直盯着苏米。

"要不要呢？"苏米把那个棕色的瓶子转在手掌里。

"……我想要你。"他醉醺醺地终于开口道。

"口感很好的。"苏米说。

"我知道。"

"那我打开了？"

"你说是自己吗？"

"对不起先生，"苏米准备站起身，"你慢用吧。"

"小姐，"那人问，"你没说这酒多少钱？"

"不贵啊，二百九十块。"

"我给你——"那人说，"比这多五倍的价钱，一千五百块就是，你陪我上床玩一会儿。"

苏米立刻有一些恼羞。她开始痛恨那瓶"杰克丹尼"。在她去收拾酒具的时候，那人自顾地把一张名片塞到她旁边的挎包里："给你留个电话，想通了随时找我，我可说真的。"

苏米拽过包急忙起身走了。"这人！"她愤愤地想，不过她很快就忙忘了。

苏米不知道，这人是一种人，还有人是另一种人，后者几乎更让她恼火。

那天苏米销绩不佳。中间陈妙还到"站台"转了两次。陈妙对苏米发了一通牢骚，说是深南东路深港大厦那边的"群百合夜总会"，她才两天没去逛，黄昏时去了一看，已经歇业整顿了。原来昨晚有一些"潮州帮"老大在里边玩得性起，向天花板乱开枪，被警察封了。

"哦。"苏米说。

"真是倒霉呀！我稍后又去解放路工人文化宫那边的'黑森'酒吧，坐下不到五分钟，里边的男歌手因为乐队不合作，跟乐队打成一团，结果客人全散了。"

"怪事，"苏米说，"也没见我们这里的客人涌进来多少。"

"我再到华丽环岛那边转一转，回头见。"

苏米知道陈妙是看见"站台"里没有可钓的"鱼"，只好去别处"甩钩"了。对陈妙来说，销酒只是她的一个显在职业，赚来的钱是远远不够她的日常用度的，跟客人上床赚的钱才是潜在的动机和最终的目的。她曾跟苏米说过，销酒小姐跟客人上床，价位远远高于普通"站街女"，因为身份不一样。这样看来，她跟苏米的相异之处，是她仅仅把销酒员当成一个幌子也未可知。再说，可以躲避警察的跟踪。

陈妙走后，也就是在这个时刻，苏米再一次发觉远处的座位上有两个女人，其中一个女人一直用目光望着她。她不认识那个女人。她看起来已届中年，打扮入时，雍容而闲适，但是目光望着苏米时却流露一种欣赏、专注、带有暧昧的捕获的神态，这连她跟同伴偶尔交谈时都无法减灭。苏米以为她会有什么需要，可当她走近她时，那个女人就将目光稍稍挪开一点，显得不注意她，待苏米走开后，又重新打量起来——苏米凭着眼睛的余光能够感受到后面这些。这多少有点让苏米不自在。她还从没有接受过来自同性的这么笃定的目光。她知道在深圳有为数众多的同性恋者，在美昌路那边有不少专为这类人提供消遣的酒吧，但是眼下这个女人，显然是走错了地方。

终于，在苏米忍受不住之前，是那个女人先开口了。苏米又一次经过她们座位的时候，那个女人忍不住搭讪道："小姐，你的气质很不错。"

"谢谢。"

"能问一下你贵姓吗？"

"我姓苏。"苏米平静地看着她，"请问有什么需要吗？"

"不，没有。"那个女人温存地笑了一下，目光紧盯着她，"你的身材能有一米六八吧？"

"差不多，一米六七多一点儿。"

"那么你多大呢？"

"为什么要问这个？"

"哦，没什么，就是随便问的。"那个女人看了她的同伴一眼，不断有顾客从她们身边走过，"你的住处离这儿很远吧？"

"不算太近。"

"以后能跟你保持联系吗？"

"我……"苏米想尽早走开，她有点儿厌烦，"没有电话。"

"如果找你呢？"那个女人紧追不舍，又尽力掩饰，她竟为此显出一点尴尬，"我是说假如。"

"不知道。"

"在这里总能找到你吧？"

"也许。我有时候在别的地方。"

"依我看……"

"对不起，我要去招呼别的客人。"苏米说完这些话，就逃一般地走掉了。

这是她的又一个不愉快的经历。她不知道在深圳还会遇到多少个难过的情境或细节，它们像是啤酒倒入杯子的瞬间所泛起的无数泡沫一样，弥漫和充斥她的目光所及之处，并吞噬她的心灵。城市为什么处处可见生活中的怪力乱神之作呢？苏米感觉也许就是因为它太大了吧？它划分出了数不清的地理区域、行为场所和思想阶层，而一个人在一天里要几次穿梭其中，甚而在每一个小时里要过几种不同的道德生活，这就必然导致虚伪和变态。啊，原来，城市不仅是人的心理的一种物理过程和现象的反映的产物，这个产物反过来也支配和操纵着人的心理，让他们不得安生。

有一天夜里，苏米从"站台"出来，走在红桂路至证券登记公司大楼之间的街上，突然有一种极其孤独的感受。她又陪客人喝了许多酒。然而，她没有赚到钱。在她弯腰给客人斟红酒的时候，一个走在过道上的外国人不小心碰了她一下，使她斟满的酒杯顷刻倒在一位女宾的纯白色真丝裙子上，把那里洇红了一大片。她想喊住那个外国人，然而对方却自顾走了。她知道喊也没用，那也许不仅仅是语言无法交流的缘故。她为此不但没有赚到应得的酒钱，还搭出五百元作为给那位女宾的赔偿。这就是苏米几乎一个晚上的收获。

公交车一辆辆迎面驶过，里面锃新的灯光映出乘客们一张张冷漠而安详的面孔。这是一个闷热的城市。荔枝树传来被发酵的香气。夜空看不出是晴是阴，它们像是一张沉重的纸，搁在她柔弱而美丽的肩膀上。一些各种身份的人与她擦肩而过。练歌厅里传来音乐，仿佛是夏季的蚊子挥之不去。世界成为多余的东西，只有一个声音在冥冥中不断聒噪：难受吧，心跳吧，跌倒吧，呕吐吧……

苏米走到路边一棵香樟树下，终于忍不住呕吐起来。像上次一样，但这次身边没有陈妙帮助她。她定了定神，拉开腋下的挎包，取出纸巾清洁自己，却不料一张薄薄的卡片掉落在地上，在她将要离开时，碰巧被她发现了。

她拾了起来。想了半天，她记起那是上一次客人留给她的。那位客人，也许是机关公务员，也许是企业的部门主管，他要拿一千五百块给她……啊，后面的事，先不要想，单是前面的那一桩，该多么诱惑啊——那一千五百块。

不知怀着怎样的念头，苏米躲在街头的自助电话亭下，按照名片上电话号码，给对方拨了过去。电话只响了两声便有人接听了。

"喂？"对方问。

"你好。"苏米一手拿着话筒，一手捋了一下发丝。

"哪一位？"

"是我，我。"苏米听出话筒里的嗓音与她的记忆瞬间得到清晰的吻合，她按照名片上的姓氏，称了他一声先生。

"你是谁？"

"我是那个……姓苏。"

"姓苏？"

"我们在'站台'酒吧喝过酒的。"

"哦，"对方似乎想了起来，"请问你有什么事？"

他忘了。他说过让她随时给他打电话的，是他要跟她有事的。可是他忘了。

"你还想喝酒吗？"苏米问。

"喝酒？"

"一瓶'杰克丹尼'，一千五百块。"

"一千五百块？……"话筒里传来一阵嘈杂，有洗衣机的转动声，还有一个女人的催促和埋怨声。对方静默了一会儿，说："我不认识你。"

"哦，是的，当然。我只是想和你说说话儿。"

"神经病。"对方打断她的支吾，"请你以后不要再打这个电话！"

电话随即被对方撂了。

苏米慢慢挂上话筒。她也不知道为什么要打这么一个电话。也许仅仅是好奇，也许确实是喝多了。如果场景换到"站台"，对方当真交给她一千五百块，要她陪他上床，她发誓自己是不会干的。可是，现在是人家不干的。这让苏米知道，有些赚钱机会，你不去抓住它，它反过来是不认你的——虽然苏米清楚她现在也不想抓住——那所谓的机会。

苏米转过身。就在这时，一个声音像地狱的号鼓一样在她身边响起："哈哈，原来你在这儿！"

苏米看见李公明庞大的身影挡住她，冲她摇晃着肩膀。一种恐惧感立刻攫住她全身。这种恐惧不需要体认过程，而完全凭直觉。"你……你想干什么？"苏米张皇地问。

"让你包赔我的损失，我失业了，小妞。"李公明把两手抱在胸前，懒散而傲慢地说。

"请你离我远一些。"

"我一直在找你——是你的迷人在吸引着我。有一句话叫什么来着？闻香识女人，"李公明长长地吸了一口气，"今夜的荔树可真香啊！"

"对不起，我还有事，刚才打电话人家在等我。"苏米说着向开阔处走去。

"妈的。"李公明狠狠地骂了一句，冲上前去，箍住苏米，把她朝一条小巷子拖去。

"来人哪！"苏米终于喊了起来，她挣扎着，用手里的挎包抽打着李公明的后背。有一对年迈的夫妻散步经过这里，可是他们站下后无动于衷。他们太年迈了。

街道上仍旧车流如河。终于，远远地，一只闪着红蓝相间光芒的汽车顶灯在其间飘摇着，像是浮在河面上航标，那是一辆例行巡查的警车。苏米大声地呼救着，向警车招手。李公明见状气急败坏，只好顺手抢过苏米的挎包钻进了小巷。

警车在苏米的身边停住了，车上下来一高一矮两个穿警服的人。"有什么事吗？"其中一个人问。

被李公明抢走的挎包里有简易的化妆品，一张结婚证，二百多块钱。望着早已遁失了身影的黑漆漆的小巷，苏米只好无奈地摇摇头："没事了。"

两个人有点狐疑地准备离去，那个高个子转过身时，又看了苏米一眼："我好像在哪里见过你。"

借着警车不断转动的灯光，苏米认真地看了那个高个子一眼，她的记忆再一次复苏了，对方就是上次失火事件中，长得很像陈真的那位警察。

"是你？"苏米迟疑着问。

"这是瞿警官。"他的助手向苏米说道。

"没想到你还一直在深圳，"对方也同时认出了她，"不过那次失火事件的档案我还保留着。如果不是有人故意纵火那就更好了，虽说保险公司已经给了房主相应的赔偿，但房主完全可以追究你那位朋友的民事责任。"

苏米一句话也说不出来。她想只要与她无关就好。

"对了，你的那位朋友还没有下落是吧？"

"没有，"苏米觉得虚弱极了，"我想她早已离开这里了。"

"好吧，那么再见。"瞿警官递给苏米一张警民联系卡，"有事给我打电话。"

　　警车驶远了，剩下苏米一个人孤零零在那里。她的酒完全醒了，可是她反倒弄不清眼下是在哪一条街上。永安大酒店、荔枝公园、免税商场……苏米不愁今晚的归处，至于明天……她真的不想再喝酒了。

　　苏米不知道第二天晚上，时间刚过八点钟的时候，她的情绪会起到一些变化。她也忘记昨天晚上曾对今天晚上是否喝酒有过什么想法——只要有客人要求，那就是她的职业。事实上，八点钟刚过，她的面前便闪过一个人的身影，那人用眼睛看着她问：

　　"我能请你喝一杯吗？"

　　"啊？"苏米几乎没有捏住手里的账单，向她发出邀请的正是那天她认为骚扰过她的女人，她此时仍用狐媚而温情的眼睛盯着苏米。

　　"我现在忙，不过你想喝什么呢？"苏米有点结巴地问，想起也许能够宰她一下，她的语气又努力变得正常，"你要波尔多红酒，还是隆河谷地？要么来一瓶芝华士？"

　　"随便。"

　　苏米给她拿了一瓶芝华士。两个人找了一张靠窗的小桌坐下来。在打开那瓶芝华士之前，苏米将瓶口的防伪数码擦了又擦，那里越来越亮，接着，苏米请对方用手抚摸英文酒标"CHIVAS REGAL"处，那里有明显的凸凹感。"这是真品。"苏米说。每次对客人她都这样介绍。

　　"不，"那位女人说，"我想看看它的生产日期。"

　　苏米在瓶身上找了半天，哪里也找不见生产日期。"一般来讲，酒和食品不同，酒是没有生产日期的。"苏米解释。

　　"不。"那位女人把酒瓶接过去，指给苏米看，"在这里。"

　　原来在酒标的背面，被贴住了。正面看不见，但是扭过瓶身，透过酒水才可以清楚地看见。

"单说你介绍的那两条，不足以证明它是真酒。"那位女人善意地说，"看来你做这行业务不很熟啊！"

苏米的脸热了一下。

"我只是想问，"那位女人单刀直入地问，"你做这个，每月能挣多少钱？"

"这——我应该不方便说的……"

那位女人意识到问话的不妥，她几乎同时改口道："那么，你这样讲总是没关系——你每月能不能挣到五千元？"

五千元？苏米在心里放弃了这个答案，实在说，她只能选择另一个真实的数字，她每月辛辛苦苦，平均下来大概赚到三千元吧。她没有说。她只是摇了摇头。

"我姓乔，"那位女人首次递过她的一张名片，"我是确尼制衣有限公司服装推广部的负责人，你看这样好不好，你到我们那里工作，每月付你薪金五千元。"

"为什么？"苏米盯着手里的名片，又抬头望了对方一眼，"我到你们那里做什么？"

"服装秀。"对方温和地说，"也就是服装表演模特。"

"这怎么行？"苏米脱口而出，"我觉着我不行。"

"这不关你事，我管保你行，只要一周训练时间。"对面的女人迟滞了一下，"实际上，成就一个真正的模特，至少要用三个月时间。只不过，这不符合——或者说不完全符合我们的想法。深圳市有十几家专业模特公司，他们希望我们雇用他们的模特，从长远来看，确尼制衣有限公司是一家影响波及国内甚至东南亚的大型服装公司，它应该拥有自己企业内部的服装模特团队。我们已经有了一些不错的姑娘。"

苏米替对方倒了一杯打开的酒。

"我们不希望那些专业模特公司的模特们前来客串或加盟的理由还有一个，那就是她们太专业了，太完美了。确尼制衣有限公司的销售服务对象主要是女大学生和刚参加工作不久的职业女性，推出的服装设计理念是青春、舒适、娴静而带点儿羞涩，她们表演不出来，或者说，她们太善于表演了，因而传达不出服装本来的神韵和内涵。"

苏米认真地听着。

"而你不同，你的气质是天然的，这可不是装出来的。那天我和我的同事偶然发现了你，觉得你和我们的设想恰巧吻合。何况你的形象也非常好，你穿的就是今天这件裙子，你露出来的胳膊和腿，还有你没能露出来的部分，凭经验我们知道你的三围相当理想。"

苏米笑了一下，她歪头看了一眼自己的肩膀。

"怎么样，我们说好吧？每月薪金五千元。"

"你们公司在哪里呢？"苏米最后问出一句话。

"在东莞。"

## 十二

冬天来了，冬天又过去了。春天来了，春天又过去了。

许晚志的母亲经常抱怨说，物价又涨了，穷人要过不起了。

说的本来是。国家自前年为了抑制物价上涨和通货膨胀，实行了一系列宏观调控政策，没想到形势越发严峻，仅今年上半年，全国居民消费物价涨幅高达21.7%。其中尤其是粮食，竟到了让人吃惊的地步，去年比前年涨价了50%，今年又比去年涨价了30%。据说，这种问题，已经引起国际关注了。

但最关注的还是许晚志的母亲。她每次到许晚志家中来，都要念叨一番，大米涨了几角，豆油涨了多少，猪肉涨了多少。那个土豆，以前最常见的蔬菜，现在可倒好，每斤赶上水果店里苹果的价钱。还有街头那个豆腐坊里的豆腐，以前一块钱可以称到半块砖头那么大，现在只可以称到黑板擦那样厚薄的了。

许晚志的母亲每次到儿子家中来，是给他送自己做的饸饹面吃。那种用荞麦面和高粱面和好并轧成的食品，许晚志非常爱吃，但苏米不会做。许晚志的母亲每当抱怨完一通物价之后，都忍不住自己笑了一下，因为那仿佛在说明，她连送给儿子的那点儿面也要当面算清价钱一样，其实哪里是呀。

她已经退休了。在家除了关心许晚志，她也关心许欣欣。她的有限的退休金差不多有三分之二用来每月贴补女儿一家的生活。许欣欣婚后生的女孩儿名叫多多，已经三岁了。可恼的是，许欣欣和她丈夫本来都是临时工，工资微薄，入不敷出，她的丈夫却还动辄在外酗酒，至醉方归。许晚志固然很想平时多回家看望母亲，但一来他确实讨厌这个妹夫，认为他举止粗俗，深无教养；二来他虽然喜欢妹妹，但许欣欣一直对苏米言语冷淡，怀有偏见，这也是很令许晚志和苏米尴尬的。

母亲跟许晚志抱怨生活的时候，其实许晚志也对生活抱有一种隐忧，只不过没跟母亲说出来。那就是，苏米所在的企业，两年来已经不断显出颓势，虽几经内部改革和挽救，但每一次折腾似只能加快它的没落，以至最后，竟行将倒闭了。

曾几何时，在本市乃至周边更大地区，是以柞蚕业全国著名的。如此，丝绸纺织工业在这里蓬勃兴起，触目皆是。不料的是，受国际纺织经济联盟的关于出口政策的掣肘，以及国内纺织工业异常激烈的竞争，还有环保主义影响下的法规文件，越来越控制天然柞树的放蚕规模，这些终于使得本地和周边几乎所有的丝绸纺织工业日渐萧条。苏米所在的单位，是一家大型纺织机械厂，主要生产和制造跟纺织有关的机械和设备，然而，粮米不存，造锅何用？大生产环境下的纺织工业偃旗息鼓，这些机器和设备只能是生产出来之日，便是沦为一堆废旧铜铁之时。

还是在半年前，出于工作环境日显端倪的紧迫感，许晚志通过熟人，又花了不少的钱，把苏米的工作调到了县纺织局。开始还好，工作较纺织机械厂更加轻松和体面，但正应了一句古话，覆巢之下，安有完卵乎？整个地区的纺织企业已经不行了，作为纺织局的存在便遭到了合理的质疑，它还能管理什么呢？终于上级一个决定，撤销纺织局。

苏米只好来到了当地的职工培训中心。这是两个月前的事了。不过职工培训中心在近年来，也成了一个挂羊头卖狗肉的地方，或者说，它本身就是一根鸡肋，可有可无。据说在全国，各地的职工培训中心加起来足有两万多家了，其中绝大部分成了机关分流人员和其他下岗人员的暂居区和集散地。在全国失业工人日渐增多的情况下，各地所谓的职工培训中心并不能灵活地应对市场环境，有效地组织失业工人进行不同门类的技能培训，促使他们重新走上工作岗位，甚至，连它们自己都无力自救了，成为一个庞大的体制陈旧的附属品。所以它的走向式微也不可避免。果然，苏米无奈之下，去当地职工培训中心报到的两个月后，这个单位就关门大吉了。

苏米彻底失业了。

刚开始，苏米还不觉得什么，甚至她以为，这在某种意义上正是她乐意过的生活。她每天在家做饭，收拾房间，洗衣服。偶尔听音乐，读书。她越来越觉得读书原来不是一种消遣，而是对生活的未知领域的一种迈步和探索，也就是说，它同样是一种生活。她现在很感欣慰的，就是有大块的时间重温或涉猎她大学里没有读透，以及没有读过却又十分喜爱的跟考古学有关的理论书籍，比如《民族学》，比如《地理学》，比如《战国秦汉考古》等等。她一直想写几篇高质量的学术论文，之所以迟迟未动笔，就是因为读书的乐趣有时候远远大于创造的乐趣，使她的心灵处于一种甜蜜的懒惰惯性之中。还在前不久，她在报纸上读到一则新闻，说是新疆尉犁县营盘墓地 19 号墓中发现了一把保存完好的唐朝水稻。当地文物考古所认为，按当时农业条件，这应该是一把野生水稻，而不是人工水稻。这怎么可能呢？苏米想。她记得以前读《史记·大宛列传》时，里面引张骞出使西域所见，提到了当地"其俗土著，耕田，田稻麦"，再者，唐朝在西域发展水利事业是空前兴旺的，这为种植水稻提供了优越的保障，也就是说，人工栽培水稻完全是可能的，怎么能说那是一把野生水稻？

苏米只是想想而已，她并没有就此写一篇论文出来，她的阅读很快又转到其他书籍上了。

大凡喜好读书的人，都有一个习惯，那就是喜好藏书。在所有读书人中，又属从事考古专业的人藏书为众。苏米虽然不是一个专业的考古工作者，却不能例外地濡染了这种习性。因为考古学涉及的相关专业太过驳杂，又都是向历史的纵深地带掘进，所以连带的书籍自然数不胜数。

苏米的藏书也渐渐多起来，这来自她的购书。她读的书基本上本地买不到，只好从外地邮购。这样，每买一本书其实都是原定价不止了，还要搭挂号费。有一次，她要买一本刚翻译成中文不久的国外最新考古书籍，价钱也不过是三十元人民币，可是她翻遍自己的衣兜和家里的抽屉，竟找不出凑足这个数目的钱来。那时候，她微微怔了一下，发觉自己长时间所购之书，其实是累计占用家庭不少开支的。更重要的，她方才意识到，以她现在的处境，钱原来是可以花光的。

除了读书，每到周末，苏米往往要被附近的几户邻居家的女人们拉去逛街、聊天、打麻将。以苏米的性格，她既不乖张，又特别内向，自然顺随，温柔安静，大家都很喜欢她。只是打麻将这一项，受许晚志的影响，她早已实行"三不主义"了：不玩；实在不行不主动玩；再再不行不在家中玩。这就是了，那些女人，正是她们先提议的，并且，又确定不在苏米家中玩，而是邀她到别人家。出现这种情况还往往是，四个人成局，只差她一个人了，碍于拒绝情面，她也只好去了。只不过有一次，是夏至的一天晚上，打到十点钟将近，有一个女人打了一个呵欠，推倒了牌，说，不玩了，明天还要上班，不要熬太晚。其余两个女人也随声附和。苏米一个人走在回家的路上，心里突然很不是滋味，固然她这天晚上输了一点钱，但心里感到空落却绝不缘此。她蓦然想，四个人，原来只有她自己不上班啊，另三个人都是有工作的人。她们在周末打麻将，是真正的消遣，而她呢，只不过是陪她们消遣的罢了。

尤其是，当她回到家里，看到许晚志还在紧张地批改学生的物理作业和备课，就难过得更加不行。她以后再也没出去玩了。

但是生活好像处处在提醒，她这样下去终归是有欠缺的。这正如一条河流，除非不流动，不前进，要么，它就要随时用不安静的细纹反射阳光，刺痛她的双眼，或是用汩汩的水声，叩荡她的耳膜：这样的生活在继续。

有一次苏米去集市上买菜，看到一个老农卖葱。她手里已经提了很多新买的蔬菜了，但还没有葱。本来她和许晚志都不爱吃葱，嫌气味大，无奈她中午准备炖排骨，没有葱做佐料还不行。那个老农只剩一捆葱了，约二斤左右，苏米掏出钱来，让他开捆，只买一斤。原本笑脸相迎的老农立刻不高兴了。

"不卖。"他说。

"为什么不卖啊？"

"你买得太少了，我剩下的怎么卖？"

"可是平常——不都是按每斤为单位来卖的吗？"

不提"单位"这个字眼拉倒，一提到它，老农立刻以气为怨了："你们哪，越是城里人，做事越尖尖，越是有单位的人，买菜越磨磨。咱哪有你们挣钱挣得舒服哪？"老农把那捆葱一下子扔到自己挑子里："这葱，我自己留着吃！"

平白无故受老农一顿抢白，苏米又可气又可笑。环顾四周，集市上还真就只有这一个老农在卖葱。看着老农挑着担子远去的背影，苏米感到自己仿佛同地上甩掉的烂蒿菜叶一样，是整个集市里最被遗忘和最无生气的物体之一。"你是有单位的人"，苏米想，老农真是抬举她了，只不过这种抬举很不是时候，她现在几乎都比不上一个卖菜的老农更能自食其力了。那么，苏米想，刚才那区区二斤葱，若在以前自己是完全可以全部买下来的，哪怕吃不了，烂掉扔了就是，可为什么不了呢？原来不只是因为不爱吃，而更是因为她要节俭了。哪怕一斤葱，才不过五角钱。

是的，苏米想，自己连眼前的油盐柴米都周旋吃力，还费力巴拉要去关心什么西域的水稻呢？真是可笑。

苏米每天都琢磨她干点什么才会挣钱。她跟许晚志说，她喜欢孩子，准备打出小广告，招几个儿童，在家里开一个私人幼儿园，每天哄他们玩，赚点儿看护费。许晚志听了，连连摇头："不行不行，那样家里每天要吵死了。""不吵的呀！"苏米说，"白天你上班，晚上家长就把孩子接走了。""那也不行，"许晚志说，"太担责任了。"他举了个例子："如果有小孩从床上摔下来，或是不小心绊倒在烧水的盆里，受了残疾，我们一辈子都要供人家的医疗费。这都是报纸上报道过的例子。"

"是这样呀？"苏米想一想，感到也很后怕。

"是呀！"

"那么，"苏米说，"我可以开一家书店吗？"

"恐怕也不行，你想，在我们这个地方，喜欢读书的人太少了。现在开书店，主要靠卖给学生辅导教材来赢利，这方面早有人捷足先登跟学校打通关系了，实在轮不到我们。"

"开一家礼品店呢？"

"早已经饱和了。"

"那我总不至于去卖菜吧？"

"你要是真的去卖菜，"说这话的时候，许晚志停下手中的工作，侧身望着苏米，"我可舍不得。我不想让你皮肤晒得像筛煤的似的。"

苏米请求许晚志跟她算一下家里的账。原来，他们这一年来，竟然一分钱都不曾攒下。许晚志每月工资只有四百八十元钱，基本上刚够维持生活。幸亏他们二人应酬较少，不然每月哪怕只请朋友吃两顿饭，也必然要借贷无疑。但是，他们原打算明年生一个小孩，这样下去，又如何养活得起？

便在这日愁月闷中，时间又过去将近两个月。

有一天，许晚志下班回来，打开房门，见到苏米迎在门口，怀着深沉的激动和渴望的神情，颤声对他说，她大概终于可以找到事情做了。

许晚志放下提包，很是狐疑。

苏米慢慢跟他说。原来，许晚志上班的时候，苏米那个很要好的高中同学容小兰，突然到家里看她来了。自从上次一行人去郊外攀岩之后，她俩一直再未见面，想想竟快有两年了。县城本来不大，平常苏米上街，一年四季总会不期而遇一些熟人的，但她很奇怪在将近两年的时间里竟一次也未碰见容小兰。容小兰跟她说，这其实也不奇怪，因为她这两年并不在本地，而是去了深圳。在那里，她的一个朋友开了一爿中药材铺，请她一直帮忙。现在呢，朋友出国定居了，容小兰将铺子买了过来，一个人做。做了不久，苦于缺少知心的帮手，于是想起苏米，问她是否愿意同去。

"你不知道我已经失业了吧？"苏米半玩笑半苦涩地说。

"我确实不知道你失业了，"容小兰说，"只是前不久才听人说过。这不是正好的事情吗？"

"你的那个中药铺，会赚到钱吗？"

"不是中药铺，是中药材铺。"容小兰纠正说，"我们卖的是中药材，顾客按方子买回去自己熬汤喝，而不是成药。"

容小兰还是这样，说话探赜索隐，却又言简意赅，毫不含糊。

"会赚到钱吗？"苏米只好又问了一句。

"当然会！原来铺主就是赚够了钱，才出国定居的。"容小兰不假思索，又补充道，"不过，即使不赚钱也与你没关系的，我是老板，你是帮工，我每月固定给你开八百块钱。"

"真的？"

"那还有假？"容小兰一下子笑了，"如果不是，你又不是小孩子，你可以立刻回来嘛。"

苏米倒是笑不出。她想了一下，每月八百元，几乎等于许晚志上班的两份工资。照此下去，他们的生活应该很快就会显得充裕起来。

"那吃饭怎么办？"苏米问。

"在我那里吃啊。"容小兰说。

"住呢？"

"也在我那里啊。"

苏米不再问了。她也找不出什么可问的了。她只想，生活对她还是很宽容的。她默默地看着容小兰，记起当年读书时她的许多好处：有一次座位前排的男生用言语欺侮自己，她当即就像泼妇一样扯开嗓门帮她回击他；还有一次自己的脚崴了，上不了体育课，全班只有容小兰替她跑去跟老师请假；还有，容小兰喜欢班级的一位男生，她只偷偷地告诉了自己，自己还陪她请那位男生在街头装作不经意地吃了一顿冰淇淋……

那时的容小兰，只不过比现在更瘦一些，头发更浓密一些，其他都没什么变化的。当然，她的眉毛如今经过整形，显得很弯很细，那双眼睛也随之变得很亮。她虽然胖了一些，但身上穿的服装，却不能说是不合体，那甚至应该是很不错的……

送走了容小兰，苏米已经决定下来，她要做什么了。

现在，她跟许晚志详细地讲了这一切。为了让许晚志能够信任和支持她，她甚至自己额外添加了容小兰不曾跟她讲过的事情：如果对所处的一切不满意，那么随时可以回来，连火车票也由容小兰出钱负担。

许晚志沉默了好久。现在已是初秋了，他确实跟苏米商定过，明年要生一个孩子，这样只能延到以后了。另外，南方的气候与北方很是不同，苏米是最怕天热的，到那边能受得了吗？再有，据说南方城市的抢劫事件时有发生，她和容小兰两个年轻女人，出门在外的人身安全怎么保障？想到这里，他摇了摇头。

"你想，容小兰的铺子是在固定的地点，药材由北方定期发货过去，我们只在屋子里卖就可以了，根本用不着去四处奔波啊，怎么会不安全？"苏米说。

许晚志还是不同意。

"再说，你以为容小兰涉世不深啊？才不是呢。她在深圳已经干了两年了，在那边有的是朋友和熟人，大家都会互相关照的。"

许晚志反正不说话。

"还有,她那样精明和泼辣,我俩在一起,谁能欺负我们?"苏米静了一下,又说,"人家的谢文都一直支持她呢,别忘了,那也是她的丈夫啊。"

许晚志只好说:"我再想想,过一阵子再说。"

只过了两天,容小兰给苏米打电话,说后天就要动身了,问她是否同去。如果不去,她便只好再找别人。反正要找一个可靠的人是铁定了的。

苏米当即就跟许晚志表明了一定要去的决心。她说:"你别忘了,我们还有五千块钱买房子的负债呢!"

正巧这一天,许晚志所在的学校给他下了通知,下周要派他到省城进修三个月。如此看来,分开一阵子是必然的了。

"那我们说好吧,你先去干,全当在外旅游一次,三个月后我们都要回来。"

"好啊。"苏米笑了。她这已是颇感意外了。

"可是,"许晚志又说,"三个月,你也挣不了多少钱啊,还是不去吧。"

"那也比在家里闲待着强呀,"苏米继续呈现她的笑容,"再说,你以前也经常说过,什么时候或许会辞职去经商呢。"

"那又怎么的?"

"我可以先去打探和熟悉业务,真有好前景和千载难逢的机会,我们就一起去真刀真枪地大干一场!"说到这里,苏米最后满怀憧憬地问,"你同意吧?"

许晚志只好点了点头。

"你同意吧?"

许晚志又点了点头。

"你就说，你同意吧？"

"我说，我同意。"

苏米隔着玻璃望着窗外，那里透出自己的面容。又回头望着许晚志，似乎不相信他们要分开一样。她难过得眼泪要掉下来。

最终，她还是笑了。

# 十三

东莞市位于广东省中南部，珠江三角洲东北部。春秋战国时代，这里属百粤地。秦始皇统一中国后，改属南海郡番禺地。唐肃宗至德二年（公元 757 年），更名为东莞，这是因其境内盛产一种水草叫作"莞草"而得名。这里景色怡人，地面有山，山脚有江，江头入海，如果有足够的高度来俯视，它的地形是自东向西倾斜的，也就是说东高西低，一边为丘陵台地，一边为冲积平原。由于气候温暖，这里盛产水稻、香蕉、荔枝等农作物。

提到农作物，不能不讲到番薯，即红薯、地瓜。讲到番薯，不能不说起陈益。1580 年，东莞人陈益随船到安南（今越南）做客，席间当地酋长每每命侍从以一种美物示人。这种美物，在陈益吃来，完全陌生，但却食之如膏，甘之如饴，并且，饿了可以熟吃做干粮，渴了可以生吃做水果，更加了不得的是，它不仅耐旱，同时产量奇高，容易种植。这种美物中国没有，安南酋长把它视为国宝，绝不送人。陈益心想：如果中国广袤的大地上能种植它，该有多好。接下来的两年时间，陈益一边游山玩水，羁旅经商，一边深入田间，暗中观察美物的种植方法，了记于心。终于在 1582 年，陈益回国，行前携带酋长赠送他的一面铜鼓，内中则藏有自己偷偷收集到的美物种籽。船行半途，因有人告发，酋长急派快船追拦，而陈益凭着熟悉的海陆知识和技能与对方周旋，顺利回国。回国后，陈益在他祖父的墓旁开地三十五亩，开始播种美物，不久村村效仿，远近闻名，直至震动朝廷。这种美物，就是番薯。经明代科学家徐光启在《农政全书》里推广，终于遍植大江南北，这大大促进了中国农业的发展并缓解了饥荒，直接支持了后面康乾时代的全国人口增长。甚至，到了毛泽东红军时期，番薯也是战士们果腹的主粮之一，有一首歌曲唱过"红薯饭，南瓜汤……"解放后的 1958 年 6 月，毛泽东接见河南封丘县应举农业社社长崔希彦时说："红薯很好吃，我很爱吃。"这句话经过《长江日报》报道，风靡全国。转年，在大饥荒来临之时，毛泽东在著名的《党内通信》中仍对番薯念念不忘，号召全国人民节约粮食："按人定量，忙时多吃，闲时少吃，忙时吃干，闲时半干半稀，杂以番薯……"

而陈益，无疑是中国引进番薯种植的第一人。

这些都是很久远的事了。进入二十世纪八十年代，改革开放使得东莞不断抛弃传统的农业社会生产方式，转而向工商业的经济社会迈进。由于这里南离深圳仅九十公里，北距广州五十公里，水路至香港四十七海里，至澳门四十八海里，是穗港经济走廊要道，这一切使得人们争相涌来，短短不到二十年间，人口由最初的几十万激增至近五百万，本地企业不算，仅外商投资企业就将近一万家，它们共同促使这里成为一座重要的国际制造业名城，而平均每年百分之二十的经济增长率，更使它成为中国经济发展最快的地区之一，以至深圳人惊呼：再这样下去，东莞这座城市要追上深圳的规模！

向外看是这样，向内看，东莞人却不能不垂青于它拥有的一座古城镇——虎门。提起虎门，正如提起东莞要想起陈益一样，也不能不想起一个人，那就是林则徐。1839 年 6 月 3 日，五十四岁的林则徐率领众多官兵和百姓，在虎门沙滩进行了著名的"虎门销烟"运动。众人先在沙滩上挖出两个长和宽各十五丈的销烟坑，引入海水，撒入白盐，然后将收缴的鸦片先后倒入坑内，再拌以生石灰，使鸦片产生化学反应，不燃而毁。这个过程持续了二十三天，共销毁鸦片二百多万斤，由此揭开了中国近代史和反帝斗争史的第一幕。这是全世界都瞩目的事件，中国人更是引以为豪，然而，也许是自豪和高兴得过了头，也许是中国人愿意追求宏大场面和气魄，也许是中国历来的兵燹之中有将不平事物付之一炬的传统，甚至也许仅仅是粤语中的"销"和"烧"同音，因此，"虎门销烟"无论在当世还是后世人眼里，都被展现成燃起熊熊烈火、将鸦片焚烧殆尽的情景，连许多影视剧也是如此表现。普通人以讹传讹倒也罢了，被称为"二十五史"之一的《清史稿》，竟也在书中的"志 129"和"列传 157"等多处，一口一个"虎门烧烟"，这就不可理喻了。试想，二百多万斤鸦片如果经过焚烧并长达二十三天，那么别说林则徐在禁烟，由此产生的气体是否反令林则徐的官兵及百姓沾上鸦片瘾，也成为不可知的事。

除了"虎门销烟"和"虎门炮战"，在接下来的长达一百四十年时间里，虎门再也没有什么声名值得炫鬻，它变得阒寂无闻。它像一只寂寞的怪兽，蹲守伶仃洋，眼望珠江口。夏天，风从南边吹来，虎门的海水向北泛起涟漪；冬天，风从北边吹来，虎门的海水又向南泛起涟漪。站在虎门的炮台边久了，连本地人都时常搞不清，虎门的海水是向南边流，还是向北边流；是从伶仃洋流到狮子洋，还是从狮子洋流到伶仃洋。而最终，它们又要共同流到哪里去……

时间同样来到了二十世纪八十年代初，虎门人开始重新打量外面的世界。他们以自身的行动，引起外界的关注，而绝不是外界强行给他们颁布政策或命令，指导他们的生活方式。这同深圳当年被划为经济特区如出一辙。据深圳市解密的档案和广东省原中共华南局机密材料显示，由于香港的生活水准与内地形成天壤之别，从二十世纪五十年代末至七十年代末，自深圳边界偷渡香港的中国内地人达到上百万人，这一势头在1997年某一天达到高潮并与深圳边防部队形成激烈冲突，次日在毗邻香港的二十公里海面上，漂浮着数百具被打死或不慎溺毙的尸体。消息报告给中共中央邓小平后，邓小平说："这是我们的政策有问题，这件事不是部队能管得了的"，由此，促成了深圳特区的建成，也促进了改革开放的构想。

虎门人改造现实远没有深圳来得惨烈，他们对美好生活的追求更多地符合了生活日常点滴的美的定义。最初，穿着朴素而沉闷的虎门人到香港去串亲戚，临行时，香港的亲戚总会买来几件时新的服装做礼品送给他们，当然，有时候他们自己也会去街上挑选两三件，以便带回虎门后再送给他们自己的亲戚。这样的事情总会发生：某一天，服装的型号不对了，或是颜色对人家不大适合，穿又不能穿，退又不能再退到香港去，怎么办，只好到虎门的街头去卖掉。想不到的是，这样的服装竟然很快就被人争相买走，而买不到的人还会再三缠问是否还有，因为这些服装太漂亮了啊！这倒给这些虎门人一个最初的启示，何不借机去香港批发一些服装回虎门零售呢？于是，这样的零售摊点由最初的两三家很快发展成三十多家，到了八十年代中期，已经发展到六十多家。又过了五六年，受这些自发经济激励，当地政府决定兴建一座大型的专业服装商场，将临街分散的服装商户集中在一起。这座商场就叫"富民商业大厦"，占地一万三千平方米，经营面积三万八千平方米，包含商铺一千零八十个。为了方便运货车上下往来，楼内六层全部采用螺旋式斜面通道，让顾客和推销人员每天忙得不亦乐乎。它当年的交易额达到了十亿元人民币，不久，国务院发展研究中心将它誉为"全国第一号时装批发商"。到了香港回归这一年，虎门类似的大型服装商场，已经建成了十几个。当然，它早已不满足从香港批发服装来卖了，事情产生了扭转的局势，香港甚至国内外众多投资家和经营家开始云集这里，大展身手，自行设计生产服装并销售全世界。小小的占地仅一百七十平方公里的虎门，它现在拥有上规模的服装企业一千多家，另外有织布、定型、漂染、拉链、刺绣等配套企业一百多家，服装从业人员几十万人，年产服装上亿件⋯⋯

苏米所在的确尼制衣公司，正是其中的一家。

"好，转身——胸挺起，眼平视，转——停！"

那位招聘苏米做服装模特的姓乔的女人，原来同时兼任模特队的编导，她此时正在指导苏米的训练。这是确尼服装公司一间自用的模特展演厅，除了苏米是新来的之外，另有七名模特正在旁边做着各自的事情。她们有的在走台，有的在换试衣服，还有两位一直在欣赏苏米。

"羞涩是对的，但是要有自信，它们两者并不矛盾。羞涩有一些自信会格外打动人，否则它不足够成力量。再来一遍。"

乔编导口里喊着强弱分明的八拍子口令，苏米做了一个慢速的曼宁奎恩式转身法。

"不错，不错。"乔编导满意地说，"下一个，卡罗赛尔式转身法，一——二——三、四，五——六，重来。"

苏米停了下来。

乔编导亲自示范了一下。她来自一个市级舞蹈团，因为年龄稍大，辞职后来到这里。她对模特表演还是很有自己一套的。"看，主力腿保持稳定，动力腿围着转动，转，转，好像让身上的长裙飘动一样。"

苏米又跟着做了一遍。

"对，就是这样。大家组合走台一次，苏米在最前面。"

每天就是这样训练下来。因为苏米具有天然的姣好体形，她几乎不再需要进行借助于哑铃或其他健身器械的训练了，不需要游泳，不需要跑步，也不需要减肥。事实上那样统统来不及了。乔编导已经说过，还有一个多月就到了虎门国际服装交易会召开的时候了，届时就要靠她们大显身手，展示和促销确尼公司生产的各类服装。那是一个盛会。现在，她们需要的是苦干。

苏米如今不仅熟练地学会了走猫步，将前后脚尖一步一步踩在同一条直线上，充满着温柔与警觉，或者说羞涩与自信，她也学会了下意识地在换步和转身过程中，两腿膝盖内侧要相互摩擦，这样如果坐在"T"形台稍近的观众，是可以听见轻微的"唰"的一声的，它不仅使身体充满媚感，也提醒观众对服装欣赏的下一个环节保持注意力。她不仅学会了怎样展示性感，比如半蹲时如何仍旧展示胸部的魅力，那必须要抬起头用双手抚住膝盖，这样两臂才会将乳房挤在一起而使它显得挺拔，她也学会了与之相反的身体保守形式，比如穿短裙坐在椅子上时，应该两腿并拢，稍稍侧向一边，双手自然放在腿面。她学会了怎样边走边竖起衣领，怎样插兜，怎样背包，怎样持丝巾……

当然，她也学会了怎样化妆。每当女伴们散去，大厅内安静下来，那温馨的化妆间便为她一个人准备了琳琅满目的盛宴。那明亮的化妆镜前的镊子、卷睫毛器、睫毛刷、眉毛刷、化妆笔削器、唇刷、眼影刷、大中小号腮部上色刷、海绵块、棉签，仿佛各式各样饕餮的用具，而那些睫毛膏、胭脂、口红、亮光油、发胶、定妆粉、粉底霜、营养水、奶液，又仿佛是色香味俱佳的点心，它们共同迎接和伺候尊贵的客人。夕阳西下或晨光初起，有时候干脆就不顾及外面的天色，苏米拉上厚厚的窗帘，将龙骨架上或壁橱里的上百套服装一一试穿。有一次在试穿一套崭新的睡衣时，她甚至大胆地脱光了自己，让自己美丽的身体反映在镜前。是啊，几百年来的服装发展潮流，无非都是在为强调人的身体的美而不懈努力。设计无胸罩 T 恤，是为了强调小巧的乳头；设计桃形领衬衫，是为了强调优雅的乳沟；设计露腰装，是为了强调平滑的小腹；设计超短裙，是为了强调性感的大腿……这些部位连同整个身体，是自然界的万物中唯一融线条起伏感、韵律感、软感、硬感、弹性感、棱角感、柔和感并和气质上的温柔、娴雅、细腻、聪颖、灵活、沉稳、热烈等元素结合在一起的无可比拟的生命体现，是上帝所赐，它们是美。虽然有时候苏米望着镜中的自己，感觉那仿佛是一个异者，看不清自己在想什么，要做什么，这正如她的头发梳成左三七式，而镜中提供的映像恰恰相反，她右腮的酒窝更浅一些，而镜中表现的恰恰是左腮一样，她永远看不到真实的自己，在别人眼里，同样如此。她不知道自己每一时刻或每一年当中，要做什么，要怎样做成她自己。啊，也许乔编导说得对，针对喇叭裤流行完又流行萝卜裤，萝卜裤流行完又流行直筒裤的现象，她是这样说的："设计师并不需要不断地创新，他只需要在合适的时候拿出合适的款式。"当然后来她又说这句话不是她说的，而是法国著名服装女设计大师夏奈尔说的。在苏米身后的墙上，正贴着一张夏奈尔家中客厅的海报，茶几上的几只红色木盒，分别镌刻着当时大英帝国最有权势的男人西敏公爵的纹章，那是他们热恋时，对方馈赠给她的一些礼物。虽然恋情不再，但盒子密封和珍藏着浪漫往事。难道不是么？苏米想，夏奈尔的话说得没错啊，譬如她现在，也许并不打心里愿意做服装模特，但是，"在合适的时候拿出合适的款式"，生命本身既然是流动的，那又何妨拿出随之变化和流行的生活态度呢？

接下来的几天里，苏米还在为另一件事苦恼着，那就是，她该不该把眼下的工作告诉给几千里之外的许晚志。她已经好长时间没有给他写信了，她也收不到他的来信——那主要怪她，她没有告给他地址。等忙过这一阵吧，苏米暗忖，那时候好好给他讲讲她现在的心情，她的担忧，以及快乐。

## 十四

一年一度的中国（虎门）国际服装交易会如期开始了。这对虎门、东莞乃至整个珠江三角洲来说，无疑是一件盛事。在那短短的几天里，有来自世界和全国各地的几十万人频繁穿梭于交易会的主会场和各个分会场之间，他们当中有各种服装采购商、推销商、设计师、政府官员、公务员，也有普通群众，包括大学教授、大学生、演员、公关小姐、戴金边眼镜的白领、无政府主义倾向严重的律师、女权主义的维护者、享受带薪休假的旅游者、勤杂工，甚至也包括刑满释放人员、无所事事的猎艳者、乞丐……他们用匆匆而行的脚步和四顾不暇的眼神互相传达一个讯息：这是大喜事！那些来自美国、英国、意大利、日本、泰国、韩国、台港澳地区的投资家和本地企业的老板，更知道这是一场难得的掘金比赛。从1996年开始，已经举办两届的服装交易会，每届交易额达到十亿元，这相当于虎门所有服装生产企业加起来一年的交易额。整个虎门都似乎被这种热烈的情绪渲染和蒸腾得微微颤动，它有那么旺盛的人气，尤其是，继去年美国哈佛大学的费正清教授前来调研社会学问题之后，不久前，波兰什切省省长、越南国会副主席、加拿大不列颠哥伦比亚省省长等异国政要先后到虎门访问，就在本届服装交易会举行期间，全国人大副委员长费孝通将抵达虎门视察，还有，来自美国、马来西亚、新加坡、日本以及台港澳地区的世界中文报业协会的二十五位中文报纸的社长、总编辑、总经理等，也将在交易会期间来到东莞，这无疑又增加了新闻领域的看点。到处都是标语，到处都是传单，到处都是性感女模特的大幅广告……在和平时期，在没有战争的情形下，政治成为一种日常的性感，而性感也可以升腾为一种无形的政治，它们共同欢器，达成彼此信服的稳定和繁荣。

外面是热闹的，可确尼制衣公司设在主会场的服装模特表演厅内却是静悄悄的。来宾们早已经坐好了。三百多个座位，暂时只有十几个椅子空缺着。在舞台幕后的化妆间里，苏米小声问一个同伴：

"换场间隙一分钟来得及吗？"

"当然来得及。"

"你那件衣服的拉链没拉好。"

"帮帮我。"

大家在轻手蹑脚地有秩序地忙动着。乔编导最后扫视了整个房间一遍，她指着过道旁的一只衣箱问道："这个是谁的？"

"我的我的。"一位高挑个子的姑娘答道。

"快拿走，别在换场时绊着人。"

苏米不放心地检查一遍镜子里自己的妆容，那是化妆师给她化的妆，她看看是否需要补妆。一位男士在化妆间警觉地走来走去，他检查窗户、天花板等处是否安全密封，以前总有人试图偷拍模特更衣时的照片。他目光落在苏米的梳妆台前时，说了一句："把这个给我。"

那是一只小巧的女式手机，是苏米不久前在同伴们的怂恿下买的。大家几乎都有了。她非常喜欢它，虽然至今一个电话也没打。苏米将手机装进旁边的包里，说："为什么要给你？"

因为有化妆师、发型师、穿衣工等人在场，那位男士大概不好说什么，这时乔编导插嘴道："他担心你的手机有拍照功能。放他那里保存吧，放心，他是大会的工作人员。"

苏米只好照做了。乔编导说："马上上场了，准备好情绪。"

苏米立刻发自内心地笑了。

第一单元服装表演是休闲装系列。随着灯光和音乐的骤然发起，苏米率先从铺着赭色地毯的T形台亮相出来。她面带微笑，目光柔和而纯净，一条奶白色的七分裤、一件同色棉质高领T恤，外套一件淡宝蓝色短衫，配着向后掠起的秀发，再加上轻盈而富于弹性的步伐，使她看起来青春而活泼。她走到T形台前端，停住，单手叉腰，造型，平转身，退了两步后又连续转身，白色和黄色交叉的中等强度灯光照在台上，使她全身的着装在观众看来有一种随意却又殊异的效果。随后陆续出场的其他模特队员，她们穿着不同的服装，但演绎的是相同的休闲服装主题。她们像是一只只自由的小鸟，展示着晴空下荡却尘埃和洗尽铅华的生命姿态。

第二单元是职业装表演系列。苏米一出场就感到身边所有观众的目光齐齐对准了她。四周静悄悄的，除了音乐在自如流淌。她看到原本空着的那十几个座位已经坐上来宾，更远处有一些是站着的。她穿一件浅灰色枪驳领双排扣上装，下穿黑色斜嵌线袋小A形裙，脚上穿着亚克力楔形鞋跟的纯白色凉鞋，全身服装线条流畅自然，含蓄端庄。她台步扎实，造型有力，是的，她代表的是经济浪潮和高科技发展的背景下，包括知识产业在内的第三产业已经超过制造业，遍布而生的公司办公室及其无数女职员的典型形象。这是企业形象设计系统即简称CIS的一部分，体现了对外有别的高强度的竞争手段。就一般模特而言，这种服装不容易穿，因为它格外需要内在的知识涵养和气质作为依托，达到人文精神与办公形象的和谐统一，否则就会显得外重内轻，呆板生硬。苏米走到T形台前端的时候，她看到许多照相机的闪光灯频繁亮了起来，她慢慢地转身，让服装的每一个细部展现在观众面前。向幕后走去的时候，她看到同伴们暗暗向她流露出期许的目光。

第三单元是都市新潮主义，也叫前卫主义。与众多同类风格的服装走秀不同，苏米和她的同伴们没有嚣张的化妆，比如绿色眼影，涂黑色唇膏，脸颊擦上闪亮的凡士林油等等，她们仍旧是略施粉黛，有一种"草色遥看近却无"的效果，只不过着装奇特无比。要么是厚厚的灯芯绒的长衫，下面却配一条薄薄的真丝短裙；要么是西装外套贴身而穿，只系一粒扣子，露出平坦的腹部，腹部上扎着一条腰带，腰带下面却又是一只带松紧带的西式热短裤；要么就是看似一件旗袍，却又中腰断开，一件无袖衫的下摆掖在了腰里……她们的队形变得复杂，步伐弹性十足，上身甩动剧烈，下身用胯灵活，骀荡的视觉效果无处不在。前卫主义风格的服装一般不适于推销和流行，但诸多服装公司仍热衷于此，主要是它体现了企业的创新能力，它在某种意义上，只是一种喧宾夺主的策略，为了烘托独特的品牌而招人眼目而已。但是对苏米来讲，那激越的节奏，不羁的打扮，随意的身形变动，确实令她感到前所未有的释放和渲泄。

最后一个单元，第四单元，是晚礼服表演系列。这次是其他队员们先出场。灯光骤然暗了下来，音乐也从激越的节奏转为舒缓低沉。模特们穿着一律的银灰色晚礼服，身姿雍容典雅。晚礼服是所有服装的梦的极致，人类在晚礼服的设计和追求上花费了太多的精力和才智，以及情感，它象征着绝无仅有的神圣和华美。观众们聚精会神地看着，笼罩在他们头上的是一片暗光，只有那条 T 形台，像是一条长形的点缀灯火的船，在无声的波涛上行驶。模特们的队形时而凝立不动，时而穿插变换，就在这闪烁的身影中，苏米姗姗出场了。她穿着一套完美得几乎无与伦比的黑色曳地晚礼服，披着一件赛尔曼红的薄质披肩，光裸柔长的手臂上，戴着一副纯白色桑波缎长筒手套，头发向后精致盘起，双眸波

光流转，显得神采奕奕。她一点点地走近，走近，步伐似乎带着犹疑，
然而那是为了让观众更仔细地欣赏所致。她的那套晚礼服，用料高档，
做工考究，高腰处设计的褶裥简约而柔和，低低的翼形领的外缘无雕无
饰，衬出脖颈冰清玉洁，而那拖地如风的晚礼服的下摆花边，据说每一
针都是人工缝就。场内的音乐是梦幻风格，带有宗教和避世的色彩，这
样的氛围下，身体的美的展现应该是与它相悖的，然而，苏米在轻轻一
个半转身后，突然优雅而自如地脱去她的红色披肩，露出一截光裸的后
背。一束强烈的圆形追光灯猛地打在那里，与黑色的晚礼服相衬，她的
背肌显得那么白嫩平滑，美艳无比。音乐声似乎增强了一到半度，苏米
轻轻地又一个全转身，将披肩甩成长长的披巾，拿在手里划成波浪形向
远处的幕后缓缓走去。极力挽留她的是吉他混合着单簧管的声音，还有
管风琴，然后是架子鼓的低音锤，一下一下叩在人们的脉搏和心跳上。

苏米，无疑是这台演出的最美的定音符号。

观众们的掌声热烈地响了起来。灯光同时全部打亮。门口处，几束
外面的阳光照在地板上，没有一个杂乱的步子踩踏到它们。人们都不愿
离去。

"怎么结束得这么快？"一个人小声嘀咕着。

"不啦，老兄，"另一个人说道，"这是标准的一台服装模特表演时
间，三十分钟，完了。"

当天下午确尼制衣公司举行了一个中型的鸡尾酒会，在主会场附近
的一家四星级宾馆。厅子里容纳六七十人仍很宽敞，因为不设座位，大
家都围聚着站立交谈或自由走动，显得轻松随意。厅子的这一边设了长
长的食品台，供人自己取用点心和水果，酒水有人专门调制，另一边则
设了交易签单区，客人可以随时去签订购买确尼服装的合同。那里已经

有了很多人。

"苏米，苏米！在这边！"苏米还在四处张望的时候，她的那些同伴叽叽喳喳倚到食品台前，向她招手嚷道。

"苏米今天看起来格外漂亮。"

"哪呀，你不也是。"

"胡丹刚才小声跟我说，她要是变成一个男人的话，她就会爱上你。"

"可我现在已经爱上她啦。"苏米说。她已经换上一套休闲的短打扮，白黑相间的横纹排球衫，湛蓝色牛仔裤，透孔式纯皮旅游鞋。

"彭红娜，你的头发是怎么卷的？那么别致。"

"喏，"叫彭红娜的转了一下身，"我用了一绺染成黄色的假发夹在当中，看不出来吗？"

"天，真是，这个死鬼。"

大家都笑起来。

"我小时候妈妈有一副假发，有一天晚上她洗澡的时候被我偷偷戴了出来，"提起假发，另一个姑娘讲起，"我走在一群野小子中间，他们平时经常欺负我，我说，咱们玩变脸的游戏吧？他们分别把手扒在脸上，还有眼睛上，做出恐怖的样子来吓我。我呢，说道：我给你们变一只头吧。我把那副假发一下子从头上扯下来扔在他们中间，他们全都吓跑了。呵呵，那时候才八九岁，他们以后再也没敢欺负我。"

这个小故事引发了大家可说的话题。先前的那个姑娘说："你那是变脸，我给你们讲一个笑话吧，是讲怎样变人的。说是一个一辈子没出过大山的农民来到城里的大医院，站在一楼的电梯前迟迟不敢进。人家问他怎么了？他胆战心惊地指着电梯说：这玩意儿真了得，我刚才眼睁睁看见一个女的上去，下来时却变成了一个男的。围观的人打趣说：你那算什么呀？刚才另一部电梯里上去个小姑娘，下来时小姑娘已经带出个孩子了！"

姑娘们再一次肆无忌惮地笑起来，有两个甚至笑出了眼泪。乔编导从人群中走过来，笑吟吟地说："什么事这么高兴，连风度都不顾？"

一个姑娘笑得弯着腰，忙不迭地解释说："就是说呀，已经带出个孩子的事儿！"

乔编导立刻用一种审视的目光看着她们，说："都是大姑娘家，跟你们说多少次了，言行举止要有个安稳劲儿。"

"对呀，你就是要我们向苏米学习呗，安静啊，端庄呀，含蓄呀什么的。你——"这个姑娘灵机一动，"你干脆让苏米上电梯里走一遭儿，看看下来的还是不是她。"

大家又大笑起来，弄得乔编导不明就里，也只好笑了。苏米被她们说得有些不好意思了，她望了一下远处，问乔编导："那边的合同进展怎么样？"

"很不错呢，"乔编导让侍应生给她调了一杯鸡尾酒，她拿过后跟大家碰了一下，"已经订出二十多万套衣服了，这都离不开你们的功劳啊！"

有几位来宾走过来向姑娘们邀请跳舞，乐队的伴奏已经响起来了。舞池那里人影憧憧。

"我可不会跳。"苏米事先声明。另有三四个同伴愉快地随客人步入舞池。

"你们谈吧。"乔编导对剩下的几个姑娘说，她平时迈得扎实的步子，已经有点不稳了，她之前就高兴得没少喝酒，"我去照顾另一边的客人。"

苏米目送着乔编导的背影，她同时看到在同一方向的门口处，确尼公司的总经理、副总经理还有另外两个男人站在一起说话，其中戴黑边眼镜的一个男人，正不动声色地瞅着自己。

苏米把目光拉回来，她们几个又开始谈论着深圳和东莞的一种海鲜为何与内地的叫法不同。比如内地的"虾爬"这里叫成"爬虾"，内地的"明太鱼"，这里叫成另一个古怪的名字。

苏米不知怎么，潜意识有一种不落稳的感觉，也许就是一种无意当中——她不知怎么又侧头去看了那个戴黑边眼镜的男人一眼，那个男人原来一直在看着她。

"那是谁啊？站在总经理右边的那人，"苏米小声问同伴，"他为什么一直看我们？"

有几个姑娘回头看了一下。"啊，那是总经理的一个朋友，"其中的一个说道，"一个和总经理没什么业务往来的朋友，但他经常出现。据说他是开矿山发家的，可是德行不好，都说他玩过许多女人。"

大家不说话了。苏米很后悔自己为什么问这个。可是过了一会儿，苏米明显感觉大家情绪的变化其实跟她挑起的话题无关。她弄不懂这是怎么回事。更多的人加入到跳舞当中，群情热烈，可是欢欣过后，必然是一场分散。是因为这个缘故吗？

## 十五

苏米的手机接到一个电话。她不知道对方是怎么知道她的手机号码的，他们是深圳"靓之花"城市小姐大赛组委会。他们邀请苏米前去参加他们举办的一个模特表演活动。

"怎么一个报酬呢？"苏米问。

"每天一千元出场费。如果能够获奖，奖金五千元到两万元不等。"对方说。

"那么需要几天时间？"

"三天。"

三天，苏米想，这个时间还算短，公司虽然按惯例不会准假，她偷偷出去大概也无大碍。实在说，服装交易会开过之后，公司眼下并没有什么事情可做。

"你们的地点是——"

"这个不用苏小姐劳神，我们届时会派车接送你的。另外，每天的伙食由我们免费提供，如果苏小姐能够取得好的名次的话，将来的宣传和推广活动也由我们全部包办。"

"啊，我想这样总是可以。"这件事就算定下来了。苏米现在知道，像这样的模特走秀或城市小姐比赛，深圳简直多的是，可谓此起彼伏。因为模特比赛活动具有亮点，容易吸引大众眼球，企业也愿意提供赞助，所以往往是几个单位一联手，事情就成了，这无论对主办方还是选手来说，都是各取所需和皆大欢喜的事情，何乐而不为？

活动的前两天是预赛，苏米不出预料地顺利取得决赛资格。面对如云的佳丽，苏米本没想取得所谓的冠、亚、季军，她想只这三天的出场费已经非常可观了。但是进入决赛那天，她突然对自己充满了信心。她分析了一下，此前她感觉自己是中等个头，与那些一米七八甚至一米八几的模特比起来，自己处于劣势。但当她在两轮预赛中顺利地淘汰掉那些高个子模特后，她回悟到模特比赛毕竟不是看谁能破吉尼斯身高纪录，不是看谁个子越高越好，而是看一个人整体的身材、相貌与气质的谐调水平。这样一想，苏米就对那些进入决赛的高个子模特也不再打怯了，她立刻精神抖擞起来。

决赛是在深圳一家著名的五星级酒店的大堂里举行。前一天的《深圳晚报》已经登出决赛启事，并配发全部的十八名角逐模特照片和名

单，再加上其他宣传方式，当天社会各界来了许多人。金碧辉煌的大堂
T 形台展板上方，悬挂着精致而鲜明的横额：深圳"靓之花"城市小姐
大赛。两旁的升降梯银光闪闪，仿佛钻油井架一般，上面的摄像师正聚
精会神地忙碌。观众座位上竖起的各式长短筒照相机，与天花板上悬垂
的聚光灯筒上下呼应，宛如一场地对空武器大战。大堂内的冷气开着，
可人们还是感觉热极了。很多人脱掉上衣外套。

　　不断有观众往场子里走。有人私下在议论，或是打赌，他们预测本
轮决赛哪几位小姐会进入前三名。也有人在谈天气，或是好久不见的熟
人相隔很远无声地打着招呼。只有位于最前排的评委们正襟危坐。

　　"请问，你这个位子上有人吗？"陈妙穿着一身凉装，踢踢踏踏地走
到一位观众的座位旁，向对方问。

　　"噢，没有，"那个男人把旁边座位上的黑色公文包拿起来，挂到椅
子扶手上，"请坐吧。"

　　"谢谢。"

　　"今天的人可真不少啊。"对方看了一眼，说。

　　"是啊，我来得还不算晚。当然，晚一点也无所谓。"

　　"你很喜欢看这种比赛？"

　　"不。我是有别的一点事情。"

　　"——外面的警察还在么？"

　　"什么？"

　　"我来的时候看见一场车祸，那里围了许多交通警察。"

　　"没看见。"

　　"噢，那是散了。"

　　陈妙觉得这个陌生人说话有点儿没头没脑，她开始一心看演出。

　　比赛很快进行到了中场，评委们对每位选手的亮分并没有拉开太大

的距离，也就是说，竞争还是很激烈的。苏米抽签领取的是9号牌，下一个。

"小姐，你热的话请拿这个扇风。"对方递给陈妙一把扇子。

"不，我还是蛮凉快。"如果在平常，对待哪怕不这么殷勤的男人，陈妙也会主动去勾引的，但是今天她没这个心情。不过凭着习惯，她还是掏出小镜子仔细地照了照自己。

"待会儿可有一场好戏看。"那个男人像是患了雷诺氏综合征，自言自语，似乎是忍不住让人知道他正面临一场可笑的幸福。

陈妙轻轻对着镜子补了一点儿口红。

那个男人咳嗽了两声。

"你刚才说什么？"陈妙问。

"待会儿会有好戏看。"

"什么意思？马上吗？"

"下一个，一个叫苏米的选手马上出来。"

"那怎么着？"

"这是城市小姐比赛，是未婚姑娘们的事儿，可是叫苏米的已经结过婚了。"

"你怎么知道？"陈妙大吃了一惊。

"嘿，她的结婚证在我这里。"那个男人示意一下他挂在椅子上的黑色公文包。陈妙不知说什么好。碰巧一个电话打到那个男人的手机上，他立刻弯着身子，垂着头，捂住一只耳朵小声地和电话那边说着什么。

陈妙坐不住了，她只好轻轻站起来走了。

当主持人清晰地介绍"马上出场的是9号选手，来自东莞的苏米小姐——"话音刚落，苏米便款款出现在T形台上。观众的目光立刻集中到她身上。她穿着一件马蹄袖藕粉色碎花开衫，下身是一条白色的修长曳地的开司米绒长裙，带有马洛克装饰图案和金银线镶边，显得亦庄亦谐，卓而不群。她含情脉脉，两腮飞红，在T形台上自由地展示着。待会儿她还要换上一套比基尼泳装出场，那将更好地展现她的窈窕身段和肤色，这是比赛规定的。大会组委会总是善于在最精微的人性细节上揣摩观众的心理。

"她是骗子！"一个声嘶力竭的嗓音突然在场内炸响，所有人同时惊异地向声音的发起处寻望。

"这个叫苏米的人是个骗子，我请她不要在这里欺骗大家的目光，这简直是开国际玩笑！"那个声音继续嚷道。

音乐声戛然而止，有几束灯光关掉了，然后又重新亮起。一个胖硕的节目总监模样的人出现在台上，他大声问道："你是干什么的？叫什么名字？"

"我叫李公明。"说话的男人霍地站起来，满脸通红，眼睛因激动而绷紧和变形，他指着台上的苏米，"你们这是评选城市小姐，是处女们或未婚女性们的赛事，可怎么能容忍一个结过婚的女人混进来？嗨？我想请问少妇和少女之间还有没有区别？"

场内轰地一片嘈杂。苏米站在台上，意外和紧张使她不知所措。

"请问你有什么证据吗？"所有的摄像机都停止了工作，大堂内静得有点儿可怕。

"有，当然有！这娘们儿的结婚证在我这里。"李公明转身去拿他的公文包，但是扶手那里竟然没了。

"该死！"他暗暗骂了一句。

"请你把证据拿出来！"台上的节目总监愤怒地喝道。

李公明踮起脚步像个傻子似的满场顾望。他一句话也说不出来。

一个秃顶的中年男人走到台侧的保安那里，他大概是本次活动的赞助商之一，他快速地对那几个保安吩咐了几句。

立刻有三四个保安冲过来，架住李公明的胳膊，试图把他拖出去。李公明气急败坏地挣扎着，几个保安干脆对他狠狠地拳打脚踢，把他拖到门外。

"你们干什么？"李公明的头发散乱下来，回答他的是一阵更加猛烈的围揍。

大堂内，主持人的话筒重新举了起来："女士们，先生们，请大家安静——安静，比赛继续开始。"

音乐再次响了起来，苏米内心却是另外一种纷乱的节奏。她勉强迈着台步，目光失神。她觉得自己什么也没穿一样。她受不了观众安静的目光，虽然那当中充满了善意和鼓励。此时的T形台，无疑变成巨大的十字架，束缚着她的双腿。在连转式造型完毕——她刚刚迈动双腿，穿着高跟鞋的左脚不慎踩在自己曳地的裙角上，她立刻猝不及防地从台上摔了下来……

阳光。鲜花。雪白的床单。输液架上的吊瓶通过细细的输液管，将药水滴入苏米胳膊的血管里。

苏米支起缠着绷带的肩膀，正半倚在医院的病床上打开一只信袋。那是别人转交来的，一张红色的结婚证首先滑落出来。房间里除了她一个人也没有。一切像阳光一样安静。

是陈妙给她写的一张字条：

> 苏米，很高兴看到你表演的一切，不，你表现的一切。虽然，我中途离开了。
>
> 我是到会场跟你道别的。家里出了事，爸爸病重，我必

须赶回河北老家。我不知道我还能不能回来，事先道别是必要的。也许我不久就会回来，那样我们还会经常或偶尔见面。

你的结婚证我替你找回来，物归原主。你要保存好。很怀念我们住在一起的日子。真羡慕你。

你见到这封信的时候，我已经离开了。再见。祝你好运！

陈妙

又：你的那本《瓦尔登湖》忘在我们的屋子里了，我替你收好。以后会有机会还你吧？但愿。


大约十天后，苏米出院了。她肩胛骨受了一些跌损，另外腿部有软组织挫伤，不过现在都已基本上恢复痊愈了。苏米怀揣着一份美好的信心准备迎接新的生活，大凡经历过病痛罹苦的人，往往对生活会格外产生乐观的感受。她回到了确尼制衣有限公司，不过，对方的态度显得极其冷淡。

"我只是转述公司高层的意见，很抱歉，我也爱莫能助。"乔编导站在苏米对面说道。她刚刚对苏米表述了两个意思：一、由于苏米擅自外出而未经请假，公司除了对她的医疗费概不负担之外，还要扣除她一千块钱工资；二、公司服装模特不设专职，而改为兼职。也就是说，平时要在公司内正常参与生产，有演出需要再随时召集。

对于第一点，苏米表示可以接受。事情看来只能如此。对于第二点，苏米表示不可理解："为什么要这样？"

"公司当初跟你签订合同的时候，是以工人名义招进来的，并没有详细规定工种，也就是说并没有指明要你做什么。再说，每月五千元薪水，已经比普通工人高出两三倍了。"

"平时要我做什么？下车间做普通工人吗？"

"我想是的。"

"可我不会车衣啊!"

"那就做熨衣工或质检员,再说公司可以进行任何方面的培训。"

"这不公平。"

"大家都这样的。别的模特队员们也是这样。"

苏米一下子想起举行酒会那天,她的同伴们后来忽然变得落寞的表情。她们不是早已听说,就是彼此预见。看来事情是这样。

"苏米,你可以想一想,拿稳主意。公司可以给你两天时间来考虑。"

苏米沉默着。

"其实,"乔编导带着委婉的神情,她还是挺喜欢苏米的,"其实,任何一家公司都以追求利润为最高法则,为了这个不惜肝胆涂地。而追求利润有两种渠道,一是拼命赚取剩余价值,一是努力缩减人员开支。我也不例外,你知道,我在公司并不是专职的模特编导,我同时兼职服装推广部的主任,我手下还管着推销员。另外,由于你擅自离岗,公司是原准备将你开除的,我已经从中做了很大的争取。"

苏米极力露出一个笑容。

"好好想想吧,争取留下来。"乔编导最后说。


苏米接到一个人的约会和邀请,电话里对方自称见过她两次。他想跟她谈一点事情。

在深圳阳光酒店的一间半封闭式包厢里,苏米同对方见面了。原来就是酒会上一直盯着她看的那位戴黑边眼镜的男人。他现在看起来其实很年轻,西装革履,皮肤白皙,刀条细脸,嘴巴和唇线稍显宽大,但是鼻梁上的眼镜似乎弥补了五官的不足。他倒不能说长相难看。他的目光犀利而转动沉稳，有一种人生欲望经常得到满足的优越感。

"我叫龙乔生，你的两次演出我都看过。你可能不记得，你最后一次从台上摔下来的时候，是我第一个上前扶起你。"

"哦，谢谢你。"苏米说，"我确实不记得。"

"今天是想冒昧跟你说一件事。"

苏米立刻有些警惕地看着对方。

"对我保持警惕是对的，"龙乔生不慌不忙地说，"人们都说我不是一个好人。"

苏米仍旧看着对方。

"直说了吧，今天说的就是这个事——我想包养你。"

苏米大大地吓了一下。"包养"这个字眼苏米早已听说过，起码在眼下，起码在深圳，这是有钱人的风尚。她随即感到一种受侮辱。

"正像你想的那样，这看起来不是什么好事，"龙乔生仿佛有一种特殊的力量能看透人的内心，对他来说，世界和人生没有什么秘密可言，"当然，这也绝不是什么坏事。"

"请你打住。"苏米说。

龙乔生停了一下，然后，他继续说："你在确尼公司的事情我知道一些，原本我想以朋友的身份跟你们的总经理斡旋以便帮助你，但是后来我打消了这个主意，这几乎是无济于事。因为我知道你需要一些钱，并且是很多的钱。"

"你怎么会知道？"

"如果不是这样，你不会面临眼下的境况，也就是说，不会冒着被开除的风险。事实上也几乎等于如此了。"

苏米摇摇头自己笑了一下。

"半年，给你五十万。你看怎样？"

苏米的反应何止是吃惊。她对这个人一点都不了解，他说的又都是如此陌生的话题。这个世界真是疯了！

"我说的都是真的。"龙乔生看也不看苏米，他蓦地从包里掏出一堆钱，推到苏米面前，"这是首付十万，另外四十万半年后付清。"

苏米那只受过伤的肩膀猛地搐动一下。她一时不知道目光放向哪里好。

"我原本想带了验钞机来着，但是那不是对我的不尊重而恰恰是对你。放心吧，这些全是从银行刚提取的。我们可以签协议，彼此明验身份。我的身份证号码跟我的法人执照身份证号码是不差丝毫的，我全带来了，你不信的话可以打电话询问深圳市工商局，那里有副本。"

苏米想说这不行，但是话未出口她立即沉默了，她深怕说出来人家会以为她在讨价还价。龙乔生连这种沉默都让她无暇保留，他突然换一种日常的口吻问道——

"能知道你今年多大了吗？"

"二十八岁。"说完之后，苏米再一次想到，她来深圳转眼已快两年了。

"那么我比你小三岁。"龙乔生的话让苏米再次感到意外，虽说他看起来尚且年轻，但是没想到竟然比她还小三岁。他的冷静和历练倒是她远所不及和不曾经历的。

"我四岁丧母，五岁丧父。我十二岁被叔叔赶出家门，十三岁拾荒，十四岁进工厂，十五和十六岁跟人到吉林弹棉花，十七岁尝试搞物流，十八岁替人解三角债，猛赚了几大笔钱，十九岁到二十三岁倒卖钢材，又赚了几大笔。现在我涉足房地产，我不像别人传说的那样开矿山发家，我只是倒卖了几年钢材而已，虽然我也希望能在山西或辽宁弄几个小煤窑，那算是煤矿。我中间补了两年大专课程，也就是说，起码的是非判断我还是有的。我现在的手头资金远远超过七位数，很快会达到八位数。我的履历就这样。噢，你喝一点咖啡。"

苏米想了一想，只好照做了。咖啡很苦，她忘了调糖。

"我在叔叔家的时候，正是同伴们读小学的年纪，我每天给家里熬猪食，上山打柴，种地，什么活儿都干。"龙乔生不再看苏米，他似乎一个人自言自语，耽于回想，"我每天吃不到一顿饱饭，常常饿得浑身发抖，连走路都没力气。我记得有一天干完活，我实在太饿了，在餐桌上一口气吃了六个糙面干粮，吃到第七个的时候，我不敢再把手放到餐桌上了，只好趁大家不注意赶紧咬一口，然后把干粮夹在桌子下的两腿中间，端一碗粥装样子喝。可是餐桌上的干粮是不断在少的，婶婶终于狠狠地剜了我一眼。第二天，叔叔就把我赶出家门。也许他就是觉得我开始懂事了吧，开始有心眼。"

苏米听着。

"十三岁拾荒那年，我为了保护身上的八块钱不被抢走，被人从后背狠狠地捅了一刀。十四岁在一家铁路线上的转运站，我给人家砸焦炭，一块拳头大的碎块崩在我头上，血止不住地淌。但是那血全流进黑色的炭堆里了，外面什么也看不见，老板来了还以为你在偷懒。那时候我就明白了，不要让人看见你的血迹，看见也没有用，因为有比血迹更黑的东西存在。我想，不论什么时候，一个人只管朝前走路就是，抬着头，或哪怕低着头，但他要一直走。走了大路走小路，走了小路走绝路，走过绝路还要走路！走上坡路，走下坡路，走阳路，走雨路，不停地走、走、走！"

龙乔生最后几句话几乎是咆哮起来。

苏米不知道说什么才好。她有一些害怕。不知道是怕他的声音还是声音里面包含的东西。他的声音使她想起了自己，当初她来到深圳受骗，她的奔波，她的挣扎。她想到自己假如按乔编导所说，重新回到车间，重新再过她以前的生活，那些跟小六子、阿开、李望妯们待在一起的生活，甚至也包括李公明，她就不寒而栗。

"我所说的这些，"龙乔生语气温和下来，"只不过是说明你现在不能太同情自己，不能太可怜自己，因为你的苦难远没有我多。但是，话如果仅仅说到这里，那么我所说的一切就没有意义。我想说的恰恰是，我想告诉你苦难没有意义，它一钱不值。每个人走路，他不要多想，背运的时候他慢慢走，但是机会来临，他一定要快跟几步，不要错过。苦难的意义就是这么单薄，不堪一击！"

"你——"苏米问，"拿出五十万元轻易地送出去，你是为了什么呢？"

"喜欢。"

喜欢我？苏米想，然而她不能确定。"你喜欢什么呢？"她问。

"要我说实话吗？"

"随便。"

"那就恕我直言了，我赞赏你刚才说的'轻易'这个词。也就是说，这五十万对我来说，我轻易地送出去，也会轻易地赚回来。"

这个流氓！苏米心想，真是个十足的恶棍和混蛋，他连表现他粗鄙的自私和自大都不加掩饰，这也算是坦诚到极致了！苏米立刻感觉到垂头丧气。

"那么，"停了一会儿，她问，"这五十万元假如给了我，我又该做什么呢？"

"过正常的生活。你在房间里，每天看电视，养宠物，做家务，都行——如果你愿意做家务的话。实际上我可以雇一个保姆给你。你也可以上街，看演出，购物等等。你的化妆、穿着、零用，全由我给付你，也就是说，五十万是纯利润。"

苏米屏住气，第一次仔细地看了一下面前那排整齐而稍显毛污的钱。有无数人的手在上面抚摸过，清点过，也有无数双目光在上面欣赏过，停留过，它是世界的硬通货，是人生的精华。这些钱，一万元一沓，总共十沓，并且半年后，还会再有四十沓。她想象不出那总共会占据多么庞大的面积，她不敢再想下去了。

"苏米，"他竟然直呼她的名字，"你想想，即便你在确尼公司不下车间，仍旧做模特，薪水也就是每月五千元，一年六万元。那么，眼下这是半年，五十万，你想想。"

是啊，苏米想。再干一年，她等于在深圳前后待了三年了。三年赚六万，剔除被容小兰骗走的三万，还剩下三万；再扣除她三年在深圳的日常开销和用度，她几乎等于分文未赚。可是她白白为此流逝掉三年的时光啊，那些辛苦和委屈还统统不算。一想到这个，她的内心就像丢失了一般。

"答应我好吗？"那个对面的比她年轻三岁的男人，用无限温柔和爱怜的口吻说道。

音乐声响起来。透过低矮的装饰性房门，苏米看见大堂中央的乐队正在演奏。那卷曲的圆号，伸开的长号，砰然的铁鼓，叮当的三角铁，它们闪着物质主义的光芒，生硬而冷凝，却又让人目光触及上去感觉舒服。啊，这个混蛋说得没错，苦难在优渥的生活和机会面前显得那么苍白和单薄。它的可笑甚至不止于此。苏米假设自己得到了这一大笔钱，她敢断言，她不会感到十分心安与快乐，但是若说对方将这一大笔钱从面前拿走，她也不会心安与快乐了，因为她已经看到了这些钱，或者不如说，她已经可以有把握地得到从容裕如地生活的机会，可是她竟要放弃么？生活告给她的道理就是这么简单，哪怕她从此再回到确尼公司做专职模特，哪怕没有她擅自离岗的事，她也不会感到幸福了。这正如好梦醒来，往往比噩梦更让人失望和难过一样。苏米小时候在农村看到乡亲们每每杀完猪，都要吹那个猪尿脬，虽然吹到里面是空气，可是空气放出来后，猪尿脬却再也恢复不到原样了——啊！生活多像是一只猪尿脬，你感受到了就再抹不去。

"你——"苏米的眼泪在晶莹地打转，"管保不会是要加害我吧？"

"我发誓！"龙乔生立刻把他的右手举起来，"我以我地下的父母的名义，连同我的一切来发誓，我管保不会加害你的。"

苏米的眼泪终于滚落下来。

"你同意了吗？"

苏米不作声。

"你同意了？"

苏米轻轻叹了一口气，点了一下头。

"我还想问一句，"过了一会儿，龙乔生轻声地问，"你介意吗？"

"什么？"

"你，是处女吗？"

苏米用纸巾拭去泪水，想了一想，抬起面庞，清晰地答："当然是！"

"好的，没事，没事，我就是随意问起的。"

苏米暗地里打听了一下，能够做处女膜再造手术的，大约只有市人民医院。

她去了。在医院外科的走廊里，苏米正要驻足敲一间办公室的房门，一位胖胖的男医生从里面走出，两人几乎撞在一起。他穿着白大褂，满面油光，看起来更像一位厨师。"找哪一个？"他问。

"我——"苏米迟疑着。

"咦？看你好面熟啊。"

"是吗？我不太记得。"

"连口音也熟。噢——我想起来了，"提到口音，这位胖医生终于恍然大悟，"你不是那个开中药材铺的吗？咱们是老乡呀。"

苏米也想起来了。他买过她的沙苑子和金钱草两味中药，然后声称是假的。如果不是口音的缘故，她不相信他还会记得她。那是许久以前了。

"你干什么呢？"

"我，看一位朋友……"苏米说。

"是患者吗？"

"啊，算是。"

"住院部。"她的胖老乡指了一指远处，"向前走往右拐。"

"哎好的。"

十五分钟后，胖医生坐在属于他的主任办公室里查阅资料，一位女医生进来要他在开药的处方上签字。药品是利多卡因，做手术局部麻醉使用。以前这种药品普通医生就可以开出，但是前一阵子社会上出现不少罪犯，用医用氯胺酮和利多卡因等麻醉剂合成毒品，危害巨大，此后，上级规定要严加管理，开药需主任亲自签字。

"苏米？是刚才去敲门的那个女的吗？"胖医生看了一眼方笺上的名字，问。

"是的。"

"她做什么手术？"

"处女膜再造。"

胖医生从资料上直起腰，叹了一口气，又伏下身去，在处方上重重地签上了自己的名字。

# 十六

东莞市樟木头镇是一个著名的所在。它的著名不是因为它拥有清澈的石马河，石马河迤逦流经樟木头全境；也不是因为它拥有观音山森林公园，公园十八平方公里内的森林覆盖率达到99%；甚至也不是因为它拥有客家的麒麟舞，麒麟舞在这片土地上已存在了四百五十多年。它的著名，全是因为拥有一座特殊的封闭区域：樟木头收容站。这是一个令几万、几十万、上百万广东外来人员闻之变色的名字。曾几何时，遍布深圳、东莞等各个地方的无数外来人员，只要身上没有携带"三证"（身份证、边境证、暂住证）中的任何一证，哪怕寻常走在街头，也会被治安队员发现后强行拷走，塞进闷罐车，拉入樟木头收容站。外界传闻，那里边每天会有上百名陌生面孔的所谓"流浪人员"充斥进去，几十人拥挤在一间屋子里，男女混杂，吃饭和卫生条件极差，还有的经常遭受殴打。如想重新获得自由，必须有人交钱赎买，否则便像对待犯人一样被赶到林场扛木头，或是到交通沿线上修铁路……事实上，这种传闻并无不当，甚至远远不及万一。若干年后的2003年3月17日晚上，大学毕业生、广州市某公司职员孙志刚走在广州街头去网吧的路上，因未携带暂住证，被治安队员以流浪人员就地收容，不日被殴打致死。这就是著名的"孙志刚事件"。它直接导致了当年国务院发布第381号令，宣布废止执行了二十多年的《城市流浪收容办法》。此后，樟木头收容站也适时地撤下当初的牌子，换上"广东省儿童救助保护中心"的名头——据说那是全国第一家专为流浪儿童设置的福利性保护机构。

"108号，第108号！是谁？"

"到。"

叫"108号"的男子从场院的人群中走出来，他身体疲惫，面容憔悴，但是目光从容镇定。他抚了一下嘴巴，那里的小短髭已经好多天没刮了。

"你叫许晚志？"

"是。""108号"答道。

"一个高中物理教师，好哇，经我们了解，你的工作单位和地址真实有效，不过，你到深圳来干什么？"

"旅游。"

"旅游？净说好听的，我看你就是在闲逛。好啦，下次不要再让我们碰见你，你现在可以走了。"

"哦，谢谢。"许晚志喃喃道。他的眼睛似乎还不太适应太阳的光线，他只好侧歪着头。

"下一个，322号——"

许晚志穿过嘈杂的人群，掸了一掸衣服和裤子上的灰尘。他重新看了一眼身后的收容站管理员们，他们有的在忙着撕票据，有的在忙着盖章，有的在提着对讲机巡视。那黑暗的房间，冰冷的水泥床，泔水里的剩饭，仿佛一幅褪色的相片，正在离他的感觉远去。他舔了一下干裂的嘴唇，重新迈动脚步。

"哥们儿，哥们儿——哎，朋友！"一个低沉而急促的声音在身边响起。许晚志循声望去，约五六步外的一扇带铁栏杆的窗户里，一个和他年龄相仿的小伙子正冲他招手。

许晚志迟疑了一下，走了过去。

"哥们儿，好哥们儿，求你了！我知道你没事了，你自由了。你现在有钱吗？"

除了银行卡内的一点钱不在身上之外，许晚志兜里的钱早已在进收容站当天被管理员罚没了。他现在一分钱也没有。

"哥们儿，求你了，你过两天给我送五百块钱来，帮我把管理费交上去，这样，他们才会放我出去。这钱算我借你的，出去后我一定还你，好吗？"

这个人剃着小平头，颧骨很高，皮肤粗粝，眼神机灵，他在说话的时候经常飞速地瞥一眼旁边。许晚志不知说什么好。这个地方，他一辈子不想再来第二次，再说，他不知道他以后的时间是否多的是。

"哥们儿，我一看你就知道是好人。我也是，我是喝多了酒躺在公园里被他们抓来的，你帮帮我！"

许晚志想了一下，只好点点头。

管理员从远处走过来，许晚志扭开身子。那个求他的人马上说道："我已经求过三个人了，他们一个都没回来。再过不到一周我就要被转到博罗县的收容站了，那样我就完了！——我相信你！"

许晚志用袖子擦了一下脖颈后的汗。他离开了。

"记住——，我叫梁原，山西人！"

两个小时后，许晚志拦了一辆驶往深圳的货车。下车后，他来到一家工商银行。他从自动柜员机里取了两千块钱，然后打车来到了位于南山区的一家机械设备生产厂。在大门口，一个穿灰蓝色制服的保安拦住了他。

"拜托，我想打听一个叫苏米的女工。"许晚志的神情露出些许犹疑。

保安站在滑动式栅栏门里，瞅都不瞅他一眼。

许晚志只好递上五十元钱："拜托，我从家乡来，她是我妻子。"

保安接过钱，回到岗亭里，向里边要了一个内线电话。

过了五分钟，一个走路说不好是袅娜还是歪扭的女工，从工厂车间走出来。不待走近，保安就冲她喊道："阿开，你跟这个人说话，他找什么……苏米。"

阿开走过来，看了许晚志一眼，说："苏米早就不在工厂了。"

"那她在哪里呢？"许晚志问。

"她开始和我们一起做工，后来干得好，调到办公室里……再后来，她离开了。连我们都很想她。你是她什么人啊？"

许晚志并未回答，他接着问："你知道她到哪里了么？"

"不知道啊。她不是回老家了吧？我们都觉得她做不长久。"阿开好像很困的样子，那实在是做工累的。

许晚志不言语了。苏米没有离开深圳，她最后给他写的信还盖着深圳的邮戳，他只是不知道她在深圳哪一个地方。

"别的人还知不知道她呢？"

"不知道。我们大家都不知道了。"

停了一下，许晚志又问："有一个人叫容小兰，你们听说过吗？"

"不认识。我们从没听苏米讲起过。"

"那好，"许晚志落寞地说，"谢谢你。"

整个下午，许晚志游荡在街上。他的目光像一条在水中不停寻找食物的鱼，四处游动。迎面而来或是店铺里的每一个年轻女子的身影，他都不落空地看一眼。他现在仍记得苏米两年前离家时穿的那身衣服，他开始只凭这个来辨识，就像在一堆眼花缭乱的塑料当中仍能靠磁铁吸住铁屑一样，但后来他放弃了。深圳街头的年轻女子太多太多了，倒不是这些女子会穿着跟苏米一样的衣服，而是他不相信苏米还穿着两年前的衣服混迹其中，看来年龄和性别才是她们共有的特征。他三天前曾按址找到嘉宾路的裕润中药材商行，那里已经改为一家洗头房，也就是在那里睃巡的时候，他被路过的治安队员抓了起来。他没有暂住证。他不知道拥有一张暂住证从某种意义上对他意味着什么，那不是一种相对可靠的保证而恰恰是一种离散，他的家不在这里！

夜晚，他回到了寄居的那家小旅馆。旅馆老板打着饱嗝替他打开了房门。这是一家据说宿费低得不能再低的简易民宅，被后期改建成二层楼，巷子周围高高低低的全是密集的同类建筑。像这样的地方，外人称其为"城中村"。深圳有无数的原住民每天即便不做什么，也可以靠出租房屋来过一辈子。这个旅馆老板五十多岁，头发花白。他问许晚志："怎么样？"

许晚志摇了摇头。

"喝一杯？"

"不了，我在外面吃过了。"

老板看一眼墙上的钟，十点差一刻。他忍不住对许晚志说："这个时间，正应该是上街找人的时间。"

许晚志思度了一下老板说话的含义，"不，"他说，"她不会那样。"

老板呵呵地笑起来。他自负地摇摇头，"我见得太多了，年轻人。你知道全国各地每年到深圳寻找老婆的有多少人？成千上万。你想想，凡是需要被找的女人们能在哪里？不是站在大街上，就是躲在屋子里。"

许晚志沉默地咬了一下嘴唇。

"深圳当地那些结了婚的女人，呃，包括我老婆，她们几乎要组成联合阵线了。她们要是当选为人大代表，就会顺利促成一部法规产生：《禁止三十岁以下外来女人入境法》。"

许晚志疲惫地和衣躺到了床上。老板同情地看了许晚志一眼。他给他的暖瓶重新换上开水，熄了灯，然后出去了。

许晚志睡不着。他猛然有一种想家的感觉，那么强烈。继而他知道他错了，家乡除了已离异的父母，再就有妹妹许欣欣，而妹妹和妹夫一天到晚是经常吵嘴的。如果说家的概念是由夫妻组成，那么苏米在深圳，他的家也应该在深圳，可他为什么此时却睡在旅馆里？原来他是一个无家可归的人了。自从苏米中断音讯之后，他在家里，夜晚常被梦魇缠绕。他常被一个声音呼醒，那是苏米的，她向他求救，让他快来身边解救她。他开始一直相信苏米是病了，无人照顾，只是病情太久了，让他产生怀疑。后来他担心她会死于意外，就像大学时他经历的认为苏米会因为一场流感病毒性肺炎死去一样，但是，"老山羊"和苏米原单位的一位同事打消了他的忧虑：她不久前还去信跟他们说，借他们的那些钱，她过一些时日会还。啊，原来她还向他们借过钱，这总不会瞒着他去治什么病吧。"老山羊"抱怨说，她好像借钱要干一点什么事情，但肯定跟像他一辈子种庄稼的事情无关。"老山羊"对女儿借走的那两万四千块钱倒没什么意见，他的疑虑几乎跟女婿如出一辙：她后面的来信上，为什么连地址都没署呢？

"凡是需要被找的女人们能在哪里？不是站在大街上，就是躲在屋子里"，旅馆老板的话萦绕在许晚志耳边，它代替了苏米的呼救声，让许晚志在极度疲乏中昏沉地睡了过去。

第二天，许晚志找遍了和平路、建设路、人民南路。

第三天，他找遍了春风路、湖贝路、翠园街。

第四天，他又找遍了文化公园、晒布路、文锦路。他几乎找遍了整个罗湖区。他的两条腿已经肿了起来。

第五天他将要出门的时候，旅馆老板看了他一眼："还要出去？"

"是的。"

"这个，"老板停了一下说，"你预存的房费已经没了。"

"还要续交是吧？"

"你看着办。"

"交多少呢？"

"还是五百元吧。"

五百元。许晚志想起了什么："今天是多少号？"

"16 号。"

"糟糕。"许晚志叫了一声。


梁原和许晚志坐在拥挤的公共汽车上，他一直兴奋地和许晚志交谈着。车窗外是连绵的工厂，密集的工人宿舍楼，偶尔有几棵高大的木棉树划过去。

"老兄，你可真能沉住气，再晚来一天，我就真的去扛木头啦！"

许晚志沉默地笑着。

"他妈的，我快有一个月没碰到妞啦……噢，你比我还久，照你说的。"

许晚志打开车窗，掏出一根香烟，尽情地吸着。

"我真得好好谢谢你。"

风把许晚志的头发吹得很乱。短短的时间，他的脸庞已经被南方的阳光晒黑了。

"叫我说，你该先找一个工作再说。"

"我不想在这里生活。"

"不，你现在就在生活，生活到处都在。你有一个工作，你才能跟这狗娘养的世界发生联系，这有助于你找你的那位……苏米。"

几个小时后，他们来到一家出租车公司大门口。梁原让许晚志在路边等他一会儿，他一溜小跑钻了进去。

足足有半个钟头，不见梁原踪影。许晚志只好又掏出一根烟来吸，他刚点着打火机，一辆淡蓝色出租车在他面前使劲地叫着喇叭。

他看了一眼，竟然是梁原坐在驾驶员的位置上。"老兄！"他换了一套干净的衣服，牛仔裤，花衬衫，格子西服。许晚志觉得他上身看起来不对劲，但梁原已经替他推开了车门："上车。"

出租车行驶在宽阔笔直的红岭路上，许晚志觉得全身自由了许多。他问："这是怎么回事？"

"我的工作。"

"这么快就找了一个工作？"

"哪里，我只是找回我弄丢的工作。"

许晚志不作声了。梁原打开车内的音响，一阵音质极差的音乐声传了出来。一个叫作"拉丁每周"的摇滚队的合唱歌曲嘶哑地唱道：

在天的那边有一片云

有一片云在天的那边

有一片云

在天的那边有一片云

我的生活单调得令人厌倦

但我永远不会忘记这件事情

我不会忘记在天的那边

有一片云

有一片云在天的那边

在天的那边有一片云……

出租车开到一幢大楼下面慢慢停下来。街上人来人往。梁原从头上的后视镜上面摘下一副墨镜，戴在脸上，扭头对许晚志说："下去。"

许晚志走下出租车，问："怎么回事儿？"

梁原踏动了油门，出租车慢慢甩开许晚志："老兄，这里是笋岗的深圳人才大市场，你总不能做个饿死鬼，进去碰碰运气吧！"

许晚志怔怔地站在那里。不过，出租车又很快亮起尾灯，倒了回来。"老兄，把这个带上。"梁原从车窗伸出了一只手。

许晚志接过，是一只半旧的手机。

"只能委屈你了，让你这样的帅哥拿这么破的手机，不过我可不想找不到你。再见！"

出租车箭一样冲了出去。

三天后的一个傍晚，许晚志用那只手机给梁原打了一个电话，电话马上接通了。"喂？"

"看来我的命也不赖。"许晚志说。

"什么工作？"

"跟你一样，干我的老本行。"

"哦？教师？哪家学校？"

"不，是家庭教师。"

十七

这一阵子，苏米跟龙乔生几乎游遍了香港和澳门。对于龙乔生来说，拿出一周或两周的时间，只不过是他从多年来繁忙事务中拨冗的一次休息和度假，可对于苏米来说，这却是一种新奇和陌生的游历。旅游似乎具有这样一种特点和妙处，那就是让人暂时忘却时间，仿佛空间的转换可以脱离时间的羁绊而另行存在一样。对于人的心灵呢？未尝不是这样。苏米觉得，他跟龙乔生在一起的日子，并不会耽延日后跟许晚志聚合的时间，她的这一段生活，也不会影响回到许晚志身边的生活。这如同一些珍宝被暂时封存起来，放到银行保密柜里，它自不会丢失，它的主人也不必时时牵挂，待到需要的时候再重新取用，于情于理并无不可。

她在行前已偷偷给许晚志发走一封信，落款处照旧未署地址。她在信中语言得体而详略得当地叙说了近况，那无疑是一切都好，让他全然放心；唯一让她苦恼的是，她和容小兰现在为商业计南征北战，居无定所，无法也无暇经常与他联络，好在经济的利益还是非常可观。一俟半年之后，她即辞商回家。

苏米当然不可能知道许晚志已无法收到这封信。事实上，这封信还走在半途，苏米已与龙乔生下榻在香港佐敦道的圣地牙哥酒店了。圣地牙哥酒店很著名，但苏米没想到它的大堂那么逼仄，更没想到进了房间后，房间会是那么狭小。本来苏米觉得两人同居一室已令她尴尬了，进了房间一看，龙乔生订的原来不是普通双人间，而是豪华双人间，屋子里只有一张大床。

那一夜，房间临窗下面的吴松街灯火通明，彻夜不息，对街的楼宇陡然峭立，月光泻照，但是拉上窗帘后，谁也不知道这个房间发生了什么。苏米感觉龙乔生像一个不知餍足的孩子，整个床上成了他贪玩的游戏场。当然，有时候也在床下，甚至卫生间。后半夜两点，苏米实在太困倦了，她说："拜托，哪怕只让我睡一会儿。"她果然睡着了，并且，龙乔生果然只让她睡了一会儿，苏米醒来看表，竟然只睡了有十几分钟！第二天早晨，苏米进卫生间洗脸的时候，她刻意对着镜子端详一下自己的容颜。她很美。她比龙乔生还要大三岁，但是他们一夜的欢腾使她证明了，她的美让她的年龄更具有狡辩力。

第二天他们去逛了浅水湾和海洋公园。海洋公园里面人山人海，到处都是好玩的去处。只不过在依山而建的每一处游乐设施门前，都排满了长长的游客队伍，简直不容他们插脚。这个时候，龙乔生无奈之下，他的冒险家的气质使他说出了这样的话："我们不去玩那些平常的游乐设施了，找一个带有难度和刺激性的。"苏米问："你知道哪一种才是呢？"龙乔生骋望了一下四周，说："我估量一般人的心理，难度的大小和旅客的多少成正比，难度和危险性越大的去玩的人就会越少，越简单和平常的才会聚起那么多人，包括妇女和小孩子。走，我们到那边看去。"

那边果然有一处高大的设施，下面游客很少，而且大都怀着一副惴惴的神情在仰望。苏米看它的标识，叫作"极速之旅"，那就是一幢高达几十米的铁架，将人固定在升降机四周坐好，然后电动升上高空，再突然松动让它掉下来，在将要坠地的一瞬，又让它稳稳地回弹一下，让人体验的是高空坠落的极速感和惊险感。

苏米陪龙乔生坐上去的那刻，她还没有明显不适。可当安全员将她固定好，升降机缓缓升到高空的时候，她突然害怕了。俯视渺远的大地，她冷丁担心安全员没有将她固定好，或担心高高的铁架会訇然断裂……升降机在高空停了，做欲坠的最后准备。苏米大声地喊着："不行，不行！"她扭头去看旁边的龙乔生，没想到他比她还不堪承受，他的眼睛闭得死死的，脸色灰白，不过他还是大声安慰苏米："没事的，苏！别怕，别怕！"升降机猝然坠落，苏米只感觉耳边风声呼呼，她像从机舱里掉下一样，大地和森林急速向她扑来，这是她从来没有过的感受，血液、心脏和神经的抽搐像是做爱的高潮来临，甚至比那剧烈十几倍……但最后终于结束了。

从升降机走下来重新回到地面，苏米从头到脚大汗淋漓，她有一些不好意思。她牵着龙乔生的手，感觉像是刚刚同他做完爱，或简直更像是，与他一起共患难一场。共患难……这是多么特殊的感受，多么难忘的感受啊。

将近傍晚，两个人逛了一下中环的皇后大道以及其他几个地方。在JS珠宝店，龙乔生为苏米买了一只白金色的钻石戒指戴在手上。苏米第一次佩戴戒指，她在那一刻想到了许晚志。不过她又想，这种情境下拒绝龙乔生的礼物，等于违拂人家的好意，她暂且戴着，待半年后再还给他吧。

晚饭他们是在歌赋街的九记牛腩吃的，这里离皇后大道不远，从楼梯街穿过就是。它的著名在香港数一数二，连梁朝伟、刘嘉玲、关之琳等演艺明星都经常光顾。苏米发现龙乔生的吃相很优雅，完全不像是从社会底层打拼上来的人所具有的教养。并且他看似一掷千金，竟也有俭朴的一面，而那俭朴完全是自然地照应了他心灵中不易发现的品性。他给苏米叫了一杯高级饮料，可自己动作不凡地享受着白开水。他不吸烟，也几乎没有酗酒的嗜好，从食肆吃完饭出来，他让苏米不要走在靠大路的外侧，而走在自己的内侧，防止车辆碰到她。一个迎面的乞讨少年向他伸出手，他几乎是怀着温情从怀里掏出一张五十元的港币，郑重地递给了他。

他们在香港一共逗留了五天。之后他们由港澳客轮码头乘船去了澳门。在妈祖庙，在主教山，在澳门夜晚的街头，在那些荷兰人开的异域风情小酒馆里，龙乔生给她讲了许多他所了解的当地风物和人情。一切人类的习俗和行为，原来都是受他们所居住的环境影响的，有的是由于地理位置，有的是由于宗教，有的是由于气候。比如乡村，由于土地广褒，人们分散而居，就格外渴望交流和相互帮助，这会导致亲情浓烈，不容易彼此割舍。在城市，龙乔生说，土地太少，人太多，为了生存和竞争，各种服务行业纷纷兴起，社会分工越来越细，一个单身男人不必依赖家庭主妇——各种饭店和快餐取代后者的厨艺；一个独身女人不必依靠丈夫出力——哪怕叫一桶纯净水也有搬运工代劳，等等。它们使城市的人际关系淡化，哪怕是朋友之间。龙乔生还说，甚至气候也影响一个人的行为和思想，总的来说，南方人的情欲要比北方人来得多而密集，这在某种程度上跟天气炎热有关，因为人们穿得少而暴露，这是很容易在人的生理上引发情欲的，而情欲开放会导致思想的活跃和无拘，这也直接促进了社会生产关系的发展。所谓南方的经济发展水平高，恐怕跟人们的思想和行为变得出格和前卫不无关系吧？

龙乔生去服务台结账的时候，苏米一个人站在门外，她望着远处的灯火，望着漆黑的海岸线，望着宇宙之外看不见的地方，她感觉到世界是多么无尽和广大。一切人类的物质和文化的总和，都是斑斓万象和层出不穷的，就人性的本质来说，没有哪一种行为是绝对的对或错，一切都是为人性的丰富发展而存在的。世界终要毁灭，而人只有一生。苏米记得家乡的老辈人经常说的一句话："上什么山唱什么歌，走什么路穿什么鞋"，世界上哪有一成不变的东西——包括人的观念——呢？

在参观澳门著名的大三八牌坊时，苏米很自然地产生跟宗教有关的联想。圣保禄教堂的前壁，最高处是一个清晰的十字架，下面的耶稣圣婴像显得那么沉重。苏米刚刚为自己和龙乔生的行为感到内疚，但她马上又想，基督教既然允许人们忏悔，那就说明它是允许人犯错的，换句话说，一个人犯了错将来再去忏悔一下就可以了，没什么大不了的。再说，她确实是被命运和环境牵绊得无奈才这样的，而不是故意要跟良心过不去。这样，上帝实在要有什么想法就先让它有去吧！

苏米辞掉了龙乔生为她在家中雇佣的保姆。倒不是说她天生就热衷做家务活，她是不愿意让外人把她经常看在眼里，尤其是一个保姆的眼光——她喜欢静静地一个人待着。这间宽大的房屋，现在只弥漫着她个人的气息，龙乔生的气息是那么淡——并且只有他回来时才有。他最近正在从事房地产前期开发，业务实在太忙了。

躺在宽大舒适的沙发上，阳光将上面的布面照得很暖。沙发旁边的茶几上摊放着一本关于建筑学方面的书，苏米刚刚看到建筑大师勒·柯布西埃说的这样一句话："只有在光线的照射下，建筑才能产生生命。"虽然勒·柯布西埃很可能指的是灯光的造型，但在苏米看来，把它指为阳光更恰当。她喜欢阳光。房间里那缅甸的柚木地板，那榉木和紫罗红理石配成的电视背景墙，那枝形的吊灯，那摇曳的窗帘，甚至那客厅水晶桌上摆放的台湾火龙果、美国蛇果、甜竹笋等等，也都因阳光的照射才有了生命。在深圳市摩天接顶的水泥丛林中能够安坐家中便享受到如此自然的阳光，实在来说也不算一件易事。

苏米几乎从来不看电视，她仍喜欢读书。龙乔生的居所离市立图书馆很近，几乎下了楼就是，她偶尔去借一两本书回来阅读。实在无聊的时候，她也做做家务，龙乔生的厨房十分阔大，她实在想不清楚龙乔生一个人过，怎么会使用那么奢侈的厨房。那间厨房采取开放式构造，却又增加了配炒菜间，也就是大厨房里套了小房子，卫生而又现代。苏米经常让自己在里边忙活半天，龙乔生傍晚回来的时候，她为他准备好餐具，他只需享用就是了。他发自内心地赞扬苏米的烹调技艺，那带有北方菜的口味。当然更多的时候，龙乔生还是劝她："饭菜不必弄得太麻烦，我们到下面吃一点快餐就行。"他是一个并不讲究铺张的人，同时，苏米也明白，这是他担心她受累，对她表示温情的一种关心。

苏米还经常手持抹布亲自擦拭房间里的地板、家具、器皿等等。她觉得这个时候时间过得最快。但她不知道，她每天仔细而不厌其烦地重复上述劳动时，也无意中赋予了这些劳动对象以感情。因为房间里的每一处物体和角落无不被她的目光停留，无不被她的双手触摸。甚至这种感情也会转移到龙乔生的身上。他穿过的衣服，由她给他熨好，挂在衣橱里。他放在写字台上的手表或是钢笔，包括未读完的报纸，她擦完写字台后仍旧原样放好，绝不改变丝毫位置。她感觉龙乔生以他的年龄，在人生阅历和识见上比她复杂、深刻而灵活得多固然让她吃惊，但是他的某些禀性，也还有孩子气的成分在里面，她不知道这是不是因为她比他大一些的缘故。

他非常喜欢同她做爱——在苏米看来，这虽然只不过是他对她表示爱的感情的一部分，但也却是他不可缺少的一部分。她有时候阻止他，当然那得看他坚持和固执的程度，在这方面，她是无话可说的。他偶尔也会顺从她，或提出折中的方式，比如以捉迷藏的游戏行为来决定结局。他把自己用头巾裹住眼睛，苏米光着脚丫在客厅里躲，他在有限的时间里如没捉到她，事情就和解了；如果捉到了她，他就把她抱到床上，轻轻地爱抚她，完成游戏之前的诺言。

他俩有时候也共同出去，吃饭，看音乐会，打保龄球。苏米发现龙乔生的朋友其实很少，有限的几个也都是生意上的朋友，抛却商业利益的精神上的朋友几乎没有。他在深圳也没有一个亲戚，用他的话说，何止深圳，普天之下也没有亲戚。他从小就是孤儿，与外地的叔叔婶婶也早已断绝了关系，真正可谓独来独往天马行空一个人。这种干净利落的社会关系使他有时候未免显得沉默寡言。他几乎从不谈家事，他也没有什么家事可谈。而对苏米呢？起码暂时来看还是一个例外。

这样大约过了一个多月的样子，有一天下班，龙乔生忧心忡忡地对苏米说："我想跟你商量一件事。"

"什么事呢？"苏米问。

原来前一阵子龙乔生在房产上的投资比较大。他看中了一块地盘，在深圳市内繁华路段的锦明高中附近。锦明高中是深圳一所极有名气的私立学校，据说清华大学正积极磋商在他们那里设立附属高中和联合办学问题。它的名气让深圳市内乃至周边县区无数家长和学生们趋之若鹜，但更多的人苦于路途遥远，求学不便。在它旁边开发住宅楼，对社会来说是一大喜讯，对龙乔生来说更是一本万利。除了证券场上的一些股票，龙乔生几乎把个人所有的资金都先后投入进去了，同时在银行贷款一千多万。即便这样，随着工程的进展，资金缺口还是很大。好在外面有两个朋友，因为生意上的来往分别欠着他八十万和五十万，已经有两年多了，连欠条都不知重新开了多少回。龙乔生这一阵子加紧催要，可恼对方同时迟迟无应。终于其中欠他五十万的那个朋友万般无奈，提出用楼房抵顶，原来他也是一个开发商，只不过楼房在东莞。近两百平方米的房子，抵价五十万，其实是很便宜了。龙乔生的意思是，反正他还欠着苏米四十万，并且半年后商业上的资金能不能彻底回笼也还难说，那么不妨让苏米将已经得到的十万元拿出来，买下这处楼房，留作自用，这样他和她就算钱情交割、互不相欠了。

"所以，我也还在犹豫。"龙乔生讲完了上面的话，面有难色。

"为什么呢？"

"我本来是不愿意对方用楼房抵顶我的债务，可是错过这个机会的话，那四十万元恐怕就更不知哪一年才能要出来了。"

苏米不知道怎么回答他才好。

"不过实在说，这也解除我一个负担，因为我欠你的那四十万元，我终究是要给你的。但只是不知道你愿不愿意用它买下那个房子。"

"你觉得那个房子怎样呢？"

"当然不错。你买下它，总比钱放在银行里增值得快。半年后你继续住就住它，想离开就卖掉，我想那时至少会多赚四五万元。这期间你可以两处房子随便住，深圳和东莞距离那么近，我们又有车。"

"房子买下归谁呢？"

"当然归你啊。买下后我陪你去办房照，上面的名头独独写你自己的名字。"

"那就这样吧。"苏米说。

"但是——"龙乔生又犹豫起来，"细说起来，这等于是我把四十万元提前给了你。"

苏米没明白龙乔生是什么意思。

"实在说，苏，万一你事后不承认怎么办？"

"我把房照办好后交你保存。"苏米不假思索地说。

"这样最好的。"龙乔生的想法看来正是如此。

"可是，"苏米又说，"你必须给我打一张收据，说明房照在你手里。"

"这样才公平。"龙乔生说。

事情就这么定了。

此后，苏米和龙乔生经常出双入对，频繁穿梭于深圳和东莞之间。龙乔生没想到苏米是这么一个通达随和且善解人意的女性，这使他越发爱恋她。而苏米呢，时常要对眼前体面和舒适的生活产生感慨。她想：我不是不愿在雨天的泥泞路上行走，不是不愿做车间工人，不是不愿过没有洗澡间的艰苦的生活，我只是难以接受这些事情所说明的意义。我不能容忍自由和幸福感觉的丧失。

## 十八

许晚志没有想到深圳市公共事务协调委员会主席的家中是如些俭朴。虽说这是一幢二层小楼，但是本地许多普通原住民所居的房屋大都如此，甚至它比它们更显得门楣简陋，墙体斑驳。加上它置身于一个偏僻弄堂里的陈旧社区之中，更沾染了平易的烟火之气。

在应聘家庭教师面见的时候，许晚志看到对方是一位五十多岁的高大男人。他面色显得有与实际年龄不太相符的苍老，穿着一套深灰色的西装，那面料一眼看去是至少有百分之八十化纤混纺的，也就是说不值多少钱。但是他举止沉稳，目光慈祥，椭圆的下巴显出他内在的一种风范。

他仔细地翻阅了许晚志带来的身份证、学历证明、工作业绩简历，这些都是没问题的。连续三年的高中物理骨干教师，所带班级每年都有清华、北大的录取生。更主要的，对方喜欢他是外地老师，而且一看就为人正直。

在对方满意地将资料还给许晚志的时候，本着来而不往非礼也的古训，许晚志也向对方要了一下证明。

对方迟疑了一下，但他还是利落地把工作证从口袋里掏给他。许晚志看了一眼：深圳市公共事务协调委员会。他听说过这个部门，出租车的新闻里经常提到它，给许晚志的印象，这不是一个实权部门，但也决不是一个形同虚设的所在，它大概就是负责政府各部门之间业务协调关系的，但不具有直接管辖权。他看了上面的职务一栏：主席。姓名栏：寒霄趁。

但是许晚志没料到寒主席家的千金却是一个脾气很大的人。她十八岁，正读高三，因为患一种间质性肺病，不得不暂时养病在家。这是他的物理学科辅导对象，他给她上第一课的时候，她却给了他极不尊重的言辞：

"你来干什么？"

"阿姝，"正在厨房洗碗的保姆说道，"这是你的老师！"

保姆是一个皮肤黝黑的快六十岁的女人，她的声音含着一种细腻的糖音。

"他和你一样，是被雇佣的人！"

如果不是许晚志耳边反复响着梁原的奚落："老兄，你不能在深圳坐吃山空或成为饿死鬼"，他是真想转身离去的。

"把你的物理习题拿给我看一下吧。"许晚志说。

"你的话我听不懂。"他的学生说。

许晚志只好又重复了一遍。

"我只听得懂粤语。"

许晚志哑口无言。

"那么，"他的学生用不无嘲讽的眼神看着他，"Can you say it in English？"（你能用英语说吗？）

"寒小姝，"许晚志想了一下，只好说，"我们今天是讲物理的事情，你知道人的发音是一种什么现象吗？"

"气流力学现象。"

"很对。那么你能说出牛顿第一定律是什么吗？"

"哼哼，"寒小姝不屑地说，"是力学定律。"

"没错。力学定律又称惯性定律，人的发音属于力学现象，我习惯讲普通话，所以我的发音符合基本的物理定律。"

寒小姝看了他一眼，不作声了。

一个下午，许晚志差不多整整给她讲了两个小时的课程。她的天资很好，记忆力也扎实，但还是存在不少问题，可能是课程落得太多的缘故。按照约定，许晚志每周上门辅导三次，分别是周一、三、五的下午。每次一百块钱，这样算下来，他每月有一千二百块进项。这很不错了。

临要告辞的时候，寒小妹的脾气又发作起来。"每天不让我出去运动，不让我上学，难道连电视也不让我看么？阿婆，电视到底什么时候才能修好？"

"啊，"保姆从她的卧室走出来，"我记得寒主席给人家打过电话的，暂时没有结果。你知道，他每天太忙了啊。"

"我都好长时间没看到凤凰卫视了。"寒小妹嘀咕着。

"凤凰卫视？"许晚志问，"你的卫星接收器在哪里？"

"在楼顶的平台上。"保姆向许晚志笑着说。

许晚志来到楼顶。他查看了一下，怀疑是上面的极轴天线歪了，这使它与地球极轴不相平行，所以接收信号不良。他让寒小妹找来工具，自己费了好大力气将极轴天线向北靠近。

"这是什么原理呢？"寒小妹好奇地问。

"极轴天线在赤道平面上的扫描轨迹，现在跟同步卫星轨道是不同心的圆，为了让它们重合，就要加大校准量。"

寒小妹半信半疑地看他修理。

"现在好了。它跟地面形成的夹角度数，一定等于天线所在地——也就是深圳所处的地球上的纬度。"

回到客厅重新启动电视，凤凰卫视的节目果然清晰地出现了。

寒小妹满脸笑容，但那是对着电视屏幕。她并没有对许晚志哪怕说一声"谢谢"。

从寒小妹家里出来，许晚志不知道该到哪里去，也就是说，他不知道该到哪里去找苏米。在这个拥有近千万人口的城市里，人与人即便近如比邻，也等于遥若天涯。

他接到梁原给他打来的电话。"喂？"他说。

"有进展没有？"

"没有。"

"老兄，这样不行。你至少应该在报纸上登一个寻人启事什么的。"

许晚志笑了一下。

"晚上我请你吃饭。在亚洲酒楼怎么样？"梁原说话像爆豆一般。

"我说，你别整大饭店，我吃不消。"

"不大。名号大，店面小。说定了，在桂圆北路附近。"

晚上，许晚志和梁原坐在一起。这个饭店还是大了一点儿，分上下两层，全敞开式。他们两人坐在二楼围栏边的圆桌旁，点了四个菜，全部是许晚志爱吃的北方菜。许晚志不知道这正是一家北方菜馆。

"老兄，佩雷拉要重返阿联酋了，要有好戏看。"

许晚志已经好久不关心足球了。苏米在家时，甚至以前，他一直是足球的铁杆球迷。

"佩雷拉这小子 1984 年和 1987 年担任过阿联酋队主教练，可不知怎么后来跑到巴西队了。这次据说请他回来备战 2002 年世界杯亚洲预选赛。"

1984 年？1987 年？许晚志想，1984 年自己在做什么？读初三，在那两年之前，他在姥姥家的农村第一次见到少年的苏米。1987 年？他读高三了，正一心一意复习考大学，可是那一年他和苏米在胡同里重逢，她被他撞掉了一只鞋子。2002 年？这太遥远了，他不想若干年之后的事。

"再跟你说个小道消息，绝密，是我费了三天三夜才从外电那里打捞到的。很可能在明年，中国足协准备请南斯拉夫名帅米卢执掌国家队主教练哪！"

许晚志看了梁原一眼，低头吃菜。

"你呀，彻底堕落了，人说男人老没老，就看他只顾低头吃饭还是抬头看女服务员。改天我给你找个小妞玩一玩。"

"谢谢好意。"许晚志说，他喝了一口饮料。

"这是生活！老兄！生活无处不在，生活不是为将来某一天在准备着，现在就是生活！你想想，你十年找不见苏米，难道你十年不亲近女人？"

许晚志懒得理他的样子。

"再说，十年后找见苏米，你心爱的人儿已经老了。"

"我不是为这个来找她。"

"当然，当然，老兄，我是说当然。可是十年后你也快老了，你全身动不了，只能晃晃眼神啦！"

许晚志果真晃了晃眼神，他四处打量了一下周围环境。

"深圳到处都是美女，甚至大街上全是，甚至天上也是。"

"怎么讲？"

"所有高楼上的广告牌，你看全是。我昨天开出租车三次穿过爱国路，遇见四起撞车事故，你猜怎么了？金通大厦上新贴了一幅巨大的彩色广告，关于丰乳的，广告词是：做女人'挺'好。上面一个漂亮女子细腰挺乳，冲每一个路过的司机看。你想想，惨了。不过我没看，嘿嘿我是从后视镜里看的。"

许晚志不由被他逗笑了。

"天下之大——"

"梁原！"许晚志猛地喝住他，"快！"

"怎么了？"

梁原顺着许晚志的目光看去，在饭店一楼的大厅里，一个穿低胸服的年轻女人和一个差不多年龄的戴眼镜的男人吃完饭，正向门外走去。

"那是苏米！"许晚志失声叫道。他一个箭步冲向楼梯那里。

梁原紧随其后站了起来。

"先生请您先结账。"一位礼仪小姐在楼梯口的收银台拦住了许晚志。

"别别，我来我来。"梁原急忙从兜里掏出几张纸币。

许晚志追到门外的时候，那两个人刚刚坐进一辆黑色的凌志轿车驶进夜幕。

终于梁原气喘吁吁跑了下来，两人急忙钻进梁原的出租车里，打着火向前方追去。

路上的汽车正是拥堵的时候，凌志车驶到红桂路与宝安南路的交叉口，向左转去。梁原的出租车追到那里，岗亭变为红灯，他只好踩了一脚刹车。

"别停！"许晚志大声叫道。

"老兄，过不去。"

好容易挨过 48 秒，几乎在变灯的同时，出租车像巡洋导弹一样射了出去。

驶到振业大厦路口，又是红灯，许晚志几乎是拍着方向盘："给我闯过去！"

出租车一路鸣笛冲了过去。

"下一个路口，又是红灯，怎么办老兄？"

许晚志踢了他一脚。

"老兄，这里全是电子监控。我今晚赔大了，请你吃饭不说，明天再去交罚款。连闯三个红灯，我就该进牢房了！"

他们追到蔡屋围路口的时候，凌志车已不见了踪影。

这是一间装修色调非常冷峻的办公室。

到处都是铁漆皮柜子，格外配着密码锁。墙角的一条桌子，一连放着三台不同型号的电脑终端机，还有其他一些叫不出名字的精密设备。它的边上，唯一一只镶嵌玻璃的实木柜子，里面整齐地码放了上百本厚厚的卷宗。趁着工作人员去套间里请他们老板的间隙，许晚志坐在沙发上打量墙上一眼，那里写着：提供商业调查、婚姻调查、事故调查。另一行小字写着：全天 24 小时服务，偷听、偷拍、跟踪、寻人、查址、出庭作证、保险索赔、对策咨询。敞着的房门上钉有一块金属标牌：深圳市派鹰私人调查事务所。

"就是这个人，"刚才进去的那个瘦瘦的工作人员对他的老板说，"他想寻人，可又不提供任何线索。"

"不是。我也一无所知，除了这个。"许晚志递过一张苏米的照片。

老板坐在办公桌前打量着照片。他四十七八岁，矮墩墩的身材，肚皮挺着，头发稀疏，有几绺弯曲着翘到耳廓边，显出目光有几分滑稽的和蔼。如果不是事先听说他二十年前在对越战争中当过侦察连长，光看这副模样，许晚志是很难信任他的。

"她叫什么名字？"老板问。

"苏米。"

"多大？"

"1970 年 8 月 6 日生。"

"她什么时候来的深圳？"

"两年了，两年多。"

"你，"老板点着一根烟，"还能提供一点什么？"

"大约一周前，在桂圆北路的亚洲酒楼，她和一个戴眼镜的男人吃完饭后同乘一辆车离开。"

"车牌号是多少？"旁边那个瘦瘦的工作人员插嘴问。他倒是衣着笔挺。

"没看清。"

"你想调查什么？"老板问，吹了一口掉在肚子上的烟灰。

"她在哪里？那个男人是谁？他们做什么？我都想知道。"

"你是想按事件交费，还是按小时交费？"

"怎么讲？"

"按小时收费的话，每小时一百元；按事件收费的话，每件事八百元，以此累加。比如，除了你说的那些，如果你还想知道，她每周打几次麻将，去参加什么样的酒会，用什么样的化妆品牌子甚至……一切的一切。"

"这样，先弄清她在哪里，这个按事件收费。以后的事，按小时收费。"许晚志说。

"你真聪明啊。"老板从办公桌那边冲他笑了一下，"我们现在赚顾客的钱越来越难了。不过，事先跟你说好，如果被调查的人不按正常作息时间生活，也就是说她经常在晚上十点以后出现或是凌晨三点左右出现，你要加钱的，因为这个时候会搞得我们很疲劳。"

"我明白。"

"还有，被调查人如果在公检法或其他特殊部门供职，也要加钱。"

"这个为什么？"

"因为这种事情有难度。我们在特殊部门聘有专业人士，他们在业余时间帮我们做一点事，我们总得给他们一些劳务费。"

"那好吧。大约什么时候会有消息？"

"噢——仅靠你提供的这张照片来找一个人，难度不次于在深圳搜捕一个逃犯，而相同的事情在警界至少要动用五十个警力，太难啦！我们试一试，快则十天，慢则一个月，你看怎么样？"

"我看可以。"

"你去填一份调查授权书吧，"老板回头对那个瘦瘦的人说，"瘦猫，这件事交给你了。"

许晚志走后，老板操起电话打给一个人。一个小时后，他又打给另一个人：

"喂——是瞿警官吗？"

"是我。"

"嘿嘿，瞿警官哪，我是丁壮壮。有个事帮我们一下。"

"老丁，"电话里的声音说道，"跟你说过多少次，涉及泄露机密和违犯原则的事，我不会做。"

"我知道，我们也是这样。只是想请你帮我们查清一个人的户籍或暂住证号码，这样会快一些。"

"叫什么名字？"

"苏米。女的，看照片人很漂亮。"丁老板把照片从桌子上拾起来，仿佛通过话筒能让对方看到她一样。

"苏米？"

"呃是的。"

"这个人我见过。"

"真的？太好啦！她在哪里？"

"我不知道，我只是给她留过我的名片。"

"她给你打过电话么？"

"没有。"

"你呢？"

"我也没有。我没有她的电话。"

丁老板沉吟一下："我想，也许她会给你打电话的，到时候你把她手机号码告诉给我们。"

"这事你现在就可以做。"

"当然。可是不行，我刚才通过移动部门的朋友查了，她不在册，她使用的大概是手机预付费卡，不凭身份证上的真实姓名就可以办理。"

"好了老丁，别说了，我马上执行任务。"

电话撂了。

# 十九

完全是因为无聊，星期天，许晚志在深圳市图书馆安静地翻看杂志，他将要下楼的时候，旁边报告厅里的声音吸引了他。这是城市问题系列讲座，免费为各界听众开放，每周一次。许晚志轻轻推门进去，发现里面坐了许多人，有干部、职员、大学生，还有一些明显是进城的务工者。里面的气氛很热烈。在第一排靠窗的听众席上，许晚志发现寒小妹的父亲也坐在那里认真倾听。

正在作讲座的是深圳大学社会学教授栾冰女士。她三十七八岁，戴着一副金丝眼镜，穿着一件薄料女式西装，但是垫肩很宽大，有男性化倾向。她浅棕色的头发弯成大卷自然地垂下，那也许是染的颜色。

"改革开放前的深圳，八万人口有六万是农民，所以不要以为深圳有多么了不起，深圳没有深圳人。深圳全是外来人创造的奇迹……"

几乎所有听众都在鼓掌。

"但是注意，目前，如果政府或开发商以某种适当的价格从农民那里购买他们对土地的权利，那这对农民看起来根本没有什么不公正；不过，对农民来说，土地里面不仅仅蕴藏着单纯的财富价值，而且还有某些别的东西。对他们来说，土地是有益劳动的可能性，是一种精神利益的中心，是一种指明方向的生活内容，一旦农民不是占有土地，而仅仅是占有它的以货币形式折算的价值，他们就失去了这种生活内容。也就是说，农民变卖土地为金钱，虽然得到一种瞬间的自由，却被夺走了他无法用钱支付的东西，这种东西才能给予自由以价值，那就是，个人劳动的固定的客体，或者说是附着物，或者说是对象，或者干脆说就是——根。"

所有人都静静地听着。

"一个不能不面对的现实是，城市的……"

许晚志的手机响了起来。他急忙离开座位，来到走廊的窗边，一个熟悉的声音在他耳边飞出，让他立刻不知身在何处："哥哥！"

"欣欣？"许晚志看见来电显示是本地的固定电话，"你怎么来了？"

"怎么，不让？你不让我也来了，深圳不是你的。哈哈！"

许晚志不知说什么好。以前跟家里通话时，许欣欣一直吵着要来，可是她来能干什么？这个疯丫头。

"妹夫好吗？"

"我们离婚了，刚办完手续。别提他。"

"多多呢？"

"她被交给他抚养了，法院这些人，不知道什么叫近人情。"

许晚志沉默了一会儿。末了他又问："你现在住哪里？"

"这个不用你问，我来已经三天了。哥，你总得帮我找一个工作。"

"工作？"许晚志脱口而出，"连我都没找到什么工作，我的生活不在这里！"

"可我总得讨生活呀。"许欣欣的口气变得沉黯。

"去人才大市场那里看看吧，你就知道该不该来。去吧，我给你一个电话号，他叫梁原，你叫他开车拉你。"

通完电话，许晚志将手机设为振动。他回到原先的座位坐了下去。

"比如，政府铺设新的道路，开通新的公交线路，谁是最大的赢家？是沿途有相邻楼盘的开发商；谁是最大的输家？是拿着纳税人的钱去投资道路建设的政府。因为街道的开通会使开发商的楼盘尤其是门面房的销卖价格成倍地增加，可这些额外的价值对政府来说得不到丝毫回报。所以，政府理应要求开发商分摊建设道路的费用，节省资金用来扶助城市贫困人口……"栾教授讲到这里，目光毫不客气地转向寒主席，"寒主席，这是城市协调发展的一个新课题，深圳走在全国的最前沿，你们要多加以研究呀。"

"呵呵，"寒主席憨厚而尴尬地笑一笑，"这个，不是我的能力能够回答你的，再说现在也不便于回答。不过我敢说，作为改革试验场的深圳，如果丢掉了敢为人先的法宝，坐吃老本，我的预测是终有一天国家会对特区实行'两税合一'政策，那时候特区很可能风光不再。"

"有道理。"栾教授说。许晚志听到听众席四周传来一片低低的议论声。

"所以，对城市贫困人口的救济，从来不是最终目的，它的最终目的是促进和保护社会的正常发展。举例来说，哪怕在家庭内部，也有无数的资助不仅是为了受资助者本身，而是为了让他不给家庭造成损害，不让它仅仅因为一个成员的贫困而丧失家庭的威望……"

许晚志的手机又来电话了。他依依不舍地离开会场，来到门口，站在明亮的门边："喂？"

"许先生吗？"

"对。"

"是我，派鹰事务所的丁壮壮。"

报告厅的声音在走廊里回荡："这种关注也应该涉及城市的妓女那

里，恩格斯曾对德国社会民主党领导人倍倍尔写道，在卖淫现象不能完全消灭以前，我认为我们最首要的义务是使妓女摆脱一切特殊法律的束缚……"

"没有，一直没有进展。公安局那边查了，苏米既没办户口也没办暂住证……"丁老板说。

栾教授的声音在继续："恩格斯还写道，应该完全停止对卖淫进行追究并使她们不受剥削……"

"劳动局、社会保障局反馈的情况也一无所获，苏米既没签定过任何正规的劳动合同，也没有医疗保险，也就是说，我们查不到她的任何蛛丝马迹……"

栾教授声音还在继续："十九世纪的避孕套的发明，是人类文明史上的巨大贡献。它的意义不仅使女性避免了无数的、痛苦的、不必要的怀孕和流产，更使她们第一次从其中解放出来，作为自由的人，像男人一样放松地追求性交的快乐和美好……"

"我们真不知道她在深圳怎么能混下去。许先生，你确定你那天在亚洲酒楼没有认错人吧？"

"绝对没有。"许晚志说。

"那好吧，等我消息，我们再想想办法。"丁老板结束了通话。

报告厅传来一阵潮水般的掌声，接着听众们陆续走出来，本次讲座结束了。许晚志站在门口进退不得，这时，寒主席同栾教授走过来，看见了他，寒主席立刻说："走吧，我们中午一起去吃点饭。"他同时又给栾教授介绍道："这是我女儿的家庭教师，许晚志。"他回过身："这是研究社会学的栾教授。"

"幸会，"许晚志说，"我刚刚听了你的报告，讲得真好，可惜我来晚了。"

"这要感谢寒主席提供的机会啊,讲座是由他们主持的。"

"一起吃点饭吧。"寒主席说。

"不了,我还有事。不过栾教授,"许晚志认真地说,"下次我一定请你吃饭。"

一进房门,许晚志发现寒小妹已经坐在桌子前等待他了。桌子上,在他前几次坐过的正对位置,摆放了一篮新鲜的苹果,上面还留有清洗时未干的水迹,另有一碟菠萝,被精心地切好,走近时散发诱人的清香。那明显是寒小妹为他准备的。许晚志内心第一次升起一阵感动。

寒小妹脸色比前几次更显苍白,缺少红润,那也许是午后的阳光正在强烈照射的缘故。她刚吃完药,每次说话当中,必定连带出几声气促的咳嗽。好在许晚志并不要她说更多的话,他只是讲给她听,并检查她的作业。

"这一个,求安培力的大小时,要注意公式 $F=BIL$ 中的 $B$ 与 $I$ 要垂直;用左手定则判定安培力的方向时,要注意安培力既与导线垂直,又与磁感线垂直……"

寒小妹认真地听着。她的细柔的刘海垂拂在黑黑的眉毛两边,眼睛眨动时,目光青春而明亮。她面部线条娇嫩柔和,衬着精致短小的方领衬衫,即便在静处时也显得那么生动。

"下一道题呢,是这样,带电液滴能在电场、重力场和磁场组成的复合场内做匀速圆周运动,必然满足重力和电场力的合力等于零……"

就这样,许晚志差不多又一口气给她讲了一个多钟头,然后给她布置了几道习题马上做。为了不打扰她,许晚志来到了楼下的院子中,欣赏那些泥土里开得正欢的花卉。保姆弯腰在那里刈除残草,她看见许晚志后慢慢直起腰来。

"这些花真漂亮啊，许多是我们北方见不到的。"许晚志说。

"可不是嘛。"保姆系着围裙，她用手掸掉沾在上面的碎草屑。

"都是你种的么？"

"啊，不是我种的，它们长了好多年了，是女主人种的。"

"对呀，我从来没见到小妹的妈妈。"

"她出国了。"保姆答道。

"那寒主席的家庭真是令人羡慕。"

"谁说不是呢？"保姆看了一眼二楼的窗户，声音略高而缓慢地说，似乎故意讨好上面的小女主人，"寒主席人好，小妹也机灵漂亮，我在他们家都不愿意离开了，他们家多幸福啊。"

"你是哪里人呢？"

"老辈人的口音跟年轻人都不一样了，其实我是寒主席老家的邻居，小妹出生时我还帮着擎了两天奶瓶呢，你看一转眼的工夫。"

"噢。"许晚志点着了一根烟。不提老家也罢，一提到这个，他突然难过起来。他又想起了苏米。昨天，丁老板给他打来电话说，"瘦猫"已经去亚洲酒楼守候三次了，可是苏米再也没有出现。苏米再也没有出现，这似乎比许晚志从没见到苏米更令人不安。

他现在隐隐约约相信发生了一些事情。一个陌生的男人，一个熟悉的女人，他们在一起。这个世界多么简单，简单到永远只是男女两个人之间的事情。然而，它竟具有多么巨大的贮存力和爆发力，可以改变世界的一切。他必须得承认，他一刻都没忘记苏米，不止现在，是包括以前的一切岁月。岁月，许晚志想，他是一个多么有时间观念的人。哪怕新婚燕尔他同苏米倾情缠绵，哪怕他们一回回共赴那种巅峰体验，哪怕他们一直彼此在说"我爱你"直到无话可说的时候，许晚志都能感觉时间在慢慢流逝。这样说，也许正说明了他爱苏米远没有苏米爱他那样纯粹，在苏米那里，她忘情于一切，包括时间，她看重的永远是此时。"此时"，用物理学的说法，它是时间这条无始无终的直线上的任意一个点，它们构成一切。也就是说，永恒不是时间的延续，而是根本就是没有时间，照此理解，在苏米那里，也许根本就没有什么永恒。所以，当许晚志说"我永远爱你"而苏米没有同样回复时，是他在胡说而她却没有。

有时候，许晚志觉得，无论在记忆里，还是现实中，也无论在感情上，还是身体上，他接触苏米，从接触她的那一刻直到他重新认出她是他爱的人，总要经过一个不可逾越的场景，哪怕是在家里，哪怕他们只分开几个小时。他们第一次见面，是在乡村田野的旷地，她才十岁。他们第二次见面，是在县城的胡同里，她十六岁。如果没有这两次见面，他直接见到的是一个长大的工作了的苏米，一个在别的人群里的苏米，一个有着上司或下属或干脆他俩成为了同事的苏米，他还会爱上她吗？他还会在她身上找到他应该爱的那个人的影子吗？他还会为她那张同样的脸而惊喜和激动吗？不，这可没法说。他还惊异于那两次见面当中她漏掉了的东西，她是怎么突然变得那么漂亮，这是耐人寻味的，也是值得索解的。同时，他也惊异于他们第二次见面出现的那些细节，如果她没有碰巧撞到他身上，甚至，哪怕撞到他身上却没有滑掉脚上的一只拖鞋，他怀疑自己仍旧不会爱上她。可见，爱情是单薄得多么不可思议啊，无非就是几个细节和场景。可是连接这些细节和场景的，是他们共同走过的一段路。从相识到婚后直到现在，他们在共同走路。许晚志觉得，所有经历的，都随时变成回忆，而所有的回忆，无不牵绊着现在。他现在明白了，他之所以离不开苏米，正是因为他们拥有共同的生活和回忆，也就是说，他们拥有共同生命里的一部分。丢掉了它，就是丢掉了一段生命。

傍晚，经下班回家的寒主席再三挽留，许晚志只好留下来陪他们共进晚餐。餐桌上，保姆提进来一只大蛋糕，原来今天是寒小妹的生日，十八岁。气氛立刻变得活跃起来。寒主席只对小妹说了一句："祝贺你，成人了。"大家同时鼓掌。许晚志很内疚自己没有什么礼物可送，但寒主席笑着说："你能留下来吃饭，已经让这个晚上变得不同寻常。"接下来他们边吃边聊，回忆了寒小妹小时候的经历，讲了一些趣事。寒主席完全够得上一位慈父，他目光流露出的一切都证明他对女儿的精心在意。寒小妹也似乎一瞬间真的长大了，她一扫往日的傲慢和倔拗，变得那么温顺和沉静。她也小心翼翼地回讲了一个关于他爸爸的笑话，大家都被逗乐了，尤其是寒主席，简直像个跟女儿年龄相仿的小孩子。

这一餐饭吃了足有近两个小时。餐毕，寒小妹到一边去看电视，寒主席客气地邀请许晚志再去他的书房里坐一会儿。"唔，就在一楼。"他们来到了那里。寒主席给许晚志倒了一杯茶，那一刻，许晚志惊讶于对方的神色那么凝重，一下子憔悴了许多。他不明白一个人的表情何以造成这么大的反差，就像是接错了电路的机器停止它的常态一样。

"有一个事不得不说，"坐下后，寒主席语气疲惫地看着他说，"只不过是一个小事。"

许晚志点了一下头，示意他会照办。

"就是小妹的学习时间，每次两个小时是否太长了，我想缩短到一个小时也许会合适些。"

"为什么？"

"钱我会按平时照付。"

许晚志很后悔自己用下面的话打断了寒主席，也许那是自己喝了一点酒的缘故："当初为什么会找我教小妹物理呢？本地有无数的物理老师，我想这不是偶然。我非常庆幸同时也一直纳闷。"

寒主席搔了一下头发，声音缓慢地说："前后曾有三位物理老师主动上门，有别人推荐的，也有自荐的，但是他们都不收学费。不收学费，我知道他们是想请我给他们办工作，改行，找一个更轻松同时挣钱更多的职业。呃，我平生最不愿的就是动用手中的公权，为别人和自己谋私利。你正合我的想法。当初，我妻子最不满意我的也是我的性格和做派。"

"她，不是出国了么？"

"是啊，别人都以为她去进修，其实她不会回来了，她喜欢国外。"

许晚志喝了一口茶。

"接着刚才说，小妹的学习时间最好每次一小时。"寒主席说。

"几乎没有一个家长这么要求孩子……"

"她的病情不允许，她的身体太弱了。"寒主席说着，眼睛红了起来，"啊，我许久没有跟别人说话的心情了，现在我告诉你吧，小妹她得的根本就不是什么间质性肺病，而是肺癌——已经到了晚期。"

许晚志愣住了。

"这事只有我和保姆知道。医院专家们的会诊建议，只能采用姑息疗法了，也就是说，眼睁睁看着她活一天是一天。"

"我明白了。"许晚志小声地说。楼上隐隐传来电视动画片和寒小妹间杂进出的欢笑声。这像是两个世界。

"我们现在最大的愿望，就是她能保存体力，顺利参加高考并看到录取通知书。让你辛苦了！"

寒主席的一双大手紧紧握住许晚志的胳膊。他哭了。

许晚志不知道自己是怎么走出寒主席的家门。他的耳边一次次响起保姆下午同他的对话，"他们家多幸福啊"。以前他总记得一句著名的话："幸福的家庭都是相似的，不幸的家庭各有各的不幸。"啊，现在看来，表面幸福的家庭竟也掩藏着不幸。

在深南中路一家叫作"重庆火锅"的酒楼里，许晚志和栾冰教授坐成对面。在等待上菜的空隙，许晚志好奇地翻看栾冰随手携带的一份资料提纲，那是她将要研究的问题，上面列着这么几项：

1. 城市人口的来源有哪些？

2. 经济利益、情感利益、种族、职业等因素对城市人口分布有些什么影响？

3. 社会礼仪有哪些？换言之，一个人怎样做才不致被别人认为是特殊？

4. 人的成功在多大程度上取决于他的普通常识和明智决断？又在多大程度上取决于他的技术水平？

5. 社会信仰、政治信条、价值取向，是由职业倾向决定的，还是由感情爱好决定的？程度如何？

6. 城市中是否也存在着类似个人能见到的那种歇斯底里的病态现象？如果存在，是如何产生的？又应当如何控制？

7. 女权主义在城市里的今天主要有什么特点？男人们当中有女权主义者吗？

……

许晚志把材料递给栾冰教授："看起来很有意思。"

栾教授赞同地点一下头："不仅有意思，也有意义。"

"你家先生是做什么的？"

"我独身。"栾教授直截了当地回答。

"哦……"

"不是因为我独身了才研究社会问题，而是研究社会问题使我选择独身。"

"这么说，"许晚志支支吾吾地说，"你对家庭……对男人……有偏见？"

"不如说，我对社会习约有偏见。"

菜上来了。征得栾教授同意，许晚志为她斟满一杯啤酒。他俩边吃边聊。当栾教授问起许晚志到深圳所来何为、许晚志委婉地告诉她的时候，他看见栾教授手里的筷子轻轻抖动几下，她冷笑起来。

"为什么要找她？"她问。

"我爱她。"

"她爱你吗？"

"我想是。"

"你为什么不在家里等待她？像许多男人们离开家庭一样，女人们只能选择在家等待？"

"嗯，我想，我和这些人不一样。"

"如果她爱你，她会回来的。严格的说法是，你来找她，不是为了找回爱，而是为了找回你的尊严。"

"不，"许晚志说，"事情不是这样的。我感觉……那么我想问栾教授，你觉得男人是怎么看待女人的？"

"既崇敬又嫌恶。"

"为什么？"

"这源自生命的遗传符码。男人和女人的差别首先是，女人会来经血，血在原始社会甚至更早以前是受崇拜的，像图腾一样，但是随着文明的进步，男人们开始嫌恶女人的经血，认为它肮脏和不吉利，这也牵连到对经血的产生体即女人的看法。从生命本能来说，就是这样。"

"这是你的研究结论吗？"

"不，这是法国人类学家爱弥尔·涂尔干的研究结论，"栾教授低下头，扶了一下镜片，"他在一百多年前就这么认为了。"

虽然得知栾教授是在引述别人的话，但许晚志还是觉得面前这个女人太直来直去，出言无忌。他实在不喜欢这样的女人，不过他也承认，他眼下还是愿意同她坐一会儿，她骨子里有一种看不见的东西强行笼罩着他，不让他离去。

"叫你说来，家庭的组建没什么意义。"许晚志大口地喝掉一杯啤酒。

"家庭有它存在的意义，但也有极其可笑的弊端。叫我看来，自由和爱情是人生最重要的，'没有婚姻就没有爱情'，这句话恰恰证明家庭是为爱情而产生的，只可惜这种爱情往往不在家庭之内。爱情这座孤岛非得存在于婚姻生活的汪洋中才能显现不可。也就是说，婚姻为证明另一种爱情而存在，这是它的意义。"

简直是胡说八道，许晚志想。但是栾教授却表现了充分的耐心，她的声音倒是娓娓动听，引人沉迷：

"从生物进化的角度来说，原始部落追求外婚制，这是文明的体现；可是现代家庭追求牢固不变的一夫一妻制，从人性的精神角度来说，这是另一种'近亲交往'，由此，越是标准的婚姻生活，越是最大的乱伦。以婚姻的名义来禁止可能出现的婚外性关系，不仅是反人性和反人道的，也是反人的生物性本能原则的。何况，连社会主义者也承认，家庭是产生在私有制的基础上的，想必你在初中或小学时就学过。"

许晚志一时陷入了沉思。不仅是沉思栾教授的观点，更是她的话提到了读书生活，触动了他的过去。像一个干渴的人时时盼望水源一样，他现在多么渴望和沉溺于过去呀。

"另外，你刚才说的一句话我也不能苟同，"栾教授继续说，"你说你来寻找她，因为你爱她。如果我的理解没错，那就是说你找到她也就找到爱情了，对吗？这恰恰是平常人对爱情理解的一大误区。研究表明，哪怕是约会的双方，他们在关系的发展过程中，会有一段时间处于疑惑和猜测阶段，目的是想弄清他们感情的实质，这正说明对爱情的困惑也是真正体验爱情的组成部分，即使存在困惑和焦虑，也不意味着他或她不在恋爱。喏，我还要和你探讨，你认为真正的爱能够直到永远吗？从理论上说，爱情可以持续到永远，然而遗憾的是，人们无法指望它。许多人用一种伏魔的方式来信奉这一神话，如果他们的爱情关系不得已解体，他们就会得出结论说，这不是真正的爱，只是游戏和着迷而已。诸如此类的托词使得他们继续去寻找真正的爱情，希望他或她能够给自己带来幸福。其实，在爱情关系不得已解体之前，也有真正的爱，况且爱情难免遭受挫折的经历，这种经历甚至在结婚之后也可能多次遇到。但是这决不证明你没有得到爱情。这样的观点才是现实主义的观点。"

栾教授的一番话，似乎稍稍宽慰一下许晚志的心境。他从坐下后第一次，默默地点了一下头。

"记住，"栾教授端起杯子，同他碰了一下，"人生，你不要总是寻找意义，而要应该创造意义。"

许晚志把喝空的酒杯狠狠地蹾在桌子上。他又给自己添满了啤酒。

酒楼里的顾客渐渐多起来。四周的喧闹声使他俩似乎丧失了说话的必要。来自外面的中午的热浪徐徐升腾。火锅很辣，许晚志出汗了。他点着一根烟，无意中把目光瞥向临街的窗外——突然地，他不敢相信事情会是那样巧合，就在他不足五米的视线里，一个年轻的女人正款款迎面走在人行道上——那是苏米！几乎同时，苏米也看见了坐在玻璃窗内的许晚志。她的突然吃惊似乎比许晚志还要剧烈不知多少倍，与他僵坐在座位上不同的是，她站着愣怔了几秒钟，立刻迈开穿着及膝裙的双腿，转向街道对面跑去。

她在躲。许晚志恨不得打碎窗玻璃冲出去，然而潜意识使他平静地站起来，对栾教授说："对不起，我出去一下。"他在室内尽量迈着葆有风度的步伐，一步步走到门外。一出门外，他就立刻狂奔起来。行人、纸箱、车流、推着孩子的童车、隔离墩……他不知冲撞了多少障碍，他像是一只冲锋舟，身边的一切都成为被抛远的泡沫。他眼看着苏米钻进街道对面的天虹商场，他迅即冲了进去，目光紧张地在大厅内搜索。一楼、二楼……二楼、一楼……储物间，电梯内，吸烟室，员工休息室，猛然，一个熟悉的身影在女卫生间门口一闪进去了，许晚志立刻尾随上去，一把推开磨砂门。

"格了丝姆尼达，木丝恩，衣丽西姆尼嘎？"（请问您有什么事？）一位韩国女郎吃惊地回过头来。她穿着同苏米一样颜色的及膝裙。

许晚志失望地看着她。

"木尔，刀洼德丽尔嘎要？"（您需要帮助吗？）

许晚志抱歉地摇了摇头。他退了出来。

## 二十

梁原在路灯下好容易找到一处停车位。他熄了火，和许晚志走下出租车，说："今晚我们好好逍遥一下。"

许晚志回头无意中看了一眼出租车，它的车牌使他站下来，忍不住说："你这个车子很煽情啊！"

"怎么了？"

"没人说你流氓吧？"

"大哥，我不明白流氓跟车子有什么关系？"

出租车的牌照是"粤 SEX3976"。许晚志揶揄地说："你知道这三个英文字母是什么意思吗？是英文里'性'意思。"

"怪不得呢，"梁原明白过来，大大咧咧地说，"老外们总是喜欢坐我的车。"

梁原领着许晚志朝"站台"酒吧走去。一进门，总台那里的模型火车正在哗哗地转动，它的噪声变得很大，像是电量不足。"请问你们几位？"服务生迎上来问。

"没见吗？我们哥俩。"梁原说，拍了那个服务生肩膀一下。

服务生给他们找了一个吊灯下面的位置。"不不不，换一个位置，妈的灯光比车大灯还刺眼，我要舒服一点的地方。"梁原不满意地说。

服务生只好领他们来到一个幽暗的地方。刚刚坐下，走过来一个女人，是陈妙。她新烫了发型，长发凌乱地披在光裸的肩上，显得狐媚十足："请问两位喝点什么？有威士忌、香槟、德国啤酒……"

"要越南啤酒。"梁原解开他格子衬衫的第一颗扣子。

"越南啤酒？"陈妙蹙着眉摇摇头，"没有啊。"

"那就来印第安啤酒。"

"印第安……先生可真会开玩笑哦。"

"不是啊，那就请你来青岛纯生吧。"梁原松了一口气，他冲许晚志眨巴一下眼睛。

陈妙转过身，暗暗地撇了一下嘴。她毫无办法。

啤酒上来后，梁原顺势拉了一下陈妙的手臂："小姐不要走啊，能陪我们喝几杯吗？"

"当然可以呀！"陈妙摇了一下腰肢，面露难色，嗓音发嗲，"不过，我喝这个很不习惯的。"

"好啦，我认砸了，你去拿一瓶你喜欢的吧。"

"谢谢先生。"

陈妙去拿了一瓶意大利葡萄酒，放到桌上，就近挨着许晚志坐下。一缕清爽迷人的香气立刻渗透过来。他已经好久没闻到香水的气味了。

他们闲聊着，玩猜媒，梁原不时同她打情骂俏，他们一共喝了差不多一打啤酒。快到晚上十一点钟的时候，梁原的舌头已经醉得发硬了，他冲陈妙挤挤眼睛，问道："你们这里还有没有姑娘啊？"

"当然有啊。你还要再来多少啤酒？"

"不，不不。我已经不能再喝了，我想找个姑娘出去兜风。"

"兜风？姑娘们都穿得很少啊，你别让人家冻着。"陈妙说完站起身去，过了不一会儿，她现场魔术一般带过来一位高个子销酒小姐。

"真的穿得少啊，不过我不会让她冻着的，我有让她感到温暖的东西，那也是让所有人感到温暖的东西，那不就是钱嘛。钱……嘿嘿，我还有一部 S……E……X 这个牌子的出租车，你们听说过么？"

大伙都笑起来。

梁原牵着那位姑娘的手臂，俯身在陈妙的耳边小声说道："你好好陪我这位大哥，他气度不凡哪！再说，他比我有钱。"

"去你的吧。"陈妙咯咯地笑起来。

梁原被那位姑娘挽着向门口走去，他们头也不回。许晚志虽然也喝多了，但他还是努力着站起来，可是不待他迈步，陈妙立刻用胸部顶住他的身体："先生你别走啊，酒还没喝完呢。"

许晚志感到浑身一热。被陈妙碰过的部位还在继续柔软着，好像被膏药贴住一般。那种乳液浸着橙瓣一样的香水气味再一次袭来，仿佛专为弄情而研制，同时更像是雨露一样，渗透着干枯的树木的每一缕枝条。梁原的出租车已经启动，许晚志只好坐了下来。

"先生是哪里人呢？"陈妙的高脚杯沿贴住嘴唇，盈盈的目光看着他问。

"唔……反正不是本地人。"

"你是做什么职业的？看你像是运动员。"

"为什么这么说？"

"你的肌肉好结实啊，有力度感。"

她在夸奖他的身体，谁都知道这是什么意思。许晚志觉得自己这个"运动员"很无力。一个声音在他耳边小声召唤：离开这里，离开她，走吧。

"你为什么不爱说话啊？好像有什么心事？"

"没有。"

"你觉得我怎么样啊？"

出于礼貌，许晚志只好大致地看了她一眼。她娇小可爱，皮肤光滑，短裙下的大腿纯情地跷一起，显得温驯而生动。她说话也并不叫人讨厌。实在说，她比刚才那位高个子销酒小姐看上去舒服多了。

"我觉得你不错。"他立刻后悔了，他怎么这么说。

"走哇，我们把酒喝干了，出去走一走。外面多美呀。"她用勾魂的眼睛望着他。

他是想走的。他一直想走。可是话被对方说出，他又不敢跟她出去走。他犹豫不决。

"你怕什么呀，"陈妙温柔地看着他，她确实一见而有点儿喜欢上他，"没有人知道的。再说，你的同伴不也和人家出去了吗？"

许晚志沉默着。

"就算你的爱人知道，那也没什么了不起。事情做完了就是完了，她如果当时发作一下可以，可她要是没完没了起来，那就实在没有道理，不是吗？"

她拽起他的手，索性连剩下的酒也不喝了，他们来到大街上。"你住在哪里？"陈妙问。

"很远，离这儿很远。"

"我就住在附近。"说话间，他们已经来到了她住的公寓楼下，他没想到真的这么近。"上来坐一会儿，好吗？"陈妙说。

"我还是想回去。"

"我喝多了，你送我上去吧。只坐一会儿，我给你倒杯橘子汁喝，解解酒。这要不了多久。"

许晚志想起了自己的住处，那个蹩脚的小旅店，燠热、潮湿、孤寂，四周都是蚊虫，一切杂乱不堪。他真想找一个安静的地方多待一会儿。可是，一个声音又在耳边响起：快走，快走，现在还来得及，来得及。

陈妙在他迟疑的一瞬，已经挎起他的胳膊，领他走进楼内。他迈了几步，有一种飘升感，那么不真实，他们已经在上升电梯里了。

进了房间，陈妙真的给他倒了一杯橘子汁。"我去洗个澡。"她说，双手将自己裙子向上卷，卷，直到卷成一个绳圈取下来，顺势套在许晚志的脖子上。不待许晚志将它拿开，陈妙又将脱掉的背心蒙在他头上。他撩起这些东西，看见陈妙身上只剩下乳罩和内裤，她猫一样溜进浴室。

许晚志不知道如何是好。他打量着这个房间，四壁贴着粉色的墙纸，朦胧而温馨。冰箱旁边有一幅抽象主义油画，似乎有一点倾斜，使人忍不住产生想去给它扶正的冲动，虽然那一看而知是复制品。面前的茶几上，凌乱地摆放着女式发卡、塑料花、常用药品……当然，还有一杯橘子汁。许晚志坐在沙发上，想通过那杯橘子汁让自己平静下来，他端起它，上身靠向沙发扶手。没想到，有一本书硌在了他的胳膊下面。他拾起来，随意地看了一眼封面：《瓦尔登湖》。

他信手翻阅起来。浴室里的水龙头在哧哧地响着。他掀动书页的声音掩盖了它们。他熟悉书里的一切。他太熟悉了，书里存在一种声音。风吹动着窗帘，那却是无声的。……他最后才怀着不舍的念头看了一眼书的扉页，一行熟悉的字体便在这时突然跃入他的眼帘：

苏米。购于深圳市新华书店。

像是被电流击中了一样，许晚志呆住了。他的酒马上醒过来，心脏怦怦乱跳。他站起来，直奔浴室，陈妙恰好在这时穿好内裤和乳罩妖娆地走出来。

"苏米在哪里？"他紧张得几乎说不成话。

"呀，干什么那样吓人啊？"陈妙说，"问她干什么？"

"我问你，她在哪里？！"

"帅哥，"陈妙乜了许晚志一眼，用浴帽抖一抖她半湿的头发，"你还要两个女人陪你不成啊？她可做不来这一套。再说，人家未必看得上你。"

许晚志把手里的书撇到沙发上，冲上前扭住陈妙的胳膊，反剪她的双手，把她摁在茶几前："你快告诉我她在哪里！"

"大、大哥，我可不喜欢你这么粗鲁……"

许晚志加大了力气，可他又怕弄断了她的胳膊，他就只好俯身用牙齿咬住她的肩膀，陈妙痛得失声叫起来："哎哟！"

"苏米在哪里？"许晚志觉得眼前发抖。他不知道是谁在抖。

"我、我不知道啊，我最后见她是做模特，这次我才回来还没有联系她，只有她的一个手机号码……"

许晚志松开她，用茶几上的笔在手上记下了苏米的手机号码。陈妙立刻跑到一边，跳着脚大骂他："流氓！"

许晚志抚了一把自己的脸，又将衣服的下摆挣平。"对不起。"他说，摇晃着向门口走去。

陈妙又跺了一下脚。她气得哭了起来。

一周之后。

"喂，许先生吗？请你过来一下。"这是"瘦猫"打来的电话。许晚志立刻拦了一辆出租车。

推开标有"派鹰私人调查事务所"金属牌的房门，丁老板和他的助手"瘦猫"已经在静候他了。丁老板坐在办公桌前，"瘦猫"两臂交叉倚在窗边，他们俩互相看了一眼。

"根据你提供的手机号码，"丁老板说，"我们冒充电话局勘查和检修线路的人与苏米联系，问清了她的住址。她现住在园岭一街，图书馆附近，具体地址是——繁贵花园 18 号楼 2 单元 1201 室。呃，这是她男朋友的房产。"

许晚志认真地听着。

"另外，她在东莞也有一处住房，具体地址是——东莞光大路菊美小区 7 号楼 1 单元 702 室。这处房产是她的名头。"

许晚志分别递给他们一根烟，丁老板叼在了嘴里，"瘦猫"示意不抽。

"这些是我们偷拍的照片，有一些是通过夜视仪和红外线摄像机拍的。"丁老板摊开桌子上的照片，它们全被放大成 12cm×17cm 尺寸，里面的人物和环境非常清晰。"这是他俩在饭店吃饭的照片，这是他俩挽着手在街头散步的照片，这一张，还有这一张，在汽车里……这一张是在免税商场里购物……这一张，我们在对面的楼里拍的，是他们在房间里。"

在房间里的那张照片，苏米正同一个男人拥吻。这个男人出现在任何一张照片当中，戴着眼镜，面貌年轻。

"这个男人叫什么名字？"许晚志问。

"他叫龙乔生。这个人做过很多职业，现在是一个房产商，但是据我们了解，他眼下的事业好像遇到了一些麻烦。具体情况怎样……因为苏米是主要调查对象，我们对龙乔生没做更细致了解。你想继续调查他吗？"

"不，"许晚志轻轻呼出一口气，对方不知道那是表示一切如释，还是表示叹气，"不需要了。"

"这是录音带。""瘦猫"递过一盘微型磁带。

"有充分证据表明，"丁老板冲天花板吐出一个烟圈，"他们两人现在是情人关系。"

"而且感情很好，没有家庭暴力行为。""瘦猫"插了一句。

"他们每天都待在一起吗？"许晚志问。

"不，他们平均每周见两次面，有时候在深圳的住所，有时候在东莞的住所。你知道，它们相隔并不远，交通很方便。"

许晚志把那些资料收好，他准备告辞。

"许先生，你需要上法庭控告吗？我们可以出庭帮你做证。这个业务是免费的。"

"不了，"许晚志想了半天补充一句，"谢谢。"

"那好，"丁老板指示"瘦猫"，"为了不泄露隐私和保持诚信的缘故，我们把手头的原始材料包括委托书当面销毁。"

"瘦猫"把那些东西塞到碎纸机里,它们不出几秒钟变成一堆碎屑。他们怀着同情的目光看着许晚志。

"谢谢了,再见。"许晚志说。

从事务所走出来,在街道边的一棵粗壮的香樟树下,许晚志掏出手机给苏米打了一个电话。"喂?"对方问。这正是苏米的声音。

"苏米,"许晚志低沉地说,"我是许晚志。"

"喂?"对方仍在问。

"苏米……"

"对不起,"苏米的声音传来,"你打错了,我不认识苏米。"

许晚志放下手机。一辆公交车从面前驶过,车上的人看他,他也看那些人。他倚在树上,闭着眼睛,努力了好久没使眼泪流下。

半个多小时后,许晚志来到繁贵花园苏米的住处。他小心翼翼地走上楼梯,来到 1201 号门前,镇定地敲了敲门。里面没有任何反应。他断不准苏米是否在房间里,就是在也一定不会开门的。不过从刚才手机通话的声音环境效果判断,苏米肯定不在大街上。

许晚志只好来到楼下的小区庭院里。他面前是一幢 15 层的高楼,苏米住在 12 层靠东的房间。窗户是开着的,里面探出一枝百合花的枝叶。许晚志心想,他刚才已经是打草惊蛇了,苏米即便在房间里,透过门上的猫眼看出是他也一定不会开门的。他在楼下踯躅着,不知如何是好。他有一种强烈的被遗弃之感。

在远处的一幢楼房下面,一个十七八岁的高空擦窗工刚刚结束他的作业,收拾好吊绳和其他工具朝这边走来。许晚志迎上前去,冲他打了个招呼:"嗨!"

那个少年面色黧黑,衣衫不整,他先是回头看了一眼,确信许晚志没有喊错人之后,才怯怯地向他问了一句:"先生您有什么事?"

"我想擦窗户。"许晚志笑容可掬地说。

"哪一户？"

"那儿，"许晚志招手指给少年看，"12层靠东。"

"它格外有落地式阳台的大玻璃呀，"少年说，"价钱要贵一些。"

"多少钱？"

"一百二十块。"

"我给你一百五十块，并且，"许晚志接过少年的绳索工具，"由我来干。"

"先生，这不行的。"

"嗨，我只是担心你擦得没有我干净，再说，我以前干过这活计。"

少年只好眼巴巴地看着许晚志将绳索和安全扣系在他的腰间。"这个是移动夹吗？"许晚志问。

"这个是滑动柄，"少年指示道，"你转动它，绳子就一点点放下。你必须仔细擦干净每一寸玻璃，不然摇下绳子再想重新摇上去就不可能了。"

"这个我知道，你的工具跟我早年用的不一样了，不过你帮我一下。"

他们来到了楼顶。少年和许晚志将绳索的一端牢牢地固定在平台的铁柱上，顺着楼沿儿，找准窗口位置，许晚志坐在固定板上，摇动腰间的滑动柄，将自己一点点放下。他熟悉这种场景，从高空俯视人间。只不过，当年是俯视木质森林，现在是俯视水泥森林。他的耳畔似乎还回响着苏米亲切的呼喊："晚志——小心点儿！"那次登山的夜晚，他俩睡在一个帐篷里，却破天荒地没有做爱。他俩坐在一起相拥，不停地说着"我爱你"和"我爱你"，帐篷外的繁花香气和溪水声音带着一种新生命的意识到处弥漫着，他俩陶醉在里面，对更远处看不见的国土视而不见甚至想都不想。啊，这些现在看来，多像一幅带框的画作，它与相似的环境在一起才协调，可是放到更广阔的空间和世界里，会变得多么滑稽和不真实。就像他现在，可笑地吊在一面陌生的楼体的半空中，显得多么扭曲而渺小。

许晚志降到了苏米的窗口。他攀上窗台，放开绳索，把它丢到外面，转身从窗台轻轻溜到室内。他进入的是一个卫生间，墙上一只水龙头被阳光照射出的阴影投在地上，像是一只张开的黑手要逮住他的脚。他绕开去。目光里的镀铬晾衣架上，挂着几件需要男人才能穿得起来的睡衣和女人的蕾丝内裤，以及袜子。空气中流淌着一种洗发水和牙膏的香气，然而这种气息对许晚志来说，它是陌生而坚硬的。

许晚志悄悄拉开门，走进客厅，苏米正弯腰在整理壁橱里的杂物。她大概听到了一点什么声音，等到她回头看清是许晚志时，禁不住吃惊地"啊"了一声。

"那些东西不是你的。"许晚志站住，沉静地说。

"你怎么来了？"苏米问。她停下了手。许晚志看清她目光里有一种闪亮的东西，凝定的，它不流动，所以那不能说它是泪水而只能说是一种神采。她确实神采奕奕，从上到下，那种异类的气质不低于许晚志眼中第一次见到她到第二次见到她的区别。这直接暗合了她眼下的表现，她见到他，很快的并不显得多么慌乱和无措。

"我梦里一直听到有个声音在叫我，于是我就来了。"许晚志说。

苏米粲然一笑。

"跟我回去吧。"许晚志说。

"不，我不能跟你回去，我要自己回去，"苏米用手捂住胸口，"但不是现在，是很快。"

许晚志牙齿里终于狠狠地挤出几个字："婊子！"

"先生！先生——"窗外的楼顶上传来少年焦急而疑惑的呼唤。

"将来我会把一切都跟你说的，你一定要相信我！"苏米说。

"一个女人，她相信了另一些东西，转过身来要对她背弃的东西说要它相信她，你重复一遍，到底什么是相信？"

"晚志……没想到你瘦了，这么厉害。"

"呼——"许晚志对着眼前左右吹了一个弧形的空气，"这里太压抑了，我抽根烟行吗？"

"不，你必须得离开这里，他马上会下班回来的。"苏米紧张地说。

许晚志在房间踱了几步，他欣赏着这个处所。"一切都是这么干净明亮，妈的。"他走到靠窗的沙发前，狠狠地踢了一脚，然后又坐了下来。

"晚志，除了现在，我遇到了许多你不知道的事，它们和你现在知道的一样是你不知道的，有机会我会跟你讲一讲的，但是现在你必须得走，求你。"

"我来到这里快三个月了，我一直在找你。我不停地想，你会在哪里？会在哪里？学校给我请的是一个月假，但现在他们要开除我，理由是超期旷工。我中间得了场病，快要死掉，但我想我不能死，不能死……我一直在揣摩爱情的内涵和心思，觉得你躲着我，是为了激起我更大的追求欲望，是为爱情保鲜的一种手段；我还觉得，就像有人告诉过我的，爱情中的一方揣摩另一方，哪怕没有实现，这也是爱情的一部分了，正所谓上帝不存在，但是人们都爱它，爱情中的对方也是这样；我甚至觉得，你……不，我多么天真呀，一个人的合法的妻子被别人占有了，可他竟然还像初恋那样和她周旋什么扑朔迷离的爱情，真是可笑至极！你要用哲人式警句跟我讲永恒的大道理吗？——所谓美，就是可以委身于任何人，但又不属于任何人？——不忠的眸子，才会闪出光辉？可是，可是……你能够不知道我们婚后的岁月吗？那么从前呢？我难道只活在记忆里吗？和我呼吸着并且爱着的人？或是我只能在梦中爱着你？你说说，苏米，你说说，这到底是怎么回事？"

一阵难言的静默。突然，嘭嘭嘭，门被敲响了。

苏米立刻脸色惨白。她环顾了一下房间，几乎没有地方可以藏人。她紧张地拉着许晚志来到他爬进的窗口，可是那里空荡荡的，绳索已经不见了。万般无奈，她轻手轻脚地去到门边透过猫眼向外张望。随即她打开了房门。

进来的是两位小区保安，一高一矮。他们看了苏米一眼，又看了许晚志一眼，定定地不动目光："小姐，我们接到一个擦窗少年的举报，说是一个陌生男人，大概是盗贼，用绳索翻进了你的窗户。是他吗？"

"不。"许晚志说。

"他不是盗贼，"苏米看了许晚志一眼，"但你们可以让他出去。"

"苏米！"许晚志说，看了保安一眼，又看了苏米一眼。

"快点儿。"苏米重复一句。

两个保安走上去，许晚志岿立不动。

"那么，请把你的暂住证和特区通行证拿来看一下。"一个保安说。

许晚志立刻感到一种恐惧和无奈。

"快点儿。拿来看一下！"

"这就来。"许晚志探出手，朝门边的衣帽架走去。趁他们愣神和等待的工夫，许晚志猛地踏出门外，回身用手"嘭"地关死房门。他一口气跑掉了。

## 二十一

总是在不确定的房间，总是在不确定的时间，龙乔生走近苏米。

眼下，卫生间的雾状喷头还没来得及关闭，它就那么"唰唰"地释放着，像是室内加湿器的汽化声，又像是远处缥缈的细雨声，浸得人内心都是欲望的汗水。而窗外，正是月明星稀。

卧室里只开着来自地面的两只射灯，它们将黑暗的空间切割出两条明暗交叉的巷道。苏米刚洗完澡，仰躺在床上，全身光裸。她一条腿自然平放，另一条腿弓起，两只手臂枕于颈后，那却是极优雅的姿势，也是不情愿的姿势。龙乔生一丝不挂地在门边伫望她，看那光线在她身上任意流淌，附着每一处身体的线条，使她像是暮霭中的一尊雕塑。他慢慢走近她，雕塑圆融，颜色朦胧，那里渐变为一幅静美的人体油画。他再慢慢走近她，油画淡退，细节彰显，那里展露为一帧清晰的人体摄影。直到他碰到她，视觉和触感才告诉他，这最后的什么都不是，只是真的她。

……她的奶一样白的胸乳，她的柔和而美丽的腰腹，她的幽深奇妙的股沟和顺势而下至踝部的大腿的线条，这一切似乎不待碰触，本身就充满了节奏和韵律。龙乔生扶起苏米，让她面对着坐在他的身上，两个人的双腿纠缠。他一只手揽着她，另一只手肆意将她膨胀的乳房捏成变态的纺锤形，不知不觉地进入了她。他喜欢她天然的抵抗，她因不适与疼痛发出的倒吸冷气的咝咝声，她的独成一体而又实实在在被他拥有的生命形态，她的一切。

在龙乔生看来，他不吸烟，又没有喝酒的嗜好，若是再不爱女人，那才简直不叫男人。是的，他此前接触过许多女人，他觉得每个女人的性爱表现是不一样的，这导致他抚摸和亲热她们的方式也不一样。性爱与其说是为了体验对方反抗或顺从的方式各有千秋，不如说是为了观察自己对付反抗或顺从的方式有什么不同，亦即有什么新的创造。这才是生命中最本质的。

　　……不知过了多久，龙乔生就势让苏米重新仰躺，自己跪在那里，双手擎起她的双腿。苏米立刻紧张得双腿绷直合并，这却使她腿部线条与足背形成一条直线，像是舞蹈演员在跳芭蕾一样。龙乔生索性就这样一齐把她的双腿扛在一边的肩上，低头观察下面的出入。"我这样很羞的。"苏米痛苦地叫道。龙乔生立刻用嘴亲吻苏米光滑的膝部和小腿处，安慰着她，暗中仍在观察下面那柔软而奔放的黏合部位。"我羞耻啊！"苏米再一次扭动着身体叫道。没想到这种颤悸和抖动，恰恰不断推进了共赴高潮的意念和力量，他俩几乎同时剧烈动作起来……

　　龙乔生要做的，正是不断激起苏米的羞耻，再一次次打败她的羞耻。

　　他越来越喜爱苏米。固然，以他作为有产者的标准，苏米的经济单薄和性格单纯是不足取的，有时甚至是可笑的。然而她热情而不放浪，随和而不愚固，不仅满足他的虚荣心，也满足他的情欲，更给他带来许多关于她和自己鲜有的认识，令他对人生充满观察和享受的乐趣，这却是他始料不及的。她同他接触过的任何一个女人都不一样。还有一点不可不说的，其实也没什么大不了的，龙乔生在这方面算是比较开明，而决不是一个僻乡遗佬，满身愚息酸气，那就是，他当初曾问起苏米是否处女，这完全是随意问起，别无他意。没想到，苏米过后真的向她展示了一个处女之身。这就像一个人在散步，散步本身就是欣赏美景、愉悦心情了，没想到竟在路上拾到一个钱包，这就让道德再高尚的人也禁不住窃喜，因为这终究是意外的好事，而不是霉事。

　　龙乔生有一天总结自己的人生，突然产生一个念头：他总归不能一直独身下去。嬉戏放浪应有度有节，以苏米的端庄和贤淑，是很适合做他妻子的。这个念头一旦产生，竟那么顽强而不可逾越，以至有一天吃饭的时候，他就把这个事情跟苏米说了起来。

　　"啊，这可不行。"苏米断然拒绝道，她稍微有一点慌乱，但在龙乔生看来，那倒是很适合她的禀性的。

"为什么呢？"

"我比你大啊。"

"我们家乡有一句老话，叫作女大两，不愁饷；女大三，抱金砖。我们在一起是会很富贵的。"

"不行，我……我暂时没有考虑太多，结婚对于我来说，不想让它来得那么早。""可你总归要结婚的啊，并且你已经不小了。"

"我……不喜欢结婚。"

这句话在龙乔生听来，只能得出一个结论，苏米不喜欢同他结婚。下面的话，未必他会实施，但是完全为了打败苏米，他说："我们的协议很快到期了，如果我再付你五十万，续期半年，总还可以的吧？"

"那也不行。"苏米说。

"为什么？"

"因为，我原本只有一千块钱，五十万对于一千块来说，是一个质的区别，足以让我生活得正常起来。可是两个五十万对于一个五十万来说，那就只是量的差别，生活无非还是正常地过下去。我可不知道我说得对不对。"

龙乔生神情怅然。这顿饭多少有点不欢而散。龙乔生想，苏米说得对，原来，她不仅不喜欢他，她也不特别喜欢钱，这是很让人没法子的事。她超出了他经验上的那些规则，她跟别人确实有点儿不一样。龙乔生感觉自尊受到了很大的损伤，在他的人生和世界观念里，一切就是物竞天择，弱肉强食，钱虽然不是唯一万能的，但它却是衡量一个男人在这个世界上具有多大生存能力的重要证明。男人的力量几乎全赖于此。因为受到了苏米的拒绝，龙乔生接下来也反思了一下自己，他想，他之所以爱苏米，也许终归还是因为他爱钱吧！苏米是他付出的钱的等价物，人们不仅喜爱为他所爱的事物做出牺牲，反之亦然，人们也喜爱那些他为之做出牺牲的所爱的事物。事情不过如此罢了。

日子一天天过去。假如真的如龙乔生对苏米所说，他再拿出五十万跟她续期——现在看来，这只不过是一个天真的想法了。事实上，龙乔生近来在生意上遭受了极大的挫折。在接下来的几天里，他接到了无数个使他烦恼不堪的电话，先是楼盘的建筑钢材和水泥不够了，需要大量购买，而他账上的资金已经捉襟见肘；再有手下的工程人员再三催促他，上百号的民工的工资已经两个月没发了，他们不止一次罢工和闹事；同时，银行方面也一次次催缴第二季度的贷息——那同样是一笔数额不小的钱……凡此种种，几乎弄得他焦头烂额。

他曾不止一次跟欠他八十万元钱的那个债主交涉，要他必须在一个月内尽快偿还，否则就要凭着借据到法庭起诉。虽然那些钱对于他现在面临的资金窘境不过是杯水车薪，无济于事，可那毕竟是属于他的钱。他已经就此咨询过律师了。

对于苏米，他只好暂时将跟她结婚的念头搁下来。


苏米一直在担心许晚志，担心他再次找上门来。这一阵子，她躲到东莞的住处待了几天。她跟许晚志通过几次电话，推说这一段时间太忙，又有诸多不便的问题，等过一阶段找准机会，她要跟他好好见见面和谈一谈的，此后她手机一直关闭。她知道许晚志不会走，而他不走，时时刻刻使她产生巨大的隐忧。实际上，她迟迟不见许晚志还有一个更重要的缘由，那就是她怀孕了。当初她万般小心，没想到还是和龙乔生出了纰漏，她是不愿怀着凸起的代表不忠的形体去见许晚志的。好在龙乔生尚不知情，只以为这几个月养尊处优，她不过是发胖了一点，否则他执意让她生下来也未可知。她偷偷问过医生，医生说总要再过一周的时间才可实施引产手术。她现在只等身体轻松之后，再让许晚志见到自己。

她和龙乔生还有不到两个月就可以解除关系了。一想到这，她就有一种复杂的感受，一方面，她非常渴望与许晚志重归于好，早日团聚；另一方面，她又担心许晚志是否会原谅自己。没事的时候，她总在揣度这个问题，最后她终于想明白，许晚志还是非常爱她的，有了爱这个前提，一切事情也便好办，何况，她当初实在是走投无路了。她至今再也没见到容小兰，如果哪一天走在大街上碰巧遇到她，她想自己也许不会再恨她了，起码这恨来得已经不会那么强烈。容小兰也是可怜的，她如今在哪家三流饭店给人家洗盘子或到处流浪也说不定。是她帮助了自己，也成全了自己。人生真是奇怪啊，有时候得到了，是一种失去，有时候失去了，未尝不是一种得到。

她现在还常常耽想的一个问题是，与龙乔生解除关系之后，她是留在城市还是离开城市。当然，不是她自己，是她和许晚志。抛开人与事不说，单是生活本身，她还是挺喜欢城市的。她不太认同生活节奏极其缓慢的乡村和小城镇生活，在那里，日子不仅是重复的，也几乎是停滞的。如果人的生命——是用时间的度过和感觉的发展来衡量的话，在小城镇和乡村的生活，一个月只等于活了一天，而城市的生活，一个月等于好几年。照这样理解，城市给人的生命感觉提供的丰富性和可能性太多太多了，一个人在这里生活一辈子，其实等于寻常的生活好几辈子。在小城镇和乡村的生活，走在大街上会遇到熟人，坐在饭店会遇到熟人，甚至在公共浴室里也会遇到熟人，人们都按照一种约定俗成的方式生活，其实那担心的无非是不敢轻易打破熟人们对自己的评判和印象。可城市就不同了，它那么大，人那么多，谁也不用顾忌谁，每个人的个性因此就得到张扬。苏米现在也开始理解城市人为什么喜欢讲究派头和衣冠楚楚了，因为他们不能花更多的时间去慢慢走近和了解一个人，而这个时候，行业和阶层的举止派头以及服饰穿着会让他们迅速地彼此贴近并找到共同语言。一切城市进程中的特性都能在人的心理得到反映，城市本身包含了人性的真正特征，城市环境的最终产物表现为它所培养出了各种新型的人格，啊，这岂不是说，每个人都是喜欢变化那么一些吗？是啊，除了她和许晚志的爱情不变，其他的变一变又有什么不可以呢？她想自己的年龄还不算太大，将来生活安稳后，她还有资格报考一下深圳或东莞的公务员，再说她有大学的底子，文化课对她也并不荒疏。就算是考不上也没什么，她愿意重新去做模特，或是下工厂，哪怕洗盘子。那样她也不怕脏和累了，她当初也不是完全是害怕脏和累，她只是觉得那样挣钱太慢，而她的想法和目标是紧迫的。现在她有了五十万元钱，她就不会惮于做任何事情。

对于龙乔生，她说不清怀着一种什么样的情感。她给了他自己的身体，并且她承认，由着她给出的身体也得到了生理上的欢愉。这是多么不可言说的啊。她不明白为什么性事，在不相干的别人宽松和自由地实践起来，旁观的人们往往会嗤之以鼻和厌恶至极，可降临到自己头上，又会觉得是在庄重地履行人性的道义和赴爱的完美准则呢？她也不明白为什么世界，到处可以冠冕堂皇地呼喊"热爱生命"，可一提到"热爱身体"就一片死寂呢？难道生命的含义不是首先同身体连在一起或干脆就是统一体吗？没有身体又何谈生命，不热爱身体又何谈热爱生命？

她弄不懂。弄不懂这些就像是弄不懂她在想这些事情的时候情绪是怎么来的一样，她感到全身无力。她不知道情绪的亢奋和失落是跟身体的舒适或疲劳现象有关，还是身体的舒适和疲劳现象得咎于情绪的亢奋或失落。龙乔生，她揣摩着这个名字，她知道他是爱她的，他给了她无微不至的体贴。然而，那是爱吗？或者，那不是爱吗？如果那是爱——

她接下来难免要检省和警惕自己，是不是像许多女人贪图病态的思想那样——明明不可确信是否身置爱情中，却也宁愿相信那是爱，否则便是自我贬低了价值。苏米觉得她可以跳开来回答自己：她不是。她想，人们总是要诋毁一个男人靠金钱取得爱情，可事实往往是，一个男人竟要堕落到仅靠甜言蜜语赢取女人的青睐吗？金钱，不管怎么说，就是男人表达爱情的一种至高手段，这没什么可非议的。

从小到大，苏米觉得，她还没有被除了丈夫之外的第二个男人爱过。世界上不喜欢被人爱的女人好像还没有几个。只是，当她有了五十万元钱之后，她会不假思索和义无反顾地回到许晚志身边。

这一天，控制不住歉疚之情，她还是给许晚志打了一个电话。她打电话的时候，许晚志正和寒霄趁父女道别，他已经上完了寒小妹的最后一课。课程全结束了。

"好，我当然很好，我要谢谢你。我知道了。"和苏米通话结束，许晚志看了面前的寒氏父女一眼。

"我想问一句，你有什么事情需要帮忙吗？"寒主席殷切地问。

"没有。"许晚志说。他不忍心这个已经太过操劳的人再要为与他无关的事去操劳了。再说，没什么事。

"许老师，"这是寒小妹在一边怯怯地叫他，她以前一直是不加称呼而请教问题的，"我想问你一下。"

"什么？"

"世界上所有的事物，都符合一个物理原则吗？比如，两种物体只有靠近和接触才会产生一定反应？"

不，不一定，离开也会。它超越物理法则，那是人的心灵和情感。许晚志想这么说，但是他止住了。他明白眼前这个豆蔻少女所说的意思，也知道她想听到的回答。但是此时阳光打在她身上，这是一个生命行将随着阳光而消褪的人，跟她说出生活的谜底，未免万分残酷。

"我回去倒要好好论证一下。我想就像物质不灭定律一样，万事万物总有一个守恒吧？没有什么会超脱它。我想好了下次回答你。祝你早日取得大学录取通知书！"

寒小妹失望地看了许晚志几秒钟，她的目光含着一种晶莹的东西。"那，我们再见。"她喃喃地说，猛地一转头，跑回楼上的房间里。

寒主席送许晚志出到巷子口。他握了握许晚志的手。"我也许很快就要退休了，我准备把报告打上去。我很想回我的老家去颐养天年，在江西赣州，知道吗？那是第二次国内革命时期中央临时政府所在地，欢迎你将来能去做客！"

"会的，谢谢你。"许晚志将要离开的时候，又回头跟寒主席补充道，"下周栾教授的讲座，我有事不能去听了，请转告她一下。"

"她不会出席了。"寒主席愣了一会儿，摇摇头说。

"为什么？"

"唔……其实私下里，我很同意她的一些学术观点，非常具有前瞻性和意义，但是……但是，我现在明白了一个问题，真正的学术思想是不可以普及的。"

"什么意思？"

"她的学术报告尤其是关于婚姻和性的方面的，引起了不良的社会反应，有人误以为她是在倡导和实践性自由——"

"那又怎么的？"

"上周末，她在走夜路时，被人强奸了。"

许晚志吃惊得一句话也说不出来。

这是一个烦闷的夜晚，深圳湾。许晚志独自在滨海大道上散步。远处的繁密楼宇，被各种灯光闪亮和交织着，像是蒙上了一层刺目的蛛网。月光很好。在路的一边，椰子树挺立着，行人不时在下面走动。他们的影子同树的影子一样，除了会移动，一样晦暗、单调、无声、呆板。海面那么平静，没有风。远处街道上汽车汇成的行驶声顶替了涛声。海面上没有船只，黑黢黢的，像是一望无际的死去的陆地。这个岬形的海湾，不知存在了几千年几万年，它见证了多少生命的衍生和嬗变。天空每隔几分钟掠过一架飞机，作为繁忙的空港，它们比地面热闹多了，然而无论到来还是离开，浮华后面，像这座城市一样，有着人们看不见的人生。

刚才，他去洗了一个澡，理了发，刮了胡子。他不是想让自己变一个模样，他是想放松一份心情。在船埠街，他吃了一碗盖浇饭，没有喝酒。在红树林里，他找了一个露天咖啡座，要了一杯咖啡。音乐像是积雪下的落叶一样没有意义。但这座城市是不会下雪的，也没有落叶。身旁的女人们在聊天，只有她们身上的衣服是变化不定的，以及随着时尚而改变的或白皙或被故意晒黑的肤色。她们拥有的是她们熟悉的生活。

后来，他叫了一辆出租车，他想兜风。街道是城市的语法，建筑物是单词，在他眼前喧嚣的一句话就是：物质万岁！他穿过船埠街，上了立交桥，驶过罗湖街。后来，一个醉酒的妓女在路边拦车，司机犹豫了一下："拉上她坐顺风车吧？看样子她醉得厉害。"他说："顺便。"那个妓女上了车，她的肩膀从平领衫中涌了出来，她酒气很大。他突然萌生一种想法，他们三人是绝妙的组合，有着共同的理想，那就是，都不知下一刻会去什么地方。司机在乘客搭载之前，将不知道他把车子开向什么地方。妓女在客人应召之前，也不知道身泊哪里。他也是，他此时不知道去什么地方。后来，他想逃离这个压抑的法则，他中途下了车，独自走向滨海大道。

现在，月亮升起来了，又大又圆。它像是一只精致的小表，只是上面没有表针，但它本身就代表亘古的时间。他感觉自己是一个被时间抛弃的人。现在几点了？他不想看。他在黑暗里抽烟，礁石在他脚下像垃圾一般静伏。他想找人聊天，却不知道该找谁。但就在这时，他的手机响了，是梁原在找他。

"你在哪里？"

"滨海大道。"

"过来一下，市人民医院。"

"怎么回事？"

"要我开车去接你吗？"

"不用。"

电话被撂下了。

二十分钟后，他出现在市人民医院。许欣欣被汽车撞了，刚从区医院转到这里。她前一阵子找到一个为商场送外卖的工作，勉强糊口，下午跟一辆小货车抢红灯，结果被撞伤了。梁原跟他说，许欣欣没有生命危险，但失血过多，现正在手术室输血和疗救。

不到五分钟，一位穿白大褂的胖胖的医生走过来，看了许晚志一眼，说："你是许欣欣的哥哥许晚志？"

许晚志觉得这个医生的神态和声音极其陌生而熟悉，一瞬间让他置入恍惚的梦境一般。他无法醒来。

"仔细看看我，我是钟达。"

钟达，钟达……噢，小学时候的那个同班同学啊！他扔过二分钱还是一分钱来着，他们还一起去跟高年级同学打过架。往事一幕幕复苏。二十年了，他胖了，不过这真的是他。

许晚志一句话也说不出来。

"别的不提，先说许欣欣的病情吧。她原始病历上的血型同我化验的不相符。你是什么血型？"

"我是 A 型。"

"你父亲是什么血型？"

"他是 AB 型。"

"怪事呀。"钟达隔着白大褂提了一下裤带。

"怎么了？"

"我只是想弄明白许欣欣在区医院是否输错血了，这是不是导致她现在血型改变的原因，因为在临床上，大量输血是有可能改变一个人原有血型的。"钟达搔了一下额头，自言自语道，"父亲是 AB 型，你是 A 型，这对头，可是不可能出现 O 型血的女儿啊。"

"她是 O 型吗？"

"病历上显示的是。"

怎么？一个常识性的事件在许晚志脑海里一闪，他不敢多想了。

"没事，我再继续观察一下她的体征。"钟达意识到自己多说了话，他安慰了一句，急匆匆转身走了。

这一夜，许晚志几乎没有合眼。他和梁原在走廊的椅子上被笼罩着的刺鼻的来苏儿药水味和惨白的灯光度过一夜。命运总是要开玩笑。凌晨的时候，护士从病房内出来，告诉许晚志，他妹妹好多了。许晚志立刻抛下刚刚熟睡的梁原，一个人来到病房。

许欣欣已经睁开了眼睛，面色红润。她躺在雪白的被子下，乌黑的发丝掩映洁腻的脖颈，目光清澈。许晚志第一次觉得她其实是有一些美丽的。他轻轻走到床前，许欣欣冲他笑了一下。

"你好些了吗？"

"你没看到吗？"许欣欣点点头问，"梁原呢？"

"让他睡一会儿吧。"

"噢，我也感觉一直在睡。我醒了。"

"要喝点水吗，我去弄点红糖水？"

"不，哥你坐。"

"你失了很多血。"

"哦，我不记得。"

"欣欣，你醒过来了，我知道你没事了。我想问——你知道自己是什么血型吗？"

许欣欣睁大眼睛看着他。

"你可以说话，是吧？你可以说说话了，你告诉我吧，告诉我。"许晚志抓住她的胳膊。

"哥哥？"许欣欣的眼角立刻涌出了泪水。

许晚志定定地看着她。

"我是两年前知道的，是的，哥哥，不……你不是我的亲哥哥，爸爸也不是我的亲爸爸，我是妈妈和别人生的……呜呜嗯……他们早都知道，不，他们在我们很小的时候才知道，爸爸和妈妈。你是才知道，对，我比你早两年，可我宁愿永远不知道。我和妈妈经常哭，哭啊哭，哼嗯嗯……别让我说了好吗？"

许晚志什么都明白了。

"妈妈没错，是吗？爸爸也没错，是吗？我更没错，不是吗？可是，你别再叫我妹妹啦，呜——"

许晚志用毛巾擦着她的面庞，替她掖了掖被角，示意她别再哭了。

"是我不该生下来，当初没有我，你们的家庭就不会分散，就是这样的呀！"

许晚志的眼泪终于淌了下来。他没让许欣欣为他擦。他自己抹了一把，然后拍了拍她，转身出去了。

一周后，许欣欣出院了，梁原开车拉着她找到了许晚志。许欣欣恢复了往日的欢笑，她显得那么活泼和有一点调皮。病痛没有让她长大，却让她更年轻。

"哥哥，我是来向你告别。"

"那样最好。"

"怎么这样说话？"

"你不是回家吗？"许晚志问。

"不，梁原替我在他老家找了一份工作，体面，不累，钱多。"

"哦，那可不错，今天就动身么？"

"马上就动身。"

"那——"许晚志目光转向梁原，"你总该和我送欣欣去车站。"

"哥哥，"许欣欣插了一句，"只要他送就可以了。"

"为什么？"

许欣欣走上来和许晚志拥抱了一下："哥哥，他也回老家，回那边开车。你，祝福我们俩吧。"

许晚志一愣，看着梁原，梁原摘下白手套憨厚地朝他笑了一下，继而许晚志也会心地笑了。

"来，"许欣欣拉着梁原的手，小声地说，"你们俩也拥抱一下吧。"

两个男人紧紧地抱在一起。他们搂得死死的。许久，梁原用手指悄悄搋了一下许晚志的后背，小声说："拜托，别当面揭我的短了，我是打算跟她过一辈子的。"

许晚志郑重地点了一下头。

他们走上了出租车。梁原重新为许欣欣关好车门。出租车内传出的是黄家驹的钢琴曲《光辉岁月》，在那主旋律同和弦参差起伏的乐声中，许晚志目送他们离去。视线中，一切都在模糊，最初是汽车后面牌照上的"SEX"三个字母，然后是整部车子，最后是整个街道……

# 二十二

"玮柏邦保龄球馆"位于深圳市华侨城附近，这是一家拥有两层楼、十二球道的私人经营球馆。它的前身是一家潮州风味酒店，后因经营不善被人转租，经过重新装修辟作保龄球运动娱乐场所。两年来，不知是因为保龄球对于工薪阶层过于高雅奢侈的缘故，还是因为它的经营和管理仍旧不善所致，它的门庭很少有宾客充盈的场面。好在人们的目光并不过多停留和关注这个地方，自然，也就无人细究它是怎样生存到今天。

已经快到夜里十二点了，球馆的员工先后下班回家。馆内的灯光暗了下来，只保留一条球道的灯光还在亮着。球馆老板和他手下的一个马仔此时正悠闲地掷滚保龄球，他们边运动边闲聊。

"不管怎么说，这个事情……我们可以松一口气。"老板是一个不到五十岁的中年男人，穿着白色衬衫和米色背带裤。他蓄着发白的唇须，头发却是一头黑色。这让人看起来很怪，因为他只染了头发没染胡须，这使他仿佛戴了一只假的发套。

"话只能这么说了。"马仔说。这是一个三十多岁的年轻人，神情和举止处处流露蛮悍和不屑。他的滚球动作远不及老板来得优雅。

"我估计他死的时候很惨。"

"你总不能为这个再给他发一笔抚恤金。"

"如果他活着，我会奖励他。"老板托着一只塑胶保龄球，用手轻轻抚摸道。

"幸亏他死了。"马仔口无遮拦。

老板做了几步助跑，弓腿，弯身，将保龄球掷滚出去。"哐"的一声，电脑随后自动显示为"BIG EARS"。

"我们别再谈论这个话题了。"马仔说。

他们刚才谈论的话题，正是他们两年来一直暗中做的事情：贩毒。目前他们手下的一个三线马仔在云南交接毒品的时候，被缉毒警察包围。那个马仔情知当次贩毒量巨大，难逃死罪，竟举枪自杀了。这样，警方调查线索被迫中断，他们为此侥幸躲过一场被究根结底和牵连的风险。

"我们还能谈什么呢？干我们这行的，除了谈钱还是谈钱。"老板走到旁边的柜子前，擦了一些涩手粉。他重新掷滚一只球出去，黑色的保龄球匀速穿过加拿大枫木球道，准确击中 1 号瓶，然后产生连带反应，十瓶全中。

"好极了！"马仔袖手叫道。

电脑却显示为"F"，零分。

"你踩到线了，犯规了。"马仔抻长脖子说。

"是啊，我刚才溜号了。唔，我突然想起龙乔生向我催要八十万元钱的事情。"

马仔摇了摇头。

"我记不住他是第十三次还是第十四次催促我了。"老板擦完汗，把手巾扔到地板上，他慢慢通过旋转楼梯向楼上走去，马仔紧随其后，"幸亏他总在提醒我，不然我以为我忘记了这回事情。"

他们走进二楼的一个铁门房间，老板给马仔和自己倒了一杯甘蔗汁。他先喝光了一杯，然后又倒了第二杯。

"你就全当忘了这回事情。"马仔似乎想着什么，他突然对老板说。

"可是这次他要起诉了，我相信他不是威胁我。"

"随他好了。"

"不，"老板擦了一下滴着水珠的唇须，"你知道，我们现在没有钱，再说，你想过没有，如果法院介入这个事情，那就难免从中调查我们经营和经济上的问题，万一牵涉到眼下的白粉生意，可就因小失大了，这是掉脑袋的事情。"

马仔阴郁地看着他。

"你当过见习律师，你说从法律的角度来讲，有什么好办法？"老板问。

马仔转了转白眼珠："一般来讲，法律规定诉讼时效为两年，也就是说，如果我们有办法让龙乔生两年内一直闭嘴，这八十万元欠据就自然作废了，他只好管废纸收购站要去。"

"有什么办法让他两年一直闭嘴？我看这是不可能了。"

马仔慢慢转过身，打开铁皮柜子，从里面抽出一件东西："我们无法叫他两年一直闭嘴，但可以做到叫他永远闭嘴。"他亮出的是一支七七式手枪。

"这个——"老板停了两秒钟，故意问道，"我不知道是什么意思？"

"找个伙计干掉他！"马仔恶狠狠地说。

"八十万，我们就要去杀人？"

"如果我没记错的话，1995 年，广东中山市杜某杀人，抢劫现金八百元；1996 年，山东沂源县时某杀人，抢劫一台出租车，那台出租车价值六万元；1997 年成都市邓某杀人，抢劫银行七万五千二百元……"

"你的意思是，为八十万去杀人看来很值得？"

马仔将手枪揣进他的裤兜里。他又回身去取了几颗子弹。

"可是，你要知道，万一他的家人或亲戚知道欠钱的事，他们在他死后怀疑并告发我们，或再凭着欠据找我们要钱怎么办？"

"据我所知，除了我们和他，没有人再知道欠钱的事。你别忘了，龙乔生是个孤儿，多年来没有任何亲戚……不过，他近来倒是有一个女人在身边，我不知道他们结婚了还是准备结婚，如果知道欠钱的事，我想也只能是她了。"

"这个女人是哪儿的？"老板问。

"不知道，但看起来像是外地人。"

"外地人就好。她叫什么名字。"

"我过后打听一下。"

"这么说，我们要多杀一个人？"老板仰脖，又喝干了他的饮料。

"这不冤屈你，你欠的其实不止八十万，还要附加两年的利息二十万呢，总共是一百万。"

老板"哗"的一声拉开了贴膜窗户，看着窗外的辉煌灯火，流丽建筑，良久，说了一句："给你十万元，找一个手脚麻利的伙计。记住，手脚麻利，并且事前一定要安排得周密！"

"你放心好了。"

说完话，两个人同时低低地冷笑起来。

龙乔生这一阵子睡眠突然变得糟糕。每晚经常要醒来五六次之多，而且醒来后好长时间难以入睡。早晨六七点钟是他刚有睡意的时候，可这时往往被生意上的电话惊醒，接下来的事情不用说，照例是急忙穿衣、洗漱，站着吃些早点，然后按照电话涉及的内容奔赴各种需要去的地方，协调解决大大小小的事情。

他以前曾有过一次睡眠糟糕的经历。那不是多年以前，只是两年以前。若说起睡眠不畅这回事，它其实多数是富人或有闲阶层的一种怪病。多年以前他在社会底层南征北战摸爬滚打为衣食计的时候，从来没有失眠这一说。两年以前他首次遭遇这种怪病，通过有规律的起居和晚上九点以前去健身房锻炼一小时而得以恢复正常。这次不同了。这次白天照常劳累，晚上照常健身，可失眠还是同他形影不离。

他开始怀疑自己体内得了什么病，去医院检查，除了总胆红素稍高以外，什么毛病也没有，毕竟他那么年轻。而总胆红素稍高，据说也没什么了不起，它跟当时的化验时间和水平有关，去不同的医院往往会得出不同的数值。医生认为他在心理上存在一定的焦虑和抑郁，开了一些谷维素和解郁安神药片让他定期口服了事。

说起来有什么让他焦虑和抑郁之事，前一阵子确实有那么一桩，只是如今已经消停了。一个基建工人在作业时候，一失足从三楼跌落下来，但所幸只是摔伤，并无大碍，这事也轮不到他来赔付医疗费，因为有工程队按合同包办。可恼的是，没过两天，社会上竟兴起了一种谣传，说是他开发的这片商住楼因地气不利，经常"闹鬼"，具体表现为午夜时分，在工人撤离后的某幢大楼内断续传出恐怖的叫声，并且伴有闪光。另有一说为，楼内房门本已锁好，可次日工人使用的架子凳和工具竟不翼而飞。龙乔生开始并不以为意，可是这事一传十，十传百，在很大范围内流传开来，使得不少消费者对这片楼房不敢问津。无奈之下，龙乔生只好暗以高价请了两位记者进行所谓黄夜埋伏探看，最终以"破除迷信，还原真相"为题写了一篇文章见报，总算终止了谣传。事后，龙乔生怀疑是别的楼市开发商出于竞争的目的，故意制造流言，但他苦于查无实据，只好暗吃哑巴亏作罢。

这事给了他不小的打击。他觉得他对以往胜券在握的生活，越来越难以把握了。他减少了不必要的社交往来和应酬，因为他断准了往往是一些场面上的朋友，更善于在背后捅黑手。他变得更加沉默，喜欢一个人想些事情。他把一切精力投入到楼盘建设的各个环节当中，使它们像他的性格一样自成体系并日臻完美。有一天，他在他租用的写字间已经工作到很晚了，临了，他翻了一下几天来没来得及翻看的桌上日历，感觉今天是一个很熟悉的数字。他沉吟了一下，唔，今天是他的生日了。人生看起来是多么匆遽啊，尽管在人生的道路上他还年轻，但那也同时意味着年轻的体力使他在人生的路上跑起来更快。多少年来，他的生日都默默度过，他实在不算是一个喜欢热闹和讲求排场的人。再说，他确实习惯这样了。每年此时，他不再刻意感谢他的父母，却唯一庆幸他的叔叔婶婶总算把他的生日记了下来，在他很小的时候告诉他。眼下他开始有了饿的感觉。想了一下，他抓起电话打给最近的一家肯德基店，让他们送一份食品上来。

肯德基的服务还是没说的，为了严苛保证食品口感和品质，他们要求店员必须在五分钟之内将食品送上门。过了不一会儿，送外卖的店员敲门来了，他彬彬有礼地端给龙乔生一份香辣鸡翅和飞燕虾。

它们被装在两只餐盒里，外面用报纸包上。龙乔生谢过店员，之后坐在桌子前，开始惬意地品尝那些食品。反正嘴巴忙活，眼睛是闲来无事的，龙乔生便顺手拉过那张浸了一块油渍的报纸在看。"《巴基斯坦爆出有史以来最令人发指命案——凶手声称已杀百名儿童》"，"《深圳大剧院快讯——俄罗斯爱乐管弦乐团将与著名小提琴家俞丽拿联袂演出》"……在报纸的左下角，是这样一条启事：

> 我妻苏米，汉族，28岁，身高1.68米，大学学历。自一年半前来到深圳，至今中断联系。你夫许晚志专程来深找你，望你见报后早日回家。切切！另外，如有知情者，亦望详告，有酬谢。许晚志刊示。

　　龙乔生简直不敢相信他的眼睛，如果启事旁边不是附有苏米照片的话。他把近视镜摘在手里凑近读了一遍，接着又戴上去读了一遍，他前后读了三遍。报纸是当地的一份晨报，日期是一个多月前，也就是说，这是一份旧报纸，也就是说，她丈夫已经来深圳找她一个多月了。

　　"天，原来她结婚了？"龙乔生想，一时不知所措。他慢慢地放下报纸和餐具，把脑袋倚靠在沙发背上。她结婚，当然不是在她与自己的签约期内刚结婚，若那样，先暂说她不过是与除他之外的男人在偷情也罢，可是，看报上的言辞，她分明在至少一年半以前就已经结过婚了，她岂不是在一直欺骗他！啊，处女，亏她怎么想得出的呢！以他的性情，他本不在意当初她是否处女，他只是因为爱慕和占有欲而渴望得到她。正像他曾经暗自做过的譬喻，她如果是处女的话，那更好，他是在浏览风景的途中拾到一只钱包。如果同样不抛弃这个譬喻，今天说来，他原来拾到的是一只假钱包，并珍爱至今。这多可笑啊。他接下来不由对以往所做感到脸红，他曾频频领她光顾一些社交和宴会场合，当朋友们打趣他们的时候，他甚至不允许人家当面闲说一些活跃气氛的黄色笑话。他正经八百地私下告诉那些人，她是处女。还有，虽然她比他大三岁，但她很纯洁。现在看来，幸亏那些人没看到报纸——不，也许幸亏那些人看到报纸而没有过后再取笑他，不然他该怎么回答呢？他现在明白苏米不肯与他结婚的种种了，原来她一直在欺骗他。这个妇人！龙乔生想，他现在竟想不出她的一点好来，因为她的种种都掩盖在虚伪之下。她的目光多么短浅，她不爱他，她只爱钱；并且，她说穿了竟只爱仅仅五十万元钱！

　　龙乔生费了好长时间才使自己忍气吞声地平静下来。他一点食欲也没有了。后来，为了显示自己的不介意和坚强，也为了显示他仍旧有着良好的生理状态，他一口一口地把肯德基店送来的香辣鸡翅和飞燕虾吃了，吃得一点儿也不剩。

回到家里，他装作若无其事的样子，苏米跟他说话，他还能够缓慢地跟她对答两句。但是更多的话，他就不愿说了。他现在只望她不要打搅他，或是远离他，那也就意味着他也想做跟她同样性质的事情。他不看报，对她的身体也亲近不起来，并且也突然地嫌弃她话语琐屑。她总愿意跟他讲她的家乡如何如何，她的父母如何如何，岂不知他根本无法共鸣，他的父母早已死去多年了！

他开始盼望协议的期限尽早结束。他只当这是年轻人的又一次孟浪。他不能跟她说出知道的一切，他宁愿装成什么都不知道的样子，配合她的行动，以此维护他如常的自尊。事实上，他心里已经开始恨她了。

有一天，苏米去阳台给花浇水的时候，他发现她的身材显得纤瘦了一些，这是近来没有注意到的。他呆呆地看着她，弄不准怎么会产生这个感觉。最后，他只好把这归咎为一个答案：她已经使他陌生了。

日子一天一天地过去，它走得不很快，但也决不延迟，像是透过写字间玻璃可以看到的市府广场上那些组团旅游者的脚步一样。进入七月份的第二天，星期四，龙乔生刚来到办公室，手下的一个项目主管就向他汇报了一个不好的消息：他楼盘附近的锦明高中，已经决定整体搬迁了。

他吃了一惊，但立刻觉得这是不可能的事，认为这就跟上次一样只不过是谣传。再说，这样大的事情，他怎么能不事先知道呢？锦明高中搬走，对他来讲简直就是天塌地陷。看着那个项目主管抓耳挠腮的表情，几乎信誓旦旦，龙乔生只好将信将疑把电话打到市国土规划局，询问是否确有其事。对方只用了不到一分钟就印证了那个项目主管所言不

虚，三天前，经过城市规划委员会领导小组议定，为优化城市竞争力和统筹发展计，锦明高中整体搬迁到福田区黄木岗一带，锦明高中原址将向社会公开招标，全面开发建设商住楼。这是市里有关部门和领导集体定下的事情，当然不用事先跟他一个商人龙乔生打什么招呼。

龙乔生举着电话，他在对方已经撂下电话许久后仍旧举着电话。他发觉不仅手里是汗，连袜子里也出了汗。半晌，他一言不发，独自驱车来到锦明高中正门口。那里一切景象依旧，一群上体育课的学生正在操场上踢足球，吼声和笑声不断，除此，大门左侧的一张搬迁告示赫然刺痛他的双眼，那上面详细说明了搬迁缘由、新址交通路线、学校招生及联系电话等等，最后还有向社会各界多年来支持襄助深表感谢云云。隔着宽阔的街道，龙乔生回头望着自己那片正在兴建的十几幢楼房的工地，工人们有秩序地忙碌着，指挥塔吊的哨子声不时传来，还有嘭嘭的敲击铁板声，砸石的叮叮声。楼房已经盖到将近三分之一了，可是，这些还有什么意义呢？工地毗邻街道的半空中，矗立着他这片楼盘的一幅巨大彩色广告牌，上面绿草如茵，莘莘学子从楼房的窗户探出笑脸，旁边是几个大字："名校附近，书香生活"，眼下这不成了一个路人皆知的虚假广告了么？这简直是在光天化日之下撒弥天大谎。

当初，龙乔生之所以看中这块地皮，全赖锦明高中拉动他的售楼效应，他相信他的眼光是没错的。他筹划先用一部分资金征地和开工，然后用土地使用权向银行作为抵押，待工程有一半进展时就卖"楼花"，也就是预售，再用预售款完成最后工程。如今，这一切全成了梦想。他知道不出一段时间，他的楼盘就会进入零销售期，已经预售的很少一部分楼房也会接二连三被人家退掉，更接踵而来的是，因为无钱继续开工，他那一百多亩地皮要么成为荒地，要么成为"烂尾楼"，国土局随后会根据当初限期开发的文件和合同要求，对这片地皮下达"闲置土地强制无偿收回"的通令或处以数百万元的土地闲置费罚款……还有，他尚欠着银行贷款，欠着工人工资。如今，他一瞬间，破产了。

何止是破产，因无力清还债务，他十有八九要沦为阶下囚。

龙乔生不敢再想了，事实上，想到这里，就已经是人生的绝境。他看了一眼他的私家车，那倒还是他的。他坐进去，稳了半天腿脚，才踩动离合器，把车开走。

他不知道该到哪里去。办公室对他已无意义。那很快就会成为不属于他的地方。他把车开上振华路，然后又拐到华发北路，一路上他如履薄冰，在等待红灯时他显得比所有车辆都有耐性。他后来把车开上了深南大道，这是深圳最宽最美的一条交通线，在路上，他的车子开得慢吞吞的，这使不少司机在强行超车时，都不满地回头从车窗看他一眼。半小时后，他不知怎么把车开到了去蛇口的道路，蛇口太远了，他既然不想去赤湾炮台那里投海自杀，那么到了蛇口还是要回来的。想到这里，他的意识突然划亮了一下——为什么不就此逃掉呢，离开这片土地，逃得远远的。他的兜里好歹还有一张新西兰的护照。

这样一想，龙乔生镇定多了。年轻就是力量，孤独也是力量，多年来他就是这样生活的。朝不谋夕，没有什么好牵挂的，一个事情想到便是事实，这中间不存在顿号或破折号。与其让人家扣押和质抵他的动产和不动产，不如他替他们做了，然后连声再见也不留。

接下来的一周里，龙乔生不动声色地做好了几件事。他先把凌志轿车开到交易市场脱手，又将属于他的深圳住所通过中介卖掉，同时抛售了名下所有的股票，这些资金拢共起来，尚不足三百万元。他想了一下，索性一不做二不休，将业已收到的一小部分预售楼的业主房款集中起来，最后又打上东莞那个苏米住所的主意。因为时间紧迫，那处住所一时找不好买主，但所幸房照还在自己手里，他就瞅了一个苏米不在家的机会，偷出了她的身份证，将房照抵押在银行，办了一个四十万元的短期贷款提出来。这样，前后拢共是八百多万元，他除留下八万元随身携带之外，其余全部通过地下银行转汇至国外。去买机票的时候，他方才想起别人还欠着他八十万元，但是来不及了，他只好悻悻地暗骂了一句，他总不能为了一粒芝麻丢掉一颗西瓜。

他买到的是一张中午十二点差一刻的机票，由深圳宝安国际机场经新加坡飞往奥克兰。在候机楼将要安检的时候，他的手机响了，是苏米打来的。她问他几时回家里吃饭。他赶紧走到一台播放音乐的电视机屏幕面前，那儿的声音掩盖了大厅内正在响起的航班播报声。

"噢，我正跟客户在茶吧里谈生意，我想中午不会回去。"

"那晚上呢？"苏米在电话里问。

"晚上也不确定，恐怕仍是回不去，你知道，这一阵太忙，看来明天吧。"

"好吧，明天。"苏米说，"那就这样，再见。"

龙乔生迟疑了一下，他把话筒滑到眼前，像是要看一眼那个声音似的，然后喃喃地说："再见。"

二十分钟后，飞机准时起飞。在飞机缓慢地向空中攀升的时候，龙乔生透过舷窗向下眺望。深圳偌大的城市此时变成一堆小小的沙盘，他想从中辨认一下他开发的那片楼盘，然而找不到了。它已经不属于他。

他也不属于这片土地。再过大约十个小时，他就踏上新西兰的国土奥克兰了。据说奥克兰的地形与深圳非常相似，也有海，也有山，也有椰树和棕榈树，一年四季，姑娘们穿着比基尼在林间漫步……

他再一次想起了苏米。他还是舍不得她的，同时也对不起她。然而，这一切都是被逼无奈的。不是吗？

他在胸前默默画起了十字。是的，据说，奥克兰与深圳唯一不同的，是那里的人们全都信仰上帝。

# 二十三

深圳市派鹰私人调查事务所内。丁老板颤抖而迅捷地通过台式电话
揿动一个熟悉的手机号码：

"喂，瞿警官吗？"

"是我。"

"你在哪里？"

"呃，这不，休息天，我陪女儿买童装呢。"

"一个紧要事。"

"你找我从来没有不紧要事。别忘了，这是私人时间。"

"喂？喂——！瞿警官，这事与我们无关，但是确实刻不容缓，我
们在调查一桩商业贿赂案件时，用超功能集音器无意中监听到富丽源商
务酒店某个房间里的通话，苏米，苏米你知道吧？好像有人要杀害她！"
丁老板边说边不停地用手帕擦汗。

"这是什么时候的事情？"电话里的声音异常清晰起来。

"不到一刻钟前。"

"丁老板，你不会是开玩笑吧？"

"瞿警官，"丁老板示意"瘦猫"将窗户统统打开，他热得不行了，
"我好歹也当过侦察连长，是一个上过前线的军人。我向你发誓了！"

"你知道苏米在哪里吗？"

"关于她的联系电话和一切资料，我早就销毁了，我只知道她可能
正在去松园东街一带酒店的路上。你知道，我真是无能为力，只能通
知你……"

丁老板在说后半截话的时候，他耳边的话筒里已是一片"嘟嘟"的摺线声。

深圳市松园东街，一派平静中的繁忙。正午的阳光毫不吝情地炙烤着这条新辟不久的街道，路两旁鳞次栉比的商店，用花花绿绿的招牌和目不暇接的货物招徕行人过客，它们像是河道边疯狂而怪异的大片水草一样挤占有限空间，不知餍足。这中间反复冒出一个录音机播放的声音，高亢而刺耳："好消息，好消息！"人们哪怕只管低头走路，那个声音也会像胸膛内的心率一样躲避不掉，"本店皮鞋，一律清仓处理，五十元一双，好消息，好消息！"

在一家花店门口，老板娘正向一个路过的行人搭讪："新鲜的玫瑰花，美国品种，买一束？"

那个行人脚步犹豫着，墨镜后的目光却极力望向远处。他像在思考着什么。老板娘的声音不依不饶："还有康乃馨，二十元三朵，免费打包装，来一束？"

戴墨镜的行人终于走掉了。

两分钟后，他来到一处十字路口的广告灯箱下面，阳光使那里拉下一块阴影，不知情的人会以为他在那儿站着乘凉。他掏出一根香烟，大口地吸着，不绝如缕的烟雾从墨镜架下的酒糟鼻子里冒出。他的脸色看起来很不好。

他的烟还没有吸完，身上的手机响了。他把烟扔掉，环顾左右并没有人，才把手机贴到耳朵上接听。他在对话的时候，目光须臾不离他盯视着的某一处。

"是的，目标出现一个，另一个即将出现。"

"你现在看到的是哪一个？"电话里，马仔的声音问。

"是女的，就是你说的苏米。"

"不会搞错吧？"

"不会。你只要说，把松园东街最漂亮的女人干掉，那就是她了，我从来没见过这么漂亮的女人。她在等她的男朋友。"

"是龙乔生！"电话里叮嘱道。

"对，当然是龙乔生。没错，她刚才在酒店订的是情侣餐间。"

"你一定要干得漂亮，千万别失手。"

"我知道。"

"记住，完事后，你沿街往西跑，右边第一条巷子有一辆捷达轿车在等你，你只管跳上去就是。"

"好的。"

通话结束了。墨镜男人揣回手机。他闭着嘴唇用舌头吮了一下牙齿，这使他看起来像是露出一个难看的微笑。

在十字路口往里二十米处的金特酒店门口，苏米正安详地站在那里。她提着一只藕荷色的遮阳伞，不过并没有打开，酒店宽阔而凸伸的门廊为她遮住阳光。偶尔有三三两两的行人在她面前走过。刚刚，她给许晚志打了电话，她终于可以约他见一面。此前她跟龙乔生通过电话，得知他在外应酬，恐怕一直到晚上也不会回家。后来，怀着不放心的念头，她又自找借口给龙乔生打过一个电话，这次发现他关机了。因为关机，她不知道他在哪里，这也意味着他同样不知道她在哪里。那么，她就可以从容地约会许晚志。

她有好多话要跟他说。一切。一切。只是，她不知道怎样开头说第一句话。她精心选了这家酒店，这是一家东北风味酒店，许晚志多年来最喜欢吃饸饹面，这里的厨师会做。那么，一切就从吃饸饹面开始说起吧。

五分钟后，苏米正翘首向远处眺望来往的人流，面前悄然停下来一辆出租车，车门拉开，她眼前一亮，许晚志出现在面前。"苏米！"他走下来沙哑地喊了一声，定定地看着她。出租车开走了，她跑向他，紧紧地同他拥抱在一起。

"我只是想跟你说一句话——"苏米说，紧紧地搂住许晚志的脖子。

"砰"的一声，枪响了。所有人都大吃一惊。许晚志眼见着苏米身后的窗玻璃掉落几块。他回过头，看见几米外一个戴墨镜的男人略微慌乱了一下，重新向他们举起枪。

"躲里面去！"许晚志大声喊，他护住苏米向酒店内冲去。

那个墨镜男人第一枪确实打歪了。枪声使周围停靠的一些轿车的报警装置一齐鸣叫起来，他为此愣了一下。"砰"的一声，第二枪他打准了，那个护住苏米的男人立刻摔倒在地，苏米也被他连带撞倒，不过他把她死死地压在身下。

墨镜男人提枪蹿上台阶，踏进酒店门内。"砰！"这是一个稍显沉闷的枪声，拖着啸音，与前两次不同。墨镜男人后背的血立刻溅湿了门玻璃，他栽了下去。

身后十几米处，刚刚跑来的瞿警官喘息未定，他目光惊异地看着眼前的一切。

"晚志！"酒店走廊内的地毯上，苏米翻起身，仓皇地扯住许晚志的头发大声喊他。她不知道发生了什么，她觉得这是一个误会。许晚志的血从身后洇下来，不停地流。她又喊他一声，她觉得喊声可以撕破眼前的现实。

许晚志吃力地睁开眼睛，摇了摇头。他马上要死了。他用手轻轻地拍了拍苏米的脚背。

苏米竟然能一下子想起过去许晚志和她曾说过的对话。她在记忆里回想："假如我要死了，你一定紧紧地抱住我，抱住我，这样我就不会怕。"

于是，她就扶他起来，紧紧地抱住他。

许晚志看了她一眼，然后又看了她一眼，慢慢地闭上眼睛。他死了。

…………

十多天后的一个早晨，苏米在东莞的住处来了两个彬彬有礼的男人，他们很客气地让她出示一下身份证。确定无误后，他们中的一个说："对不起，这栋房子您已经无权转卖和出售。"

"为什么？"

"我们是深圳银行的，这栋房子已经被人抵押贷款了，相关备验手续齐全。您现在要么还上四十万元贷款，要么由我们将房子没收。"

"您可以选择一个。"另一个人耐心地说。

苏米怔了怔，继而明白了一切。"天！"她说，觉得眼前一暗，身子发轻，她昏倒在沙发上。

# 二十四

考古学家们往往认为，东经 125 度、北纬 40 度以及周边方圆三百里内，历史上曾经是满族人发祥地之一。在明朝末年，东北女真分为建州女真、海西女真和东海女真三大部。其中建州女真的董鄂部，分布在上述经纬度之内。

董鄂满语为 Donggo。董鄂部首领王兀堂在万历初年是辽东女真人的首领。他的名字最早出现在《明史》，但具体身世不详。

王兀堂在支援努尔哈赤的崛起与扩张方面立下很大功劳。努尔哈赤五岁那年开始学习骑射，而王兀堂已经屡次冒犯明廷并劫掠路过鸭绿江的朝鲜使臣。1570年，明穆宗不得不任命李成梁为辽东总兵官，抵御董鄂部。王兀堂在十数年内牵制了明朝很多的时间、财力和精力，努尔哈赤军力得以休养生息并迅猛发展，而稍后王兀堂率部投奔努尔哈赤，更促成他完成伟业。在女真三大部的历史功绩中，建州部的贡献是最为突出的。

后来努尔哈赤在创立政权时，建立八旗制军事编制，董鄂部众被列为上三旗，直接由皇帝指挥。这从中也看出努尔哈赤对建州女真尤其是辽东王兀堂的重视。此外，清王朝建立后，努尔哈赤认为董鄂属地是他的"龙兴重地"，因此修建边墙，封闭保护，外人不许进入。同时，规定四条禁令，不许农牧，不许砍伐，不许采矿，不许渔猎。辽东地区至今能够保持良好的生态环境，庶几得益于几百年前的皇帝谕令。

但凡世间事物，利弊必然相倚。皇帝的本意是好的，他采取封闭政策，是为了保护这里，岂不知导致的是人群无法流动，经济得不到沟通与繁荣。但也恰因此，这里的满族习俗在后来较少受外界同化，同时古风沿袭轻视金钱，崇尚自由。这里的男子一般来说性情笃执忠诚有余，而灵活顺势不足，重乡风，固耕守。女子一般身态苗韵，敢爱敢恨，知人性，识大体。

这里几百年来仍保留着当年的地名称呼。比如牛毛生河，是满语Niomoson的汉语音译；步达远，步达是满语Buda，"饭"的意思，远是Yun，"车辙"的意思，这个地名内涵是"驿站"；鸭绿江，鸭绿是满语Yalu，"疆界"的意思；样册子，满语是Yangsa，指牛干活时架在脖子上的器具牛轭，该地很可能形状上像牛鞅子，讹为样册子，等等。

人们最喜欢吃的主食仍是饺子、包子、豆包之类。这些最初都是满族的食品。在冰天雪地的北方季节里征战，这些食品做熟后可以冷冻起来，然后便于携带，食用的时候烧水一蒸即可。它与汉族人的馒头最大的区别一看而知，它是包含菜肴作料的，也就是说口感好。满族人讲究吃，清朝的宫廷饮食文化之繁盛为历史上仅有，这从军士们征战携带的口粮可见一斑。

此地衍生许多神奇的故事和传说。作为通古斯语系的一部分，满语当中的民谚也十分发达。有一句话叫作"雪降在高山上，霜打在洼地里"。

许多年来的文本资料里，有学者把它收归气象格言，也有学者把它收归生活格言。

此事至今也无定论。

## 二十五

进入十一月份，真的就下了一场雪。

因为是初雪，很薄亮，所以看不出它像是雪，还是像是霜。

苏米穿着一套戴帽的棉风衣，束腰，笼袖，配一双马统靴，她走在故乡的野外。到处都是隆起的群山，凝止的河流，它们在薄暮的天色中，像是一幅被无限放大的丙烯画。靠近村东，依稀回望，可以见到随着地形起伏而残存的无尽的边墙，苏米以前认为，那不过就是当年明政府为抵御女真人而筑的工事，她还记得徐渭为此写下的一句"真凭一堵边墙土，画断乾坤作两家"，还有杨宾《换车行》里的"边门未出已难堪，况出边门二千里"。而今再看，到底哪里才是家，哪里才是路？

"老山羊"还是"老山羊"，只不过他的胡子更稀了一些。苏米现在感觉很难与他相处了，不知道该如何相处。他竟然学会了随便吐痰，骂人，酗酒更不必说。他不止一次威胁说要给她找一个农民丈夫，那样她就知道他一辈子为什么离不开土地，也会知道种子埋在地里不会死，那是它唯一生的方式。他想帮她找一个工作："呃，比如，村子里的民办小学就缺一个地理老师。"他以前不打老婆，但现在总往死里打。

他可能活不长了。他没事总是哭。

苏米也去看过许晚志小时候待过的姥姥家，距此不远。但她一直没见过许晚志的父母，他们都已分别搬走了。也有人说他们又重新过在一起，生活不为人知。在许晚志的姥姥家，苏米跟那个舅舅聊天，他已经七十多岁了，豆腐做不动，在炕上搓陈年的苞米。他说话的牙齿总是漏风，但他总愿意打听苏米："晚志那小儿，说要给我买一根抓挠棒，哪见？"

再不就是："你看，我上回托人告诉他给我捎些吃点儿，他给我拿回一本什么……辞典。王八犊子，哦，这是几年前的事了。"

苏米走出来，走到村外头。那些雪，她很喜欢。路边的杂草和秋天刚收过庄稼的残茎，在冰气里似乎也发出幽香。她走到山上去，起风了。远处的云，像是移动过来的白垩纪的岩石，山下却是一片空茫。不知什么时候，她躲着风声，转过身，能听到远处传来一阵童音，像雪霰一样细碎。仔细看，远处真有一处小学的轮廓，孩子们正在雪地里玩"跑马城"的游戏：

　　急急令，
　　跑马城，
　　马城开，
　　大小格格都过来！
　　你要谁？

这种声音不断震荡苏米的耳鼓，她快不知道身在哪里了。她望着山，望着远处的天，感觉它们是一个陌生的存在。她不知道它们存在多久了，还将存在多久。风把雪吹起来，扬在她的身上，那时候，一个念头猛然闪了出来：人都是要死的。

可是她还年轻啊！

不是么？她将来也会死，然而她现在毕竟年轻。

## 图书在版编目（CIP）数据

我在你身边／于晓威著 . -- 北京：作家出版社，2019.1
（中国少数民族文学之星丛书）
ISBN 978-7-5212-0391-2

Ⅰ . ①我… Ⅱ . ①于… Ⅲ . ①长篇小说 – 中国– 当代
Ⅳ . ①I247.5

中国版本图书馆CIP数据核字（2019）第031966号

## 我在你身边

作　　者：于晓威
责任编辑：史佳丽　李亚梓
特约编辑：杨玉梅　郑　函
装帧设计：孙惟静
出版发行：作家出版社有限公司
社　　址：北京农展馆南里10号　　邮　　编：100125
电话传真：86-10-65067186（发行中心及邮购部）
　　　　　86-10-65004079（总编室）
E-mail:zuojia@zuojia.net.cn
http://www.zuojiachubanshe.com
印　　刷：中煤（北京）印务有限公司
成品尺寸：152×230
字　　数：188千
印　　张：15.75
版　　次：2019年6月第1版
印　　次：2019年6月第1次印刷
ISBN 978-7-5212-0391-2
定　　价：38.00元